鲁 微 艾明波 赵亚东 〔著〕

冰雪英雄

作家出版社

黑龙江人民出版社

目录

为英雄立传，我们无比光荣（序）　001

第一部　冰雪光芒，沸腾的冰雪运动

第一章　冰雪之魂　003

我向往精神的力量　003

第二章　冰雪之冠　015

站在高光里的岁月　015

第三章　冰雪之根　025

北京冬奥会上的"龙江风"　025

哈尔滨，冰雪体育圣地之冰城　051

七台河，脚踩冰刀前行的城市　078

第二部　冰雪英雄，骄傲的冰雪健将

杨　扬：激扬中国梦　109

申　雪、赵宏博：只要努力，奇迹将永不停步　122

张　虹：闪耀世界的中国虹　135

王　濛：永远的"濛时代"　143

任子威：只要肯努力，"大象"也能飞上天　　149

蔡雪桐：光荣绽放，迈向新巅峰　　161

高亭宇：中国男子速滑的"大道飞人"　　168

韩晓鹏：大风起兮云飞扬　　178

李妮娜：让梦想照进现实　　185

韩　聪、隋文静：我希望世界都是我们的　　194

王冰玉：一片冰心在玉壶　　204

第三部　冰雪夫子，默默奉献的功勋教练

罗致焕：镌刻在丰碑上的名字将永不褪色　　219

孟庆余：中国短道速滑之父　　227

姚　滨：中国花滑功臣　　243

张　杰：尊严和希望的力量　　254

李　琰：奠基者　　266

第四部　冰雪映像，蓬勃的冰雪事业

第一章　冰雪之春　279

东北以东　东北以北　279

第二章　冰雪之暖　307

春风十万里　307

后记　316

为英雄立传，我们无比光荣（序）

2022 年 2 月 4 日至 20 日，第 24 届冬季奥林匹克运动会在北京举办。这次世界东方的冰雪盛会，再次吸引了世界的目光。

我从头到尾观看了所有比赛。一场场比拼，一块块奖牌，一次次国旗冉冉升起，一行行热泪夺眶而出……

这是奥林匹克精神的感动，这是北京奥运精神的光芒，这更是黑龙江人自豪的时刻。

北京冬奥赛场上，中国运动员真正体验了什么叫"更快、更高、更强、更团结"，什么叫"一起向未来"的梦想。看到黑龙江运动员摘金夺银，频频站在领奖台上。作为黑龙江人，自豪感爆棚！

北京冬奥——北京是主场，龙江是主力。

什么是主力？我想，语言是苍白的，还是让数据来回答：在中国代表团中，黑龙江省运动员 63 人，占国内参赛运动员 43.4%；教练员 15 人，占中方教练员 55.56%；黑龙江省运动员取得 4 枚金牌、2 枚铜牌，占我国金牌总数的 44.44%、奖牌总数的 40%，四项指标均居全国首位。我国首次参赛的 35 个小项中，黑龙江省占 15 个。其中北欧两项、高山滑雪等多个项目填补了我国冬奥会参赛空白，为实现"全项目参赛"作出卓越贡献。黑龙江省获得的 4 枚金牌中，3 枚为我国冬奥会历史首次夺冠。高亭宇实现了我国速滑男子项目冬奥金牌零的突破。黑龙江省有 441 名国内技术官员服务冬奥。开幕式上 6 名护旗手中，有黑龙江省 5 人；4 名宣誓代表中，有黑龙江省 3 人；7 名火炬手中，有黑龙江省 3 人。

奖牌无语，排列有序。这一连串数据，不仅全面展示了黑龙江省冰雪体育人才的雄厚实力，也让"主力"这一称谓，当之无愧。

和全国人民一样，16天的北京冬奥会，我被冰雪体育健儿的奋力拼搏所感动，被黑龙江各界对冰雪运动的爱所感动。其心情，让我无法准确地表达，却时刻溢于言表。一个冲动，伴着强烈的愿望，喷薄而出——我想用一部充满感情、充满激情、充满诗意的文体，来诠释中华儿女心目中的北京冬奥会。

我把这个想法向上级领导作了汇报。

令我更加兴奋的是，我的这个想法很快就得到了批准。在省委宣传部、省体育局、省委奋斗杂志社的大力支持、关怀下，《冰雪英雄》一书的采访、创作计划启动了。

载时代风采，歌冰雪楷模。一旦落到纸上，字斟句酌让我从兴奋中冷静下来。我首先意识到的是，黑龙江省是冰雪体育强省，无论是在冰雪竞技体育上还是在群众冰雪运动方面，都取得了不俗的成绩。多年来，各种报道和文艺著作层出不穷。再创作一部类似的作品，就必须作出新意。否则，便落入重复之嫌。再就是，很多优秀运动员的事迹早已家喻户晓，再沿用平铺直叙的文体，亦恐无法体现冬奥冠军和王牌教练的风采。

经过深思熟虑，终于有了一个大胆的想法：能否用诗意的、偏重文学的报告来展示我们的冰雪英雄？

带着这样的想法，我诚恳地征询了一些业内人士的意见和建议，大家一致认为这个创意和想法好！

定下了调子，就开始搭建创作班子。在上级领导和相关人士的建议下，《冰雪英雄》项目由艾明波、赵亚东及本人担纲完成。

艾明波，著名作家、诗人，中国作家协会第十届全国委员会委员，全国公安文联副主席，公安部春晚及大型文化文艺活动总撰稿。

作品曾被 40 余家出版社收入不同文集并有作品收入《大学语文》课本。出版报告文学《大写光荣》等文集 6 部。曾被邀请为公安部、中共黑龙江省委联合主办的"信仰之光、道植力量——'七一勋章'获得者崔道植先进事迹报告会"总撰稿，也是"黑龙江省'四大精神'宣讲活动"总撰稿。

赵亚东毕业于鲁迅文学院高研班，中国作家协会会员，著名作家、诗人。曾出版文集《稻米与星辰》《芳华》及报告文学多部。多次获国家级文学奖。

本人为中国作家协会会员，黑龙江省作家协会报告文学专委会主任。不能不说，这是一个精明强干的写作班子，更是一个富有责任感与使命感的作家团队。

乘着激情，带着希冀，开启了我们的采创之旅。

这注定不是一次轻松的经历。我们反复跑省体育局、哈尔滨体育学院了解情况。从奥运冠军双子城的哈尔滨到七台河，从最北的大兴安岭到最南的牡丹江，从最西的齐齐哈尔到最东的佳木斯……我们走遍了全省各地体育部门，组织了十数次相关人士座谈会，最终评选出和确定下了写作对象。然后，进入了细致入微的采访和资料的大量查阅。我们不放过任何一个细节，走进运动员、教练员家里与他们拉家常，听他们讲故事。还找到他们的亲戚朋友、同学同事，通过他们的眼睛，通过他们的感受和理解，来了解运动员的故事，深挖运动员的内心世界。这期间，我们一次次被冰雪健儿们感动得涕泗横流，潸然泪下。每个运动员在我们的故事中，一而再，再而三，多层次、多视角地被感染、被感动、被激励，直到被升华。

随着采访的深入，我们对龙江冰雪体育运动的了解也更加清晰。

北京冬奥会筹办、备赛、比赛期间，黑龙江省体育战线全力以赴发挥冰雪体育优势，按照省委省政府"北京冬奥会需要什么、我们就支持什么，北京冬奥会需要我们做什么、我们就做好什么"的原则要求，举全省体育战线之力支持冬奥、服务冬奥、奉献冬奥、参与冬奥。黑龙江说：这是我们作为北京冬奥主力必须拥有的担当。

在这一届冬奥会上，黑龙江运动员、教练员用青春、血汗抵达了巅峰，他们是黑龙江的骄傲，更是国家的骄傲。正因为此，黑龙江省多家单位和相关人员受到党中央、国务院表彰。这份荣光，展现出的是龙江人民"奋进新征程、再创新辉煌"的精气神。

白驹过隙，转眼北京冬奥会闭幕一年多了。在采访和创作过程中，我们也在想，北京冬奥时间，也是我们黑龙江的高光时刻。我们创作本书的目的，也是在思考如何借着北京冬奥会东风，继续做好竞技体育，做好下一步国际、国内相关赛事的备战训练工作，做好后备人才梯队培养工作；在群众体育方面，如何加快建设群众体育设施，如何创建冰雪体育运动品牌，如何巩固甚至扩展黑龙江省"带动三亿人参与冰雪运动"核心区地位，如何做到体育强国，打造全国最强的冰雪体育培训基地。还有一个目标更加重要，那就是如何发展繁荣冰雪体育文化，通过冰雪文化的潜移默化，让全省人民关心、支持、热爱冰雪运动，浓浓的冰雪运动文化氛围，进一步激发全省体育战线，尤其是运动员、教练员的责任感、使命感，为国争光的自豪感。

就在此书付梓之时，从泰国曼谷第 42 届亚奥理事会上又传来好消息，2025 年第九届亚冬会将在美丽的冰城哈尔滨举办。那又将是一个星光璀璨的时刻，我们期待着。

我们为黑龙江骄傲，我们为黑龙江的冰雪运动健儿自豪！

鲁 微

2023 年 5 月 17 日

第一部

冰雪光芒，沸腾的冰雪运动

第一章　冰雪之魂

我向往精神的力量
——奥运精神与冰雪魂魄

谁也没有想到，一个承载人类文明并且点燃冰雪的全球浩大赛事，是由一场简单的庆祝活动开始的。它就像一片雪花，在阿尔卑斯山勃朗峰脚下飘然而落，独自绚烂。直到一阵大风吹过，这雪花起舞升腾，瞬间，引起了铺天盖地的雪崩。沸腾的冰雪，带着古希腊的神性和现代奥运的神韵，搅动着冲天的力量，染得世界一派洁白。而冰雪中孕育且喷发的火，绵延不息。

那是一个极其平常的日子，单调的、普通的，甚至是寂寥的。开幕式上，没有圣火点燃，没有火炬传递，没有隆重的仪式和宏阔的场面，没有大面积的掌声和热烈的欢呼。那个时候，它还不叫冬奥会。

一切发生过的偶然仿佛都是必然，一切要发生的必然仿佛都是偶然。

现代奥林匹克运动的发起人、"奥林匹克之父"顾拜旦，在完成了恢复奥林匹克运动会这一伟大壮举之后，便开始为冬季奥运会的设立而艰难奔走。虽然他举办冬奥会的设想遭到了斯堪的纳维亚国家（瑞典、挪威等）的强烈反对，但他仍为冬季体育项目在奥运会上争得了一席之地。随着花样滑冰比赛、冰球比赛在奥运会上掀起狂潮，冬季运动项目理所当然地走进了人们的视野，成为夏季奥运会的另一个主角，这也直接促成了"国际冬季体育运动周"活动的大幕开启。

1924年1月25日至2月5日，作为巴黎奥运会庆祝活动的一部分，"国际冬季体育运动周"在夏蒙尼举办。这个活动吸引了16个国家的258名运动员参加。有意思的是，一年之后的布拉格全会上，由于秘书人员的疏忽，这个活动被写成"第一届冬季奥运会"。直到1926年，国际奥委会才正式确认这届比赛为第一届冬季奥运会。从此，冬季运动会正式进入奥林匹克大家庭，与夏季奥运会平分秋色了。

一个小镇、一个活动、一次有意或无意的书写，成就了一个伟大的诞生。从此，人类在绿色的橄榄花环上，庄重地镶嵌了银色的珠宝，熠熠闪光。而我，就在这浩瀚的洁白中，看见了风暴。

其实，人类与冰雪有着极其紧密而又真切的联系，人们从没有放弃对严酷冰雪环境的抗争和对神秘冰雪世界的探求。在漫长而艰辛的求索中，人类与冰雪达到了共生共存。从抵御冰雪到熟悉冰雪，从利用冰雪到享受冰雪，这一过程，无不验证了人类的勇敢与先民的智慧。

当我们站在21世纪的旷野，回望人类在冰雪中奋力奔走与滑行的身影，就会发现有一条雪之旅、冰之路渐渐地蜿蜒而来。或许，冰雪覆盖了他们的足迹，但光阴却留下了他们的奇迹。

一万多年前，人类便有了雪地运动，我国新疆阿勒泰地区是被国际公认的"人类滑雪起源地"，汗德尕特乡洞穴中的岩画，为这一论断提供了可靠的佐证。而滑冰的历史，可以追溯到公元前2000年，荷兰人是滑冰运动的先驱。1855年，一名加拿大学生把一种户外游戏改为冰面上比赛，催生了冰球的诞生……

随着时间的推移，人类在生存中所得到的积累，逐渐走向了运动项目，走向了竞技，走进了冬奥会的赛场。因为飞翔一直是人类内心最强烈的渴望，这样的结果，直接促使冰雪活动最终脱离了狩猎、军事、交通的功能，变为超强竞技的体育运动。

从生活实践到竞技赛场，这何尝不是一种伟大的创举！

在冰雪世界的源头，苍凉间闪动着人类文明的星火，一旦它被赋予了精神、力量、信仰和光，便燃起熊熊圣火。这从雅典采集的火种，历经持久的传递，生生不息。它承载了友谊与团结、和平与公平、关爱与尊重等丰富而强大的精神内涵。正如顾拜旦诗歌里写的那样："你像是高山之巅出现的晨曦，照亮了昏暗的大地……"

追溯冬奥会的起源，我们不难发现，这一盛大的赛事，纯粹是为了纪念和弘扬人类古老的生存智慧，以及先民们在恶劣环境下的顽强抗争。它是体育赛事，是精神传承，更是速度与激情、光荣与梦想。顾拜旦在提到奥运会时说："这个盛会是由青春、美丽和力量三者所结合而成的……"

冬季奥林匹克相对于现代奥林匹克最重要的一点，就是在追求"更快、更高、更强、更团结"的至高境界中，凝成了"极寒、极限、极致、极精美"的冰雪体育魂魄。是奥运精神塑造了冰雪魂魄，而冰雪魂魄又体现了奥运精神。那在茫茫天地间严酷环境下进行着的极寒中的对抗、极限中的挑战、极致中的惊艳、极精美的对决，无一不向我们展现奥运的魅力。

于极寒、极冷的境况中超越极限、达到极致，向世人展示冰雪中的勇敢、智慧和美，正是冬季奥林匹克精神的集中体现。

极寒，是高纬度的战栗惊惧，是残酷环境的恶劣压迫。

而奥运精神正是在极寒之处，凝聚着激情的迸发。

寒山冷雪，严酷坚冰，经常会让人望而生畏，但却从来没有挡住冰雪英雄的脚步，他们满怀热情向冰雪出发、向奥运出发。而奥运之于冰雪，总有一种恒久坚韧与勇气，总有一种毅然决然的奔赴。这种奔赴，一代又一代，荡气回肠。

参赛者源源不断。1924年第一届冬奥会举办时，参赛国家和地区仅仅16个，运动员总数258人；1964年的奥地利因斯布鲁克冬奥会，参赛国家和地区达到36个，运动员首次突破1000人；1998年日本长野冬奥会，参赛国家和地区首次突破70个，参赛运动员首次突破2000人；2022年北京冬奥会，参加的代表团已有91个，参赛运动员已达2892人。随着冬奥会的影响力逐渐扩大，这一盛大赛事刮起了全球风暴。近百年间，冬奥会风起云涌，运动员纵横驰骋。

参赛项目逐渐丰富。从第一届的16个小项，到北京冬奥会的7个大项、15个分项、109个小项。与上届冬奥会相比，新增了女子单人有舵雪橇、短道速滑混合接力、混合团体跳台滑雪、自由式滑雪男子和女子大跳台、自由式滑雪混合团体空中技巧、单板滑雪混合团体越野追踪。这些比赛几乎囊括了所有的冬季竞技项目。冬奥会旌旗招展，万点飞花。

各国参与热情极度高涨，这有两个方面的呈现。其一，冬奥会吸引了非洲或热带国家参加。先有墨西哥、菲律宾派员出征冬奥，后有哥斯达黎加、斐济等众多国家和地区派员披挂上阵。他们并不关心成绩，只想告诉世界：我们国家没有冰雪，但谁也不能阻止我喜爱冰雪；我们国家没有严寒，但我绝不缺乏战胜严寒的勇气。其二，高涨的热情还体现在各地申办冬奥的百折不挠。历史上有多个城市申办冬奥失败，可偏有执拗者，比如，瑞典厄斯特松德就曾三次申请三次失败，而且屡战屡败者还不止这个城市，还有其他 5 座城市也与其命运相同。这，或许就是冬奥的魅力。

人类的进步，就是不断聚集力量战胜困苦的过程，坚定的脚步，从不因严酷的寒冷而半途而废。从星星火种，到熊熊圣火，从竞技者征战冰雪，到目前我国"3 亿人上冰雪"。冬奥，何其伟大！

　　　　极限，是穷尽心力之后的绝地反击，是不断靠近巅峰的永远超越。而奥运精神正是在生命的极限中，显示着征服的力量。

奥运会被普遍认为是一种更加彻底的对极限的超越，运动员挑战种种不可能，直至达到峰巅。在那极尽之处，开放着残酷而冷艳的花。

奥运之路，从来就是坎坷而艰险的，这是一条问鼎极限、突破极限之路。于是，就有纪录不断被刷新，就有奇迹不断被创造。

这不能不令人记起那些挑战极限、创造历史的人物和瞬间。从叶乔波奖牌零突破及杨扬冬奥首金，到韩晓鹏的空中技巧金牌及赵宏博的冰雪之梦；从实现中国冰上男子单人项目冬奥会金牌零突破的武大靖，到首位完成自由式滑雪 1620 高难度的女运动员谷爱凌；从第一位完成单板滑雪内转 1980 度抓板动作的男运动员苏翊鸣，到打破双人短节目总分和自由滑世界纪录的隋文静、韩聪；从世界短道速滑锦标赛总冠军次数最多的中国队运动员杨扬，到短道速滑获得四枚冬奥会金牌的王濛。中国的冰雪健儿们一代又一代，续写着中国体育的冰雪传奇。

超越极限的努力从来没有停止，攀登顶峰的进发仍然如火如荼。正因运动员们不断地登峰造极，他们创造的高难度动作便被冠以个人的名字，永载史册，而那些具有个体象征意义的体育动作也与他们的名字一起，成为极限的标志、成为另一座高峰。

这一现象在体操运动中极为明显。当我们知道了"托马斯全旋"这一动作的名称是来自运动员库尔特·托马斯之后，忽然发现许多体操动作因中国运动员的创造而被批量命名。

资料显示，由中国体操运动员的名字命名的体操动作有 39 个："程菲跳""莫慧兰空翻""刘璇单臂大回环""童非移位""楼云空翻""李小双十字""李小鹏跳"等，值得一提的是，在这些被命名的动作中，李宁独占 4 项，体操王子，霸气十足。

在冬季项目上，也有高难度动作被冠以运动员名字。如花样滑项目的"阿克塞尔跳"是以挪威选手阿克塞尔·保尔森命名的，"贝尔曼旋转"是以瑞士花样滑冰选手丹尼斯·贝尔曼命名的，"萨霍夫跳"是由运动员乌尔里希－萨霍夫最先完成的，故以他的名字命名。

他们高难度动作的背后，是勇气、信心和坚持，这种勇气所释放的能量，足以突破身体的局限，激情飞跃，追逐梦想。而这种敢于挑战、突破极限的精神，正是奥林匹克精神的最好诠释。

前世界纪录保持者格林说："人类挑战极限永无止境，大家对于世界纪录的追逐永远不会停止。"运动员们仍会一如既往，不断地在挑战极限中获得成功的喜悦和人生的快乐。或许，央视在赛场上赞美金博洋时所引用的那段话，能够代表他们的心声：我生来就是高山而非溪流，我欲于群峰之巅俯瞰低矮的沟壑；我生来就是人杰而非草芥，我站在伟人之肩，藐视平庸的懦夫！

这种自信心，足以让每一位选手度过每一个至暗时刻，冰雪勇士们在战胜自己、挑战极限过程中，必会赢得人生的高光时刻。

山不让尘，川不辞盈。云程发轫，万里可期。

极致，是最高的造诣无以复加，是至纯的境界难以抵达。而奥运精神正是在这种"高处不胜寒"中，达到了极致的神奇造化。

从来没有哪一个活动能够拥有如此巨大魅力而激动了世界，从来没有哪一个盛典能够把不同肤色的人们聚集在五环旗下，从来没有哪一个盛事能够以其海啸般的沸腾引爆了全球的狂欢。

奥运会做到了！奥运是人类追求极致的神圣殿堂，是精神力量所闪射的璀璨光芒。奥运，是全人类的奥运。

奥运本身，已达极致！

的确如此，是奥运会让参与者抛除歧见，不分性别、国籍、民族、信仰，为了共同一个梦想相聚在同一时刻，相互交流、相互竞争、相互友爱。关于奥运会的极致与精彩，"双奥之城"北京已给出了圆满的答案。

从2008年夏季奥运会到2022年冬季奥运会，从"同一个世界，同一个梦想"，到"一起向未来"，中国不断为追求极致的奥林匹克贡献着中国智慧、中国方案。

北京奥运会、北京冬奥会是百年奥林匹克精神与五千年中华文明的伟大握手，是世界各国文化与中国文化的热烈拥抱，是东方文明与西方文明的激情对话。北京冬奥之旅，见证了一朵雪花的浪漫和109枚金牌的诞生，承载了世界相拥、携手前行的美好未来。14年的奥运之情，彰显了中国人民对奥林匹克运动的满腔热情，促成了中华文明与奥林匹克的再次相逢。万众瞩目之中，那个打下了"中国结"和"中国节"烙印的冬日，必将与多年前那个非凡的夏天一起，定格历史，定格极致，定格永恒。

对于北京冬奥会，国际奥委会主席巴赫的评价是"无与伦比"。

把一切都做到极致，这是北京冬奥会的追求。且不说赛场上中国代表团取得了9金4银2铜、金牌榜排名第三的历史最好成绩，就连一切关乎这场盛会的事项也都有所突破。

——开幕式因无比奇妙而令人折服。诗意、梦幻、完美、震撼、惊喜，特别是二十四节气倒计时，透露出中华文化、中国式浪漫。

——新科技因强大作用而令人赞赏。"雪游龙"赛道一次性喷射浇筑成型、水立方13天转换为冰立方、手持火炬实现零碳排放、秒级精准气象预报，还有"最快的冰"等，黑科技的最新成果发挥了重大作用。

——盛会因创造了许多"第一"和"之最"而令人称奇。这是历史上设项和金牌最多的一届冬奥会，是第一次全部实现百分之百绿色供电的冬奥会，是第一次有直通赛场高铁的冬奥会，是收视率最高的一届冬奥会。

作为奥运史上具有独特风格的北京冬奥会，它所提倡的"绿色、共享、开放、廉洁"的办奥理念和实践以及它所弘扬和彰显的东方气派、东方风格、东方神韵，是对奥林匹克运动的独特贡献，特别是它的"冬奥场馆、冬奥蓝天、冬奥科技、冬奥精神、冬奥智慧、冬奥文化、冬奥标准、冬奥服务、冬奥模式"等大量而丰厚的奥运遗产，将大笔地写进历史、深刻地影响未来。

> 极精美，是绚丽于大千世界的美轮美奂，是沸腾着万众欢呼的精彩绝伦，而奥运精神正是在这绝佳境地，创造美、创造奇迹。

体育是人类社会共同的语言。精彩、非凡、卓越的北京冬奥盛会，为世人带来了极精美的视觉盛宴和由此而产生的精神力量。当千百年积淀的中华传统文化与世界现代竞技体育相遇，当"中国红"与"冰雪白"邂逅，便碰撞绽放出绚丽的东方之美、体育之美、奥运之美。

极精美，是冰雪魂魄的卓然体现！

色彩之美，美在绚丽夺目。白雪皑皑，千里冰封，蓝天之下的飞翔、冰雪之上的闪电，还有运动场上的各色皮肤以及闭幕式上的绿色柳枝、领奖台上的金色奖章、冰雪健儿多彩的盛装，等等，斑斓绚烂。特别是"霞光红、迎春黄、天霁蓝、长城灰、瑞雪白"，这每一种色彩都呈现出精致的美、丰富的美。是日出东方的蓬勃、是迎春花蕊的初绽、是碧空如洗的澄澈、是万里长城的底色、是辽阔无际的纯粹。当这些美不胜收的色彩，在冬奥场馆内外延伸、点缀、闪动的时候，自然而然地把人们领入古雅、纯净、高洁、火热、浪漫而广阔的唯美世界。

场馆之美，美在中国元素。北京冬奥会，劲吹中国风。从会徽、吉祥物、火种灯，再到奖牌、制服、体育图标，每一处细节都展示着中华文明深厚的底蕴，特别是场馆设计更是如此。奥运场馆的一砖一瓦，都融入诸多的中国元素。现代建筑与自然山水、历史文化的交相辉映，充分体现了中国气质和中国气派。雪游龙、雪飞燕、雪如意、冰丝带……每个冬奥场馆，都有着属于自己独特的"姓名"，优美而颇含深意，华美而颇具魅力。这凝固的音符、立体的图画，这纯粹的诗意表达，包含着中国传统的智慧，吟咏着中国独有的典雅。

竞技之美，美在速度与激情。从谷爱凌自由式滑雪大跳台1620度动作，到苏翊鸣一鸣惊人以总分182.5分勇夺单板滑雪男子大跳台金牌；从冰壶的"君临天下"、雪车的"信马由缰"，到雪橇的矫若游龙以及单板在 U 型池里的彩蝶翻飞……竞技体育或以优雅风姿、或以瞬间爆发、或以灵动精巧而达到了至美的境界。这种气韵之美、拼搏之美、力量之美、悬念之美和遗憾之美，都给人们带来了惊叹与惊喜。更为特别的是，运动员们依靠"滑刃"（runner）"戴着镣铐跳舞"的滑行项目，更加惊心动魄。无论速度与激情、成功与失败，都承载着奥林匹克运动的独特魅力。

友爱之美，美在尊重与温暖。赛场上，在激烈的碰撞和奋力的竞争中，我们也感知了惺惺相惜、英雄相知：夺冠的谷爱凌安慰另一位选手那温暖的一幕，越野滑雪第一名的芬兰名将站在终点等待最后一名选手到达那热烈的一拥，中国冰壶混双组合与美国队选手互递徽章那真诚的一赠……所有这一切，都让我们看到了比金牌更重要的爱与尊重，感受了"美美与共""天下一家"的美好，更体会了奥运的魂魄和精髓。当然，我们也看到了惊涛之后的云淡风轻："天意终究难参，假若登顶成憾，与君共添青史几传，成败也当笑看！"输赢瞬间事，成败又何妨，而参与的历程和拥有的美好，则可成为永恒。

拼搏之美，美在执着与毅力。"四朝元老"徐梦桃、齐广璞、贾宗洋的坚持不懈、追求完美；"00 后"苏翊鸣、李文龙的青出于蓝、勇敢追梦；闫文港、宁忠岩的不惧强手、敢打敢拼……当然，我们并不只关注胜利者，那些百折不挠、坚韧不拔的人更值得书写。我们，因中国小将高弘博脚踝骨折却坚持比赛而充满敬意，也因 50 岁仍驰骋赛场的克劳迪娅·佩希施泰因这位"滑冰奶奶"而心怀敬仰，更因 41 岁终于得到一块冬奥奖牌的法国选手约翰·克拉雷而雀跃欢呼，还因被称为"永远的伴娘"牙买加选手奥蒂这位参加过七届奥运会却从未获得过金牌的恒久坚持而崇敬感慨。他们虽然没有达到峰顶，但仍然光芒四射，他们的身上，集中体现了奥运会所提倡的"重在参与、永不放弃、永不气馁、永不低头"的精神！

平凡之美，美在默默付出。在北京冬奥会上，有许许多多的幕后英雄，他们站在光的背后，折射光，并且成为光。在盛会中，有许多站在镜头后面，记录精彩的媒体团队；有挑战难题，打造出"最快的冰"的场馆建设者；有日夜劳作，进行洒水作业修复冰面的制冰师；有活力四射热情服务奥运盛会的志愿者们……他们用自己的专业、专注、付出，为运动员和观众们打造了一场非凡卓越的冰雪盛会。特别是冬奥志愿者这一支服务大军，更给人们留下了深刻的印象。北京2022年冬奥会期间，有近1.9万名赛会志愿者和20余万名城市志愿者参与服务。在北京、延庆和张家口三个赛区，志愿者们为这个举世瞩目的冬天奉献着自己的温热，把自己的热情化作一道冬日的光，凝聚成温暖世界的力量。每一位志愿者都是温暖着这个冬天的一片雪花。他们在最美的年华与冬奥同行，他们，成为中国最美的名片。

奥林匹克运动承载着人类对和平、团结、进步的美好追求。2022年北京，这座全球首个"双奥之城"，再次向世人展现了中国人民积极向上的精神和力量，再次书写了奥林匹克运动新的传奇。通过体育的精彩叙事，一个"言必信、行必果"的中国，一个意气风发、充满自信的中国，全方位呈现在世人面前。这是一届无与伦比的精彩盛会，这是一次来之不易的非凡之约，这是一场追求完美的华彩绽放，向全世界展示了无与伦比的中国文化、独具匠心的中国制造、开放和谐的中国气度、绿水青山的中国实践。从奥林匹克运动的追赶者，到昂首站在奥运舞台中央，中国奥运记忆，镌刻着一个民族不畏险阻、攻坚克难、顽强拼搏的精神品格。"一届真正无与伦比的冬奥会"，充分彰显了卓越、友谊、尊重的奥林匹克价值观，也为追求卓越、止于至善的精神境界写下生动注脚。

此时，是2023年2月4日，立春。笔者正在写这篇文章的结尾，一年前的今天，北京冬奥会隆重开幕，也是立春。当这个立春与上一个立春恰好相遇，当这篇文字与这个日子偶然相逢，这又是怎样的巧合、怎样的安排。

今天的新闻说：2022年2月4日，"鸟巢"上空的璀璨烟花点亮立春之日……世界的目光齐聚中国，奥林匹克梦想在冰雪的北京尽情绽放，又到立春之时，北京冬奥会成功举办一周年。一年来，中国人越来越爱上冬季冰雪运动，中国掀起了冰雪热潮，"带动三亿人参与冰雪运动"的愿景，已经成为现实。"胸怀大局、自信开放、迎难而上、追求卓越、共创未来"的北京冬奥精神深远地写入史册，为中国留下了丰厚的冬奥遗产。

冬奥一周年到来之日，正是掀起冰花雪浪之时。一系列喧腾的冰雪运动，将在这个冬天，如火如荼，并将永远地延续下去。

冰雪魂魄，永在！奥运精神，永恒！

第二章 冰雪之冠

站在高光里的岁月
——英雄气概与冰雪故乡

我相信：雪，是休眠的水。

我更相信：冰，是打盹的火。

雪舞当空，冰凝无声，天地有序，万物有灵。大自然的神奇造化，馈赠了人间一地冰雪。

亮，那动人心魄的亮；净，那透彻寒冷的净；白，那不染尘俗的白；动，那风驰电掣的动。那千年冰雪，覆盖过无数沉寂的足印和无数远山的苍凉，亘古闪耀，点染着漫长冬日和寂寥时光。而在银光闪闪的世界里，即使风已失语，生命的呼喊仍会穿过岁月的苍茫。无论是休眠的水还是打盹的火，一旦被澎湃的激情、狂热的拥抱猛然唤醒，不仅会沸腾出冰花银浪，也会酝酿出闪电雷鸣。

盛大的花事，来得潇潇洒洒，热烈而隆重。或许，冰雪运动的魅力正在于此。

我惊叹高纬度的冷焰

雪落千年，唯有在此，才有了灵魂与光；冰冷长河，唯有于此，才显现力量与美。当一切都在时间中无声地退去，只有这冰雪和这冰雪所贮藏的热，温暖着人间烟火。

冰雪，是天地的精灵、圣洁的化身。雪的梦是盛放，冰的梦是燃烧。

2023 年 2 月 13 日，一个特大的消息传遍了黑龙江。这一天，第四届中国冰雪运动发展高层论坛·中国现代冰雪运动登陆地考证研讨会·2023 中国亚布力冰雪产业国际高峰论坛，于哈尔滨隆重举行。这次会议隆重宣布：黑龙江省哈尔滨市阿城区是中国现代冰雪运动的登陆地！这一消息，沸腾了龙江冬日的一地冰雪、搅动了中国冰雪界的一池春水。专家学者们采用了大量的历史资料，从现代滑雪的发展历史、欧洲滑雪传入中国的时间、中东铁路建设时间等多角度、多层面进行了剖析和论证，确定阿城玉泉是欧洲现代冰雪运动进入中国的第一站。由此，黑龙江省又增添了一个冰雪运动的鲜明符号以及冰雪文化的崭新地标，是黑龙江省冰雪文化寻根的又一创举。

时间的旷野，阔大无际，远远望去，一条冰雪体育之路，从天寒地冻中蜿蜒而来，起初是腾腾热气，后来是熊熊火焰。

从古老东方雪上运动的"骑木而行"，到现代冰雪运动的蓬勃兴盛，时光从未忘记雕刻它的匆忙身影。

黑龙江有着丰厚的冰雪资源，是全国冰雪运动的肇兴之地。

清代末年，西方现代雪上竞技项目开始传入华夏大地。1932 年 12 月，黑龙江省阿城市玉泉镇北山出现了中国历史上第一座建有越野和高山滑雪线路的现代化滑雪场；20 世纪 30 年代，现代雪橇运动出现在东北地区的哈尔滨铁路局。伴随着这些西方现代雪上竞技项目的传入，由中国古代传承下来的传统雪上活动，与西方现代雪上竞技一起，在共同发展中，融进了中国近现代雪上运动的历史大潮，并最终走入当代生活之中。

哈尔滨是被一条铁路驮来的城市，伴随着这条铁路而来的更有近代冰雪运动的风起云涌。

《黑龙江体育志》记载，中国近代滑雪运动于19世纪末20世纪初，由俄国传入中国。冬季滑冰滑雪运动成为中东铁路建设者周末休闲活动和运动方式。由于中东铁路局设在哈尔滨，在铁路沿线修建了多处滑雪场。

20世纪初，俄侨在这里建立了滑冰协会。1909年举办了小型冰上比赛，1910年前后，在我国出现了第一批人工浇灌的滑冰场。这就是俄国人在哈尔滨道里区修建的200米跑道的滑冰场、在南岗区修建的名叫"扎牙斯"的滑冰场。在俄侨滑冰者影响下，哈尔滨铁路局职工、哈尔滨工业大学（前身为中俄工业学校）的师生中涌现了一大批滑冰爱好者，他们参加了同外侨的速滑、花样和冰球比赛。这一系列冰上活动，使东西方文化在这里密切交融，也预示着我国现代冰上竞技运动从这里起步。

新中国成立以来，在黑龙江这片土地上，创造了百余项全国第一及若干项世界第一。

在这里，组成了我国第一个参加世锦赛的男子速滑队，取得了数个世界第一；第一次承办首届全国冰上运动大会，创立了第一批速滑全国纪录；建成了第一个带木质看台的滑冰场；第一次组成了速滑、花样滑冰和冰球的专项训练队；第一次把冰上运动列入学校冬季体育课与课外活动；组织了第一次大规模的冬季上冰群众活动；第一次成功承办亚冬会；第一次举办世界级冬季综合性运动会——第二十四届世界大学生冬季运动会……

黑龙江还是承办全国冬运会最多的省份，是全国开展冬季项目人数、地市最多的省份，是获得冬奥会金牌数量第一的省份，是全国第一个设立"全民冰雪活动日"的省份，是冰雪运动参与率全国第一的省份，是历史最久的开展大型群众冰雪活动的省份。

特别是在北京冬奥会上，参加运动员人数最多的黑龙江，又在赛场内外刮起"龙江飓风"。中国代表团中就有黑龙江省运动员63人，占国内参赛运动员的43.4%；教练员15人，占中方教练员的55.56%；黑龙江省运动员取得4枚金牌、2枚铜牌，占我国金牌总数的44.44%、奖牌总数的40%，四项指标均居全国首位。在我国首次参赛的35个小项中，黑龙江省占15个，并在北欧两项、高山滑雪等多个项目上填补了我国冬奥会参赛空白，为实现"全项目参赛"作出了卓越贡献，充分体现了龙江担当！

我歌唱带电的身体

在北方，人们亲近雪、热恋冰并与北方一起成长，生长出坚硬的骨骼和血性与刚强。

春天在每一朵雪花里都唱着一首歌，阳光在每一个冰晶中都藏着一个梦。自然的造化、人间的奇迹，所有这一切都在光阴的勾勒中，绽放着力量之美、精神之美。在所有挑战生命极限的活动中，那些奋力追赶的人们，无一不是由于精神的强大而支撑着身体的力量。仿佛，他们的体内，隐藏着一个巨大的宇宙，一旦爆发，便无可抵挡。黑龙江冰雪运动十年，涌现出242个世界冠军！

北京冬奥会中国队荣获的9枚金牌中，4枚来自黑龙江。

历届冬奥会中国队荣获的22枚金牌中，13枚与黑龙江运动员有关！

黑龙江，好一个冬季赛事的冠军摇篮；黑龙江，好一派冰雪体育的壮美景象！凡有冰雪盛大赛事，都会有黑龙江籍选手"花开一树香";凡有黑龙江代表参加的冰雪盛会,都会是"无限好风光",凡有黑龙江籍队员参加的冰雪鏖战,都会是"平地起风雷"。

1963年,在第五十七届世界速度滑冰锦标赛上,罗致焕以2分09秒02的成绩,创造了1500米的世界纪录,为中国夺得第一个速滑世界冠军。当金牌挂在他胸前的那一刻,中国告别了没有冬季项目世界冠军的历史,而他的名字,也将永远被镌刻在中国体育的辉煌史册上。在20世纪五六十年代,中国选手亮相国际赛场并勇夺金牌一鸣惊人,其意义远远超过了体育本身。比赛之前的那些"东亚病夫"的嘲讽,那些不屑一顾的轻慢,都随着这金光闪闪的奖牌而黯然失色且烟消云散了。

1988年,李琰在第十五届加拿大卡尔加里冬奥会中,夺得了女子表演赛1000米金牌。由于当时短道速滑还没有被列为正式比赛项目,否则,李琰将成为中国冬奥会第一枚金牌得主。虽有遗憾,但不掩其光,她的表现震惊了世界,被加拿大媒体评为"神龙腾飞"。随后在1992年的冬奥会上,短道速滑成为正式的比赛项目,李琰在比赛中,摘得短道速滑女子500米银牌,这枚中国短道速滑史上的奥运奖牌,又一次创造了历史。

2002年,美国盐湖城,注定有一个中国女孩在群星璀璨中大放异彩,注定有一个名字在中国冬奥史上熠熠闪光。正是在这里举办的第十九届冬奥会上,我国冰雪健儿杨扬在短道速滑的赛场上首次打破国外选手的长年垄断,以44秒187的成绩登上世界短道速滑的最高领奖台,实现了中国冬奥金牌零的突破,创造了中国冰雪运动奇迹,成为中国第一位冬奥会冠军,成就了一代"冰上女王"的旷世传奇。

创造龙江冰雪奇迹的龙江英雄,何止于此。2006年,韩晓鹏勇搏长空、雪海踏浪,夺得我国雪上项目的冬奥首金;2010年,申雪、赵宏博完美演绎、冰上圆梦，以216.57的高分创造新纪录，夺得中国花样滑冰项目在冬奥会上的首枚金牌；2014年，张虹奋勇搏击，艰苦鏖战，以1分14秒02的成绩，一举拿下了中国速度滑冰的冬奥首金，实现了我国速滑项目冬奥会金牌零的突破，半个世纪的冠军之梦，梦圆索契。

在漫长的征战冰雪的历程中，总会有一个身影挥之不去，这个人就是王濛。她在中国速滑历史上，是不可撼动的"大姐大"，是短道速滑"大魔王"，是国际短道速滑界多年的绝对霸主。2002年，王濛首次参加世界青年锦标赛，靠500米夺得中国世界青年锦标赛的首金。从此，她便化身成一台金牌收割机，包揽世锦赛、世界杯、十运会等各种赛事500米项目的冠军。2010年温哥华冬奥会，王濛以绝对的实力卫冕500米冠军，同时拿下1000米和3000米接力冠军，连中三元，成为中国短道冬奥史上第一个"三冠王"。

……

当"冰雪白"遇上了"中国红"，黑龙江更是威风大展，一片冰天雪地，绚丽出中国冬奥荣耀。

2022年北京冬奥会，黑龙江冰雪健儿无论是在飘舞的"冰丝带"，还是在洁美的"雪如意"，都留下了浓墨重彩的一笔，矗立起令人仰慕的赫赫丰碑。

2月5日，黑龙江运动员范可新、曲春雨、任子威、张雨婷与出生于黑龙江的队友武大靖团结协作，勇夺短道速滑2000米混合接力金牌，这是中国体育代表团在本届冬奥会上夺得的第一枚金牌；2月7日，在短道速滑男子1000米决赛中，任子威为中国队夺得第二枚金牌；2月12日，在速度滑冰男子500米项目中，中国选手高亭宇无惧强手，一马当先，又夺得一枚金牌；2月19日，隋文静、韩聪，这对"冰上芭蕾CP"，再为中国队添加一枚金牌。

这是一条风雪长路,是一条挤满鲜花与掌声的奋斗之路,也是一条充满坎坷与荆棘的艰辛之路,更是一条盈满汗水与泪水的圆梦之路。

冰雪沙场,热血澎湃,青春昂扬,领奖台上,那最灿烂的笑容无一不是苦累伤痛积攒出来的,无一不是无数次内心挣扎、跌倒爬起磨砺出来的。那万众瞩目、光芒四射的巅峰时刻,是苦出来的、熬出来的、拼出来的。

回眸黑龙江独占鳌头的高光岁月,我们不难发现,在横跨数十年的豪迈历程中,一条与冰雪紧紧相连的脉系,深深地蕴藏在这片广阔的土地和每一位冰雪人的血液之中,并以奔涌的态势不断地喷薄出更阔大、更鲜艳、更迷人的绚丽光彩。

从60年前罗致焕夺得第一个冰雪项目世界冠军的一枝独秀,到历届冰雪赛事上体育健儿不断地摘金夺银,再到北京冬奥会黑龙江选手的群芳争艳,一代又一代黑龙江的冰雪英雄,在寒风冷雪中所组合起来的冰雪"大合唱",气势磅礴,声震世界。

冰雪,是上天说给人间的絮语,说着说着头发就白了、心就暖了、梦就亮了。

传承光荣,一直是黑龙江冰雪人不懈的追求和最大的底气。2023年3月2日下午2时30分,以"罗致焕讲述60年前夺冠往事"为题的访谈正在"极光新闻"直播,罗致焕在访谈中回顾往昔、感慨现在、向往未来,他说要把老一辈冰雪人的精神传承下去。恰在罗老夺金60年之际邀请他来讲述曾经的苦难辉煌,我想,这访谈的意义不言而喻:让昨天告诉今天,让今天成就明天。

我赞美冰雪的魅力

人类在激扬冰雪，冰雪也在雕塑人类。

人在征服冰雪的同时也赋予冰雪以魂魄，冰雪在激荡飞扬的同时也赋予了人的不屈精神和坚硬骨骼。冰雪，把天擦亮，把地涂白，把人间变成童话，把世界变得精彩，而一切的一切都在倾听，听一曲人间天籁、雪地情歌。

冰雪是上天赐给这片土地的礼物，特殊的地理位置，为这里的冰雪运动提供了天然的条件。

20世纪初，某一个冬日的午后。

远处的尼古拉大教堂的钟声，回响在哈尔滨的天空。此时，一群俄罗斯人正在新修建的体育场里热闹地滑冰。那带刀的鞋、那冰上的舞、那快速的飞、那开心的笑，让这座城市睁大了眼睛。

或许就是在这个时候，几辆马车冲出了"中央大街"向松花江江边奔去，人们来到江上先前凿好的冰窟窿前，"咚咚"地跳了下去。中国冬泳，由此开始。

我国现代冰上运动是从西方引入的，哈尔滨正是西方现代冰上运动进入的第一站，也是我国现代冰上运动的诞生地。百年前，这里的冰雪运动就有深厚的群众基础，它已成为地处高纬度人们的一种生活方式。当冰雪覆盖原野，当严冬如约而至，有一种温暖且不可阻挡的呼唤响彻大地：到冰上去，到雪上去！

种子一旦落地，土地便会使它成熟。

如果说竞技体育是峰巅上怒放的繁花，那么丰富的群众性的冰雪活动就是它坚实的大地。

冰天雪地，是黑龙江开展群众性冰雪体育运动得天独厚的资源禀赋。从"冰城"哈尔滨到"神州北极"漠河，在冬天的召唤下，上至老人下至孩童，冰雪运动成为不可或缺的全民健身活动。国家发布的"带动三亿人参与冰雪运动"统计调查报告中，黑龙江的冰雪运动参与率为 57.8%，位居全国第一。

——"百万青少年上冰雪"，历史悠久。在群众性冰雪体育活动中，青少年冰雪体育活动声势浩大。黑龙江省连续 45 年开展的"百万青少年上冰雪"活动，是新中国成立以来历时最长的大型群众冰雪运动，已成为全国受众层面最广、培养人才最多的群众性冰雪体育活动。

——"黑龙江省全民冰雪活动日"，花开万重。从 2016 年起，每年的 12 月 20 日被确定为"黑龙江省全民冰雪活动日"，从此，开启了全省联动开展全民冰雪活动的序章。每年的这一天，全民沸腾，男女老少齐上冰雪，从早到晚冰雪狂欢，怎一个"火爆"了得。

——"赏冰乐雪"系列活动，丰富多彩。也是在 2016 年，"赏冰乐雪"系列活动在黑龙江全面启动。目前，已累计带动全国近 9500 万人次参与冰雪体验运动，成为带动三亿人上冰雪的核心区，是我国参与人次最多的省级冰雪体育系列赛事活动。

——"30 分钟冰雪健身圈"建设，如火如荼。近年来，全省每年浇建群众性冰雪体育活动场所 3000 余处，全省人均体育场地面积从 2012 年的 1.13 平方米，提升到现在的 2.0 平方米。虽然目前在城市里还没到出门就见冰场的地步，但老一辈冰雪人四处找冰场的情形已一去不复返了。

——"一城一品"的打造，初具规模。通过体旅融合、体教融合，使"体育+"模式走向深入。哈尔滨市把"赏冰乐雪"系列活动与国际冰雪节结合起来，开展国际大众业余冰球邀请赛；鸡西市发挥大界江资源优势，举办"中国兴凯湖冰雪汽车拉力赛"；大庆市开

展冰雪铁人三项赛；伊春市举办林海雪原穿越系列赛；齐齐哈尔市举办"冰球节"，全力打造"冰球城市"。一系列活动风起云涌，一个个冰雪名片闪闪发光，黑龙江的冰雪体育运动热浪翻卷。

雪，激扬起来；冰，燃烧起来；黑龙江，沸腾起来！

白雪茫茫，铺展千顷绸缎；冰雪世界，呈现万般姿态。这晶莹的冰雪，怒放千树梨花，送大地一片洁白。这冰雪的精灵，一展冰雪体育的雄姿，为北方抒写豪迈。叫一声冬天——赏冰乐雪；喊一声冰雪——激情澎湃。

我在冬天，已分明看见了春天！

第三章　冰雪之根

北京冬奥会上的"龙江风"

那一刻，全球的目光，一起投向这绚丽的舞台、这第一个"双奥之城"。一簇闪闪发光的微火，点亮长天大地，一场盛大的冰雪之约，晶莹着人间春色。

那一刻，柔嫩的新绿在冰面上摇曳，一片青翠生机勃勃，焰火在立春绽放，人们在鸟巢欢歌，冰雪光芒映照着千年古国。

那一刻，一滴冰蓝色的水墨，幻化为奔腾的浪波，"黄河之水天上来"，凸显着中国气魄。万点飞花之中"冰雪五环"横空出世，这庄严的"破冰"让五环十指紧扣、打破隔阂，"更快、更高、更强、更团结"，一起奔向未来，共同拥抱世界。

2022年2月4日，举世瞩目的北京冬奥会开幕式在国家体育场隆重举行，一朵雪花的故事，惊艳全球。

这一朵雪花，显示着今日中国的盛大气象，折射着人类文明的璀璨之光，映照着"天下一家"的同行之路。

全世界在这次盛会中，听到了中国的声音，也看到了黑龙江的笑容。开幕式上，主持人激情澎湃："现在我们看到的是哈尔滨冰雪大世界。今年的哈尔滨冰雪大世界以'冬奥之光闪耀世界'为主题，23万立方米的冰雪营造出了哈尔滨人心向冬奥的美好心情。冰

雪运动早已成为黑龙江人、哈尔滨人的生命基因。现场的小运动员们正在为大家展示速度滑冰、短道速滑、花样滑冰、冰球、冰上杂技等表演。现场每一个人的脸上都洋溢着自信的微笑，他们的笑容中充满了欢度新春佳节的喜悦，更饱含着迎接 2022 北京冬奥的蓬勃热情。"

鸟巢主会场与哈尔滨等 10 个城市进行了视频连线。在冰雪大世界园区，来自哈尔滨不同年龄段各行各业的 300 多人，将冬奥元素和冰雪情结充分融合，表演了速滑、花滑、冰球等冰上运动项目以及抽冰尜、冰爬犁、冰上高跷、冰上足球等冰上娱乐项目。整座城市与鸟巢主会场畅通连接，让龙江冰雪风采与喜庆年味通过冬奥开幕式的舞台，展现在全球的观众面前。

激情冬奥会，沸腾黑龙江。在这个属于奥林匹克的日子，黑龙江光彩盎然，那情那景，极其生动。

这是一次精彩的绽放，这是一次别样的重逢。当"冰雪白"遇到了"中国红"，当现代体育遇到了古老文明，当"士兵"遇到了"战场"，当速度遇到了激情，怎一个"火爆"了得！

17 天冰雪鏖战，风起云涌；91 个国家和地区的 2892 名运动员激烈竞争，7 个大项、15 个分项、109 个小项花开万重；109 枚金牌赫然诞生……

开幕迎客松，闭幕折别柳，"天下一家"，"折柳寄情"，各美其美，美美与共。在各项赛程顺利完成后，冬奥会主火炬在鸟巢缓缓熄灭。

传奇不会谢幕，梦想正在前方。北京冬奥，我们在一朵雪花的故事里，见证了冰雪生出的火焰、大地长天的沸腾、人类极限的突破、运动之花的怒放。14 年的奥运之情，彰显了中国人民对奥林匹克运动的无比热爱，使得中华文明与奥林匹克再次相遇，并且在冬奥会历史上留下了浓墨重彩的一笔。这个冷冽却又温暖的冬季，必定因非凡而创造历史、定格永恒。

北京冬奥会，殷殷龙江情。在这精彩而卓越的被誉为"无与伦比"的冬奥盛会中，到处显现着龙江力量，体现着龙江担当，使人们感受到了强劲的龙江之风。在备战冬奥的日子里，黑龙江胸怀全局，勇于作为，八个"全力"，火力全开："顶层设计上，全力助力冬奥；竞技项目上，全力参与冬奥；训练场地上，全力保障冬奥；人才输送上，全力支持冬奥；重点保障上，全力对接冬奥；科研攻关上，全力服务冬奥；群众活动上，全面推动冬奥；营造氛围上，全力展示冬奥。"除此以外，黑龙江早已确定了三个 40% 的目标：力争黑龙江省参赛运动员达到中国代表团运动员总数的 40% 以上、参赛教练员达到代表团中方教练员总数的 40% 以上、运动成绩贡献率达到代表团的 40% 以上，举全省之力助力北京冬奥。

或许，人们从黑龙江的那一声"北京冬奥会需要什么，我们就支持什么；北京冬奥会需要做什么，我们就做好什么"中可以看出黑龙江的态度。一句话，掷地有声，一件事，板上钉钉。这就是黑龙江，这就是黑龙江人！

有人说，此次冬奥会，"北京是主场，龙江是主力"，这，或许从另一个侧面，见证了龙江力量。冬奥会中国代表团中，黑龙江籍运动健儿有 63 名，占比 43.4%；黑龙江籍教练员有 15 名，占比 55.56%，涵盖了本届冬奥会几乎所有的项目；2127 名国内技术官员中有 441 人来自黑龙江，这使黑龙江成为除北京外选派人数最多的省份；黑龙江还选派了科研、医疗、场地服务等保障人员服务冬奥会；累计为国家集训队输送的运动员、教练员覆盖了 7 大项 14 分项，人数为全国最多……

四封贺电，前所未有，代表的不仅仅是省委省政府的祝贺和敬意，更是所有龙江人的共同心声。

综观冬奥，花团锦簇，仿佛那每一束花，都盛开着一个名字：黑龙江！

无论是短道速滑队"团魂"的英勇无敌，还是冰壶小将面对强手的从容镇定；无论是赛场征战的运动员，还是现场精神抖擞的工作人员，无论是创造精彩的贡献者，还是身在幕后的奉献者；无论是场馆建设注入的科技赋能，还是承担冬奥会其他任务的勇敢担当……黑龙江这个冰雪资源大省，以广阔的胸襟、豪迈的气概、雄奇的胆魄，书写了冬奥史上的壮美华章。

龙江风暴

风，从冬季来、从冰上来、从雪中来、从东北之东来、从东北之北来。风速，可达极限。

不问那雪浪的高，不问这冰花的艳，只感受飞扬的青春激荡这如火的冬天。

且看那翱翔的鹰，且看这飞舞的燕，就在一次次巅峰对决中展现了龙江的速度，刮起了龙江风暴。

这是一场"冰雪火"中，最美的抵达。

这一奇迹的创造，只因那 0.016 秒的闪电

2022 年 2 月 5 日，第二十四届中国北京冬奥会开赛的第一天，风云乍起，短道速滑混合接力 2000 米决赛，鸣枪在即。这是冬奥会新设的项目，也是中国最有实力争夺金牌的项目。如果拿下冠军，这将是此次冬奥会的中国首金，也将是这个项目冬奥历史上的首金。

这是一场充满悬念的交锋。晚9时37分，首都体育馆的欢呼声震耳欲聋，一抹中国红划过洁白的冰面，万众期待之时，中国短道速滑队在变幻莫测的比赛中，在"闪电雷鸣"的竞争中，在一次又一次的超越中，以2分37秒348的成绩摘得首金，以0.016秒的优势夺得冠军！

2分37秒348，留下传奇。这场惊心动魄的胜利，使中国代表团在北京冬奥会上实现了开门红。武大靖、任子威、范可新、曲春雨、张雨婷这5名冬奥会冠军，都来自黑龙江。

中国首金，意义重大，欢呼声浪，直冲云霄。党和国家领导人代表党中央、国务院，专门向中国体育代表团发来贺电，向获奖运动员和中国体育代表团表示热烈的祝贺。

被授予"北京冬奥会、冬残奥会突出贡献个人"称号的范可新，在面对家乡父老回忆这次比赛时，一直把自豪写在脸上："作为一名运动员能够在自己的家门口参赛，升国旗、奏国歌，这是我一直以来的梦想。我觉得我等这块金牌太久了，我永远相信团队，这一切都是值得的，我们做到了。只要国家需要我，我永远都会站在赛场上。"

2023年1月，范可新荣获"2022感动龙江年度人物"，在发布会上，评委会以这样的颁奖词向她致敬："冰上的闪电呼啸的风，冬奥的健儿龙江的情，艰难险阻无所惧，一曲高歌破冰行。赛场玫瑰艳，绚丽中国红，当国歌响起，你为祖国赢得光荣！"

笔者作为此次"感动龙江"颁奖词的撰稿人，在撰写这段颁奖词的时候，心潮澎湃，满怀崇敬。我的眼前浮现了巅峰时刻那许许多多家乡人的身影，正是他们为龙江争得了荣誉，也正是他们塑造并发扬着龙江冰雪体育精神，并且这种精神正在大放异彩。

他用1分26秒768，给奖牌镀上了金色光芒

2月7日，短道速滑男子1000米A组决赛前，赛场上出现了少有的短暂寂静。这时候，洁白的冰面上一双与众不同的橙色冰鞋，格外显眼。这冰鞋是任子威的，他盼望脚下这橙色的"风火轮"，会助力他第一个冲过终点。

男子1000米，在中国队参加冬奥会的历史上，只在1998年获得过一枚银牌，此后再无奖牌入账。按照任子威赛前这个项目的成绩，大家都把金牌的希望寄托在他的身上。然而，随着赛场上的瞬息万变，一切的希望可能只是希望。

这场比赛，可谓是一波三折。在这场判罚频发的比赛中任子威打破"犯规魔咒"，"险中求稳"，凭借着底气、运气、锐气笑到了最后，最终，以1分26秒768获得北京冬奥会短道速滑男子1000米冠军，实现了中国队在该项目上冬奥会金牌零的突破。同时，他也成为中国冰雪军团本届冬奥会上的首个"双金"得主。

为此，当他作为全国人大代表，在2023年3月12日接受采访回忆冬奥会时说："这是我一生中最引以为傲的时刻，也是职业生涯中最光荣的篇章。"他还寄语青年朋友，人生需要有梦想，需要有目标，需要坚持，需要不断地突破。

据报道，十四届全国人大一次会议第三场"代表通道"邀请了部分全国人大代表接受采访，任子威在现场分享了自己的追梦故事。他说："我的人生词典里没有'躺平'这个词"，"……我会继续身披国旗为国出征，彰显中国短道速滑队'国之尖刀'的精神，鼓舞更多人参与冰雪体育运动，热爱冰雪体育运动。"与此同时，他还诚邀大家前往家乡黑龙江，感受北国风光的魅力，享受冰雪运动带来的快乐。

精彩冬奥会，浓浓家乡情，龙江赤子心，朵朵向阳红。

自己名字被世界记住需要多久？他的答案是34秒32

2月12日，人们等待已久的速度滑冰男子500米比赛，在国家体育馆"冰丝带"进行。众人之所以翘首以盼，是因其精彩绝伦。这个项目堪比夏季奥运会的百米飞人大战，其激烈程度，竞争速度，足以让人神思腾跃，叹为观止。

参加这个项目的30名运动员，个个战功赫赫。除了卫冕冠军挪威选手之外，还有世锦赛冠军加拿大选手、世锦赛第三名俄罗斯奥委会选手、平昌冬奥会银牌得主韩国选手等，可谓风云际会，名将云集。比赛还没有开始，仿佛已狼烟四起了。

比赛开始后，运动员们两人一组出发。中国选手、黑龙江运动员高亭宇被分在第七组。枪响后，他一马当先、一骑绝尘，在全场观众的一片欢呼声中率先撞线，把自己的成绩锁定在34秒32，新的奥运会纪录诞生了！

由于还有8组选手没有出场，虽然他的成绩打破了纪录，但金牌尚在路上。

此时，亿万观众紧盯着比赛的队员、紧盯着成绩牌、紧盯着他的名字、紧盯着这34秒32。这个数字，如同一团火焰，或轰然燃烧或悄然隐去，只在刹那，只有等待。

世界名将一个接一个出场了，成绩牌上第二名、第三名的人名不断地更换、跳跃，而那耀眼的34秒32，却无人撼动。

"高亭宇赢了！"观众一片沸腾，他用34秒32的时间，让世界记住了他。

当赛场上响起《我爱你中国》的旋律时，高亭宇情不自禁地高举国旗绕场狂奔，一声长啸，吐出了内心多少感慨与苍茫、抒发了怎样的气魄与豪迈。

这是中国体育代表团在本届冬奥会上获得的第四枚金牌，也是自 1980 年中国首次参加冬奥会以来，赢得中国男子速度滑冰的第一枚冬奥会金牌。

他，悄悄擦掉了眼角的泪水，目光投向遥远。这位在冬奥会上两次创造历史的人，这个"做梦都在滑冰"的人，赛后深情地告白："金牌献给祖国！"

他们以 15 年的风霜岁月，找回了遗失 12 年的巅峰时刻

来了，来了，中国代表团第九枚金牌来了！

2 月 19 日，北京冬奥会花样滑冰双人滑自由滑比赛，正在进行中，在《忧愁河上的金桥》乐曲声中，中国选手隋文静、韩聪惊艳全场，力挫强手、傲然登顶，以 239.88 分的总分，突破三对俄罗斯组合的强力"围堵"，惊险夺冠，为中国队拿到第九金，刹那间，首都体育馆沸腾起来。

12 年前，黑龙江运动员申雪、赵宏博在温哥华为我国赢得了冬奥会的首枚花滑双人滑金牌。12 年后，他们的学生，同样是黑龙江运动员的隋文静、韩聪在北京冬奥会的赛场上，又夺一金，时隔 12 年，金牌再一次花落中国。这就是体育精神的接续和传承，这就是龙江儿女刻在骨子里的倔强与顽强。

隋文静和韩聪是对"黄金搭档"，从 2007 年开始结对，"牵手"同行 15 年，他们一路过关斩将、一路灿然花开。

本次冬奥会，中国队 9 枚金牌中的 4 枚，都是由黑龙江运动员贡献的。巅峰之处，一股强劲的龙江风暴刮过赛场，奔腾呼啸，所向披靡。龙江健儿，以速度与激情定格了永恒的瞬间，以拼搏与毅力书写了可歌可泣的冰上传奇。

谁说只有站在光里的才是英雄，奥林匹克从来就不止于夺冠

繁花万点的竞技，群雄争霸的赛场，人们习惯于把目光聚集在高光时刻，却常常忽略了那些光芒背面的运动员，他们虽然不在聚光灯下，但他们自己本身就已是光。激荡人生，追逐梦想，这壮丽的出征，这决战的苍凉，这冰雪中点燃热血的刹那，已然是英雄豪迈！对此，歌曲《孤勇者》已作出了回答："爱你对峙过绝望""爱你孤身走暗巷""谁说对弈平凡的不算英雄""谁说站在光里的才算英雄"。

既有拼尽全力奔赴，又有云淡风轻挥手，这何尝不是一种境界，或许，这正是对奥林匹克精神的最好诠释。

心中若有梦，暗处也有光。

2022 年 2 月 7 日，黑龙江人彭程、金杨出战花样滑冰团体赛双人滑自由滑比赛，以 131.75 分的成绩排名第三，为中国队获得 8 分，帮助中国队获得了北京冬奥会花样滑冰团体第五名。比赛中，他们不断摔倒，又不断站起，每一次都带着更大的决心和信心，只为心中的奥运梦想，只为前来拼搏一场。

2 月 10 日，冬奥会花样滑冰男单自由滑比赛正在进行，一袭红衣的金博洋给全场留下了浴火重生的身影。他创造了自己的最佳成绩，以总分 270.43 分排名第九。这个 25 岁的黑龙江大男孩虽然努力控制着自己，但仍泪洒冰面。他终于从曾经的谷底走出，为此，央视评论员在直播中以这样精彩的语句向他致意："我生来就是高山而非溪流，我欲于群峰之巅俯瞰低矮的沟壑；我生来就是人杰而非草芥，我站在伟人之肩，藐视平庸的懦夫。北京冬奥会，金博洋战胜了金博洋！"

2 月 13 日晚，凭借老将范可新最后一圈冲刺时的逆袭，在北京冬奥会短道速滑女子 3000 米接力决赛中，黑龙江人范可新、曲春雨、张雨婷和吉林人张楚桐组成的中国队，夺得铜牌，"金花之师"，盎然绽放。她们的泪水告诉我们，为了这一刻，她们走过了多少坎坷。

黑龙江省运动员宁忠岩，在速度滑冰男子1500米比赛中以1分45秒28的成绩获得第七名。速度滑冰男子1000米和1500米，并非中国队的优势项目，直至宁忠岩脱颖而出，中国队才在这两项上迅速缩小了与世界水平的差距。这位22岁的小伙子，已经足够出色。

在花样滑冰团体赛上，黑龙江省运动员金博洋、韩聪、隋文静、彭程与朱易、金杨等配合夺得第五名，突破我国在平昌冬奥会创造的第六名的最好成绩。

除此以外，还有许许多多创造历史、为黑龙江增光添彩的运动员：赵嘉文，唯一一名代表国家首次参加北欧两项的运动员；倪悦名、孔凡影，代表国家首次参加高山滑雪滑降、超级大回转混合团体项目；杨硕瑞，代表国家首次参加自由式滑雪大跳台和坡面障碍技巧项目，在眼部受伤的情况下仍坚持参赛并取得大跳台项目第二十名的成绩。

奥运会的精彩，何止是金牌。作为运动员，他们在参加奥运会过程中所表现出来的意志品质，才是奥林匹克精神的最佳体现。运动、拼搏、梦想，从来都是他们从富足人生走向丰盈生命最重要的部分。

天空没有翱翔的痕迹，但我已然飞过。

龙江风采

冰雪，以披肝沥胆的白，让风在欢天喜地中起舞、飞腾并溅起掌声的浪花。

风从八方来，寒梅傲雪开，一领群芳秀，龙江多姿彩。无论是冰雪竞技的一树花开，还是绽放精彩的动人时刻，可爱可亲可敬的黑龙江人，在万众瞩目的北京冬奥会上，处处风光无限，时时风采盎然。

开幕式中国代表团入场环节，2 名中国体育代表团旗手中有 1 人来自黑龙江；奥林匹克会旗入场环节，6 名护旗手中有 5 人来自黑龙江；运动员和裁判员代表宣誓环节，4 名宣誓代表中有 3 人来自黑龙江；主会场火炬传递环节，7 名火炬手中有 3 人来自黑龙江。

高高举起的是国家荣耀

2022 年 2 月 4 日晚，在北京冬奥会开幕式运动员入场仪式中，作为东道主，中国体育代表团压轴出场。

运动员入场式充满了中华文明同世界各国文明交流融合的精巧构思，引导员手举"中国结"编织而成的雪花形状的引导牌，带领着运动员穿过冰雪雕刻的"中国门"，行进于缤纷绚丽的"中国窗"中。浩荡间，一条中国路，向前延伸。"中国门"寓意着开放和共享，"中国窗"代表着文明与成就。世界各国（地区）因体育而相聚，运动健儿因冬奥而相拥，这一刻不分国度、不分种族、不分彼此，"世界大同，天下一家"成为永恒主题。

"中国代表团入场。激昂的《歌唱祖国》旋律响起。中国代表团的旗手是女子钢架雪车运动员赵丹、男子速度滑冰运动员高亭宇！"

开幕式解说员的语调中，透着稳稳的自豪。

中国体育代表团成员系着印有"中国"的红色围巾，在"五星红旗迎风飘扬"的歌声中，挥舞着手中的五星红旗向看台上沸腾的观众热烈地致意。

一团中国红，万众欢呼声。刹那间，激情绽放，欢乐成海。

黑龙江小伙高亭宇，高举国旗，满面春风，走在中国代表团的最前面。此刻，他把国旗高高地举过头顶，而他内心更渴望的是站在冬奥会的领奖台上，看国旗冉冉升起。

其实，当得知自己被确定为中国代表团旗手人选的那一刻，高亭宇就已激动万分："很荣幸能够成为北京冬奥会中国代表团的旗手。主场作战，本就是让人极度兴奋的一件事情，而旗手的身份则更能让我充满力量，这也是我一直梦寐以求的一个角色，我一定不会辜负这份信任，会争取在赛场上展现出自己最好的一面……这是一份光荣的使命，旗手的身份，更让我充满力量。"

中国代表团秘书长在谈到旗手选择时表示，高亭宇是第二次参加冬奥会，选择他作为旗手，是希望大家能感受到代表团的期望，既肯定运动员们的努力，也肯定他们的突破。

果然不负众望，果然零的突破，2月12日晚，在速度滑冰男子500米决赛中，高亭宇一战惊世，闪电夺冠。中国男子速度滑冰历史上的第一枚冬奥金牌就此诞生，冬奥会新的纪录就此诞生！

之后，他又在闭幕式上担任了中国代表团的旗手，这也是本届冬奥会上中国代表团唯一的一位既是开幕式又是闭幕式的旗手。

在奥林匹克的旗帜下

在《想象》的歌声中，4组滑冰运动员滑出长长的轨迹。他们的身后，"更快、更高、更强、更团结"的奥林匹克格言渐渐闪现，引领着6名旗手——罗致焕、李佳军、申雪、韩晓鹏、张会、张虹，手执奥林匹克会旗步履铿锵地走向会场。他们走过之处，中国结的影像优雅地飘动，带动着奥林匹克格言像海浪般涌动。

奥林匹克会旗象征五大洲和全世界的运动员在奥运会上相聚一

起，不畏山海之远，共赴奥运之约。

这6位执旗手，代表着一代代中国冰雪运动的开拓与突破，皆为我国冰雪运动的丰碑式人物，6名执旗手中，有5人来自黑龙江。

——罗致焕，"中国冰雪运动第一人"。1963年2月24日，21岁的罗致焕在日本长野轻井泽举行的世界速度滑冰锦标赛上勇夺男子1500米冠军，并打破了男子全能世界纪录，成为中国第一个冬季项目世界冠军。1984年，罗致焕被评为新中国成立35周年来的杰出运动员，两次获国家体育运动荣誉奖章。

——申雪，中国首枚冬奥会双人滑金牌得主。2010年，在第二十一届温哥华冬奥会上，她与搭档赵宏博两次打破世界纪录，夺得花样滑冰双人滑冠军，改写了中国花样滑冰冬奥会无金牌的历史。打破了俄罗斯选手46年来连续12届冬奥会花样滑冰双人滑的垄断，创造我国花样滑冰历史。

——张会，中国女子短道速滑运动员，在2010年温哥华冬奥会短道速滑女子3000米接力比赛中，由她与队友共同奋战夺得冠军，并且打破了世界纪录，也打破了韩国队在这个项目上长达18年的垄断，为中国代表团取得了冬季项目上唯一的一块集体项目金牌。

——张虹，2014年索契冬奥会速度滑冰女子1000米项目冠军，实现了我国冬奥会速度滑冰项目金牌零的突破。2018年，当选为国际奥委会委员、国际奥委会运动员委员会委员。2019年，任中国奥委会执委。

——韩晓鹏，2006年都灵冬季奥运会男子空中技巧赛冠军，是中国首位在冬奥会上取得金牌的男子运动员，中国雪上项目首枚冬奥会金牌，自由式滑雪空中技巧亚洲首枚冬奥会金牌。

一座座丰碑高高矗立，一个个英雄大写荣光，一幕幕精彩荡气回肠。

奥林匹克会歌响起，奥林匹克会旗升起。全场起立，向奥林匹克致敬，向人类伟大的精神致敬！

誓言，在天地间回荡

开幕式，正在热烈而有序地进行着，主持人的声音响起："马上进行的是宣誓环节，代表运动员宣誓的是越野滑雪运动员王强、单板滑雪运动员刘佳宇；代表教练员宣誓的是单板滑雪教练员季晓鸥；代表裁判员宣誓的是自由式滑雪裁判员陶永纯。"

宣誓活动是奥林匹克运动会开幕式中一项传统的庄严的仪式，用以表达运动员以高尚的奥林匹克精神参加比赛的决心，于1920年第七届奥运会实施，从1968年第十九届奥运会起，又增加了裁判员宣誓。从此，一直沿袭下来。

现场，4位宣誓代表，精神饱满，目光坚定，庄严宣誓："我以全体运动员的名义（我以全体裁判员的名义），我们承诺尊重且遵守规则，以公平、包容、平等的精神，参加本届奥林匹克运动会。我们团结一心……为了我队的荣誉，为了尊重奥林匹克基本原则，为了让世界因体育更美好，我们践行此誓言。"

掌声雷动。这4位宣誓代表中，有3位是黑龙江人，他们是王强、刘佳宇、陶永纯。他们表示，能够代表运动员、裁判员进行宣誓，非常荣幸——

陶永纯说："作为国际雪联技术官员担任北京冬奥会自由式滑雪空中技巧和雪上技巧的评分裁判员，并且有幸作为开幕式的裁判员代表进行宣誓，深感荣幸与自豪！这份荣誉不仅仅属于我个人，更属于强大的祖国和全体冰雪体育人。我要感谢龙江这片冰雪热土的滋养。作为冰雪体育强省，我省冰雪体育赛事体系完备，各项赛事层出不穷，为我们裁判员提升执业水平提供了难得的成长环境，使龙江的冰雪裁判在全国具有知名度和竞争力。正因如此，我才能代表龙江裁判员走向冬奥会宣誓台。"王强说："我将在接下来的比赛中，全力拼搏……四年磨一剑，希望这次冬奥会主场作战，成绩会有所突破。"

代表宣誓的另一名运动员刘佳宇，称得上是"中国单板第一人"。她是单板滑雪 U 型池比赛中国所有奖牌的突破者，截至目前已成功获得近 10 次世界杯单板滑雪冠军，是单板滑雪历史上第一个夺冠的亚洲女选手。2 月 10 日，她迎来了自己的比赛，在单板滑雪女子 U 型场地技巧决赛中，由于前两跳失误，第三轮放手一搏，顺利完赛。虽名列第八，但刘佳宇依然带着标志性的微笑走下赛场，眼神中没有一丝落寞，她说，我热爱滑雪，我会与单板滑雪相伴到老。

她的话，验证了那句经典："热爱，可抵岁月漫长。"

精神之火，在时间的长河中闪耀

这一时刻，伴随着开幕式主题曲《雪花》，孩子们围绕雪花台站成心形，迎接着奥运火炬的到来。

北京冬奥会的火种采集于希腊伯罗奔尼撒半岛古奥林匹亚遗址，它犹如一束世界文明之光照耀五洲四海。当世界各地的体育健儿汇聚五环旗下，奥运会成为东西方文明互鉴的舞台。

奥运火炬手入场了！全场观众一片欢呼。"50 后"赵伟昌、"60 后"李琰、"70 后"杨扬、"80 后"苏炳添、"90 后"周洋、"00 后"迪妮格尔·衣拉木江和赵嘉文……他们高擎奥林匹克之火，传承奥林匹克梦想，满怀"一起向未来"的憧憬，跑向充满希望的前方。

在这庄严而隆重的冬奥会主会场火炬传递环节中，有 3 名火炬手来自黑龙江，他们是：李琰、杨扬、赵嘉文。

他们，每个人都有属于自己的冰雪风光。

是谁，可以在声名赫赫的王濛口中，被称为"改变中国短道速滑历史的女人"？历史在回答：是李琰！又是谁，被公认为中国短道速滑历史上的功勋人物？时间在回答：是李琰！

　　李琰是中国滑冰协会主席、中国速度滑冰总教练。她在担任国家短道速滑队主教练期间，带出了无数世界冠军，王濛、武大靖、任子威等都是她的弟子。2010年温哥华冬奥会上，她带领的中国女子短道速滑队包揽了所有项目的4枚金牌，创造了冬奥会的纪录。在北京冬奥会之前，中国一共夺得了13枚金牌，其中7枚都是在她做主帅时获得的。

　　在中国冬奥会的历史上，还有一个名字熠熠闪光，她就是冬奥冠军第一人杨扬。2002年盐湖城冬奥会短道速滑女子500米决赛中，杨扬为中国赢得了冬奥首金。20年前，她为中国争得了第一份荣光，20年后，她作为主会场火炬手，在冬奥会开幕式现场尽情地感受着祖国带来的荣耀。她在自己的职业生涯中，共赢得59个世界冠军，是名副其实的"冰上女王"。值得一提的是，北京冬奥会杨扬再获新职：北京冬奥会和冬残奥会运动员委员会主席。从台前争冠的运动员，到幕后奔波的服务者，她以另一种方式，延续着自己奥林匹克的梦想。

　　6年前，当赵嘉文决定从越野滑雪转训北欧两项时，不会想到自己会成为中国在该项目上参加冬奥会的第一人，更没有想到的是，在北京2022年冬奥会开幕式上，他作为最后两位主会场火炬手之一来到鸟巢。这些"不可能"，都在"双奥之城"好梦成真。

　　2月9日，中国冰雪新一代赵嘉文，参加了北京冬奥会男子北欧两项比赛的角逐，他是首个参加冬奥会北欧两项角逐的中国选手。当他踏上赛场的那一刻，他就已经书写了历史。最终，赵嘉文在跳台滑雪中排名第四十二位，在随后的越野滑雪中以33分29秒80的成绩，获得北欧两项的第四十三名。这是赵嘉文的一小步，却是中国冰雪在这一项目中的一大进步。

山不让尘，川不辞盈，云程发轫，万里可期！

龙江风范

在北京冬奥会上，除了光芒四射、摘金夺银的黑龙江运动员外，更有许多黑龙江人奔忙着，在各个冰雪体育比赛场地和冬奥会的各个角落，都能看到黑龙江人，包括赛事技术代表、竞赛官员、技术裁判员、计量官员、制冰师、雪童、志愿者，以及科研、医疗、场地等服务保障人员……赛场内外，凡目光所及，到处可见黑龙江人的身影。他们服务奥运、参与奥运，将龙江精神带到了冬奥会的赛场上。

此次北京冬奥会，黑龙江派员 441 人，是除北京之外派员最多的省份。据统计，仅哈尔滨体育学院就选派 96 人，支援北京和张家口冰雪两线；哈工大有 22 人在北京冬奥会上勇担重任，倾情服务；"冰球之城"齐齐哈尔市派出百人奔赴冬奥会现场……

你见与不见，黑龙江人就在那里。

在"冰丝带"里，造出最"快"的冰

北京冬奥会上，国家速滑馆"冰丝带"一次次地迎来了高光时刻，这里几乎每天都有新的奥运纪录诞生。这是运动员口中的"最完美的赛场"，这是人们眼里的"最快的冰"。而在"冰丝带"的四位中国制冰师中，就有两位来自黑龙江。他们是黑龙江省冰上训练中心的制冰师宋加峰和刘天阳。

2020 年年末，黑龙江省冰上训练中心选派宋加峰、刘天阳两位

出色的制冰师赶赴北京，协助加拿大制冰师马克的团队，全程参与了"冰丝带"建成后的首次制冰、冬奥会前的测试赛及冬奥会正赛场地保障工作。晨风中来，星光中去，水花上走，冰晶上行，二位制冰师无愧龙江重托、团队期望，打造出惊艳世界的最好的冰、最美的冰、最快的冰。

据介绍，此次由黑龙江省冰上训练中心副主任吴献带队，训练中心共派出 5 人参与到北京冬奥会的场馆运行保障工作中，他们的工作得到了运动员的热情称赞和国际同行的高度认可。

你若要飞，我愿意做你的跑道和翅膀！

手握秒表，精准计时，记录每一个经典瞬间

北京冬奥会，能够以中国裁判 NTO（国内技术官员）的身份参加，这将是怎样的荣耀，对此，黑龙江职业学院教师邢常伟、张巍，心情久久不能平静。

在本次奥运会中，邢常伟负责短道速滑项目的终点计时，记录每一组运动员的成绩、终点名次，每组滑跑运动员的单圈成绩，还有运动员的头盔号和所属国家。她说最荣幸的是见证了本届奥运会首金的诞生。短道速滑 2000 米混合接力，高潮迭起，枪声一响，她屏住呼吸，当武大靖冲到终点时，她精准停表，记录下中国健儿的夺冠时刻。

短道速滑是千分之一秒定胜负的比赛，这非常考验裁判员的实时反应能力和观察力。此次冬奥会上，她双手同时工作，左手记录运动员滑过终点线的时间，右手拿秒表记录运动员的单圈成绩，双手并用、精准操作。当她完成每一轮次计时工作后，心里都充满了光荣感和幸福感以及对这项工作的无比热爱。

作为与她并肩战斗的战友，她的同事张巍与她一样，同样感到骄傲与自豪。冬奥会上，她被安排到速度滑冰国内技术官人工计时裁判的重要位置，需要完成所有参赛运动员每一圈和通过终点线的计时工作，计时要求精确到 0.02—0.03 秒。全程需全神贯注地盯住运动员的每一步滑行，记录准确滑行时间。专注还需专注、盯紧更需盯紧，她是在高度紧张中完成一个又一个任务的，最让她兴奋的是，她亲眼见证了高亭宇以 34 秒 32 打破奥运会纪录、赢得男子速度滑冰首金的荣耀时刻！

秒表定格了瞬间，成绩定格了历史。场上的冰雪魂，场下的龙江人。

这样的"雪童"，有所不同

国家体育馆冰球赛场上，冬奥会冰球比赛激战正酣，除激烈拼抢的各国运动员，每一场比赛都能见到一群身着红衣的少年在赛场上穿插忙碌，为比赛的顺利进行提供保障，他们就是国家体育馆清雪保障雪童团队。

此次清理场上碎冰的雪童，如此不同，原来，他们个个都是专业冰球运动员出身。

据雪童团队的队长黄欢介绍，冬奥会冰球赛场上的 24 名雪童都是专业冰球运动员，几乎都是"00 后"，其中 14 名雪童来自齐齐哈尔市体育局冬季项目管理中心，隶属于齐齐哈尔市男子冰球青年队。

雪童的职责就是在冰球比赛暂停时，在极短的时间内完成场地碎冰清理，以保障比赛更加流畅地进行。国家体育馆的这 24 人组成的雪童团队，要在约 70 秒的时间内，将 1800 平方米的冰面清理干净。冰球赛场上，激烈对抗的队员是一道风景，"闪电"清冰的雪童是又一道风景。

当被问到"专业运动员来当雪童会不会有点儿浪费"时，周欣宇一脸骄傲地摆摆手："我们可是过五关、斩六将一路选上来的。别看是清雪，那可不是谁想来清就能清的！"

在北京冬奥会冰球雪童的选拔中，拥有60多年发展史的"冰球之城"齐齐哈尔组织了40名冰球运动员参与，通过三轮严格测试，23名男女运动员凭实力突围，他们说："尽管我们无法真正上场比赛，但能服务冬奥会并奔跑在奥运会冰场上，这种经历同样珍贵又美妙。"

你要奔跑，我将不遗余力地为你清扫道路！

构筑一张安全的防护网

一张网，护着安全，一片情，浓缩真诚。

这是一个不被知晓的工作，但并不是可有可无的工作。北京冬奥会赛事正在进行的时候，正是赵志刚们格外忙碌的时候。在延庆赛区、张家口赛区，来自大兴安岭阿木尔林业局的赵志刚、杨辉等数名林业工人每天都在紧张有序地奔走着，他们的任务就是负责赛道安全防护保障设施的维护。

"高山滑雪项目危险系数最高，因此，安装防护网责任重大。在比赛时，参赛选手一旦发生意外，防护网就是他们生命的保障，所以每一根杆、每一张网都不可忽视。"赵志刚介绍说。自2019年起，北京冬奥会延庆赛区、张家口赛区进口器材基础项目安装建设陆续开工，赵志刚第一时间组织并带领杨辉等7名家乡人，进驻到延庆赛区施工现场。在1000余个日日夜夜里，他们利用自身技能，为运动员安装雪道安全防护网、压雪车的100余个锚点，并为工作人员提供技术道路安全防护设施。

每次比赛结束，赵志刚们都会沿着滑雪赛道爬行而上，按照标准逐项完成所有检查，他说："能为冬奥会提供保障，我很荣幸也很自豪。"

你尽可飞翔，余下的由我保障。

冰雪盛会中的"天霁蓝"

一身"天霁蓝"，一颗火热心，用热情温暖着赛场的每个角落。他们，就是默默奉献的志愿者，冬奥会上最亮丽的名片。

冬奥会志愿者张鸿博，是绥芬河市高级中学的毕业生，现在就读于燕山大学体育学院。2021年，她从2000多名报名者中脱颖而出，成为北京冬奥会国家冬季两项中心体育领域的志愿者。张鸿博的工作，说简单也简单，就是在赛道入口检查裁判员和运动员的证件是否齐全。可要说难，也真的难，无论是练习还是比赛，只要赛道开放，就需要上岗。作为运动员综合区通行管控团队唯一的女生，张鸿博和其他志愿者一样，经常站在雪地里值守到晚上，尽全力为世界各国运动员提供专业周到的帮助，尽管"从山谷吹来的风仿佛能把人吹透，刺骨的冷"。

在闭幕式上，新当选的国际奥委会运动员委员会委员，代表全体运动员向包括张鸿博在内的6位志愿者代表送上灯笼，感谢全体志愿者为北京冬奥会成功举办所作出的贡献。那一刻，所有经历的艰苦，都化作欣慰的笑容。

他们是那个冬天，最温暖的雪花。

龙江风情

一方水土养一方人，而浓郁的地方风情，几乎都是通过当地人的性格特征、语言特色、行为举止来呈现的。

杨扬、王濛、张虹等黑龙江省退役的优秀运动员受邀参与冬奥会比赛解说，结结实实地打上了东北的记号、黑龙江的记号。他们的解说直白幽默，专业形象，金句不断，好评如潮，不仅展现了龙江的地域风情，更呈现了东北人的热情豪爽，以及龙江体育人乐观豁达的胸怀和专业严谨的精神。

他们在解说中，用浓浓的东北方言，为北京冬奥会增加了独特而迷人的色彩，因为许多冰雪体育健儿家在东北，所以冬奥会上常常会听到东北"嗑"。白岩松这样解释："东北话，啥叫东北话？那就是北京冬奥会上的北京话。"不少网友对本届冬奥会善意地调侃："冬奥会有3种官方语言——英语、普通话和东北话。"

先是黑龙江高亭宇在夺冠接受采访时，一句"隔路"难住翻译，后是黑龙江冰雪体育"大姐大"王濛密集的东北话解说，使东北话风一样地刮遍了冬奥会。

"王濛式的解说"，至今还令人津津乐道。她在解说短道速滑男女 2000 米混合接力决赛时，正当冲线之后亿万人屏住呼吸等待最终裁判的刹那，王濛"咔嚓"一拍桌子，"我的眼睛就是尺！我告诉你们肯定赢了！"工作人员小声提示"看下回放"，王濛高声回答："不用看回放了！我的眼睛就是尺！我也是个福将啊！"事实证明，奥运冠军眼神果然犀利，王濛说话干脆、自信的劲头也感染全场。她的比赛解说，使东北话形成一股热流。在微博上，王濛解说话题阅读量达 19.9 亿，引发 39.4 万条讨论。

冬奥会进行期间，王濛被牢牢"焊"在热搜榜上。她以浓烈的东北方言，把一场场专业比赛的解说，唠成了家常嗑，增加了比赛的魅力与观看度。仿佛是自言自语，仿佛是与你闲聊，王濛在点评意大利选手瓦尔切皮娜时，她就像唠家常一样："哎哟她可厉害，回家生了几个孩子回来以后，哎呀，比原来滑得还快！"

不仅如此，更重要的是，她精到的专业素养，用她自己的话说，

"我就是干这个的！"短道速滑男子5000米接力半决赛中，中国选手李文龙被加拿大选手踢刀摔倒。王濛一眼看出是"踢刀"，便在解说时就提前预判，中国队会进决赛！"我为什么能坐在这里？因为我曾经向国际滑联技术代表请教了两个小时这种情况下的规则！"这就是快言快语、粗声大气、风趣可爱的王濛，这就是东北话特别"盯壳"的王濛。

冬奥会，东北话，以特殊的语言魅力和地域风韵，延伸着体育运动的冰上远方。

龙江风格

绿色奉献给春天，长路奉献给远方。黑龙江人，无论在哪儿，该闪耀时，不藏寸光，该怒放时，花开向阳。一声呼唤，便集结起千军万马，一句诺言，便可见践行的力量。支持冬奥、服务冬奥，黑龙江奋力作为；奉献冬奥、参与冬奥，黑龙江奋勇担当。

高科技中的"龙江智慧"

奥运会开幕式上的"微火"，点亮了世界的目光。以"微火"方式点燃冬季奥林匹克运动的辉煌瞬间，这是我国的首创，而在这一绿色环保理念的背后，是哈尔滨工业大学材料学院苏彦庆教授团队3D打印技术发挥的重要作用。苏彦庆教授介绍说："从2020年开始，团队发挥多年来在新材料、精密成形技术等方面技术优势，成功制备出符合条件的氢火炬及其燃烧系统。"

不仅如此，在北京冬奥会上，黑龙江省充分发挥各方面的优势，以先进的理念、极大的热情、坚定的信心、攻关的成果，贡献着"龙江智慧"。

——黑龙江省研发的智能冰场在北京首钢园落地应用，为国家队科研保障提供了智能化技术支撑。

——黑龙江省在速度滑冰、越野滑雪项目上实现国家级、省级课题关键技术突破，派出的科技保障团队全程参与了多个运动项目的冬奥国家集训队科技服务工作，在运动员跨界跨项科学选材等科技保障工作中，取得了可喜的成绩。

——哈尔滨工业大学主持编写的我国首部《滑冰馆建设标准》，对冬奥会和后冬奥时期我国冰上运动场馆的科学建设贡献卓著；张家口赛区崇礼太子城冰雪小镇项目设计，精湛精美。

——采用快速超塑成形工艺助力制造生产的京张高铁两款车头"龙凤呈祥"和"瑞雪迎春"的蒙皮，以其"高冷"颜值引发广泛关注；助力国家游泳中心"水立方"变身"冰立方"，向世界展现了场馆之美、科技之光。

——制定的《速度滑冰运动项目通用术语》等 5 大类 11 项的冰雪运动领域推荐性国家标准和研制的速度滑冰高端冰刀项目，已在国家立项。

——承担的"2022 年北京冬奥会雪务保障研究项目"，得到北京冬奥组委专门致信表扬。

——哈尔滨体育学院发明新型基础冰刀，获得"冬奥会科研攻关与科技服务项目贡献奖"。黑龙江省高端冰刀研发项目，成为国家级"科技冬奥"项目。

——通过科技赋能，黑龙江省助力冰雪装备制造业龙头企业等，正在做大做强。

训练场地的"龙江保障"

对亚布力体育训练基地场地进行升级改造，包括 K60 跳台场地建设工程、K90 四季跳台场地改扩建工程、U 型池场地新建及改扩建工程、冰状雪场地建设工程、越野场地造雪系统改造工程、越野（智能）场地建设工程等，极大地提升了训练场地的实用功能。投资 1.26 亿元对省冰上训练中心场馆从场馆设施设备、基础能源、园区环境和管理运行等四个方面进行全方位改造。冬奥会之前，主动承办了 8 项全国冰雪赛事，助力国家队以赛代练。亚布力滑雪场承担了 6 支国家集训队 133 人 241 天的训练备战任务。

人才储备的"龙江力量"

在参加北京冬奥会的 2127 名国内技术人员中，黑龙江省有 441 人，是除北京外选派人数最多的省份。黑龙江省还选派了科研、医疗、场地服务等保障人员服务北京冬奥会。累计为国家集训队输送的运动员、教练员覆盖了 7 大项 14 分项，人数为全国最多。2021 年至今，在冬奥会资格赛和国际比赛中，共获 50 余枚金牌，居全国第一。

群众体育活动的"龙江担当"

黑龙江省在群众活动上全面推动冬奥、在营造氛围上全力展示冬奥。改造了一批群众身边的滑冰场、冰壶场、场地越野滑雪场等冰雪场地，累计举办了"全民冰雪活动日""全国大众冰雪季"等迎冬奥相关活动 100 余场次，展现了冰雪体育大省的责任担当。

与此同时，积极打造"带动三亿人参与冰雪运动"核心区，连续 44 年开展的"百万青少年上冰雪"活动是新中国成立以来历时最长的大型群众冰雪运动，为我国冰雪运动发展培养了大批优秀的人才。"带动三亿人参与冰雪运动"统计调查报告中显示，自 2015 年北京申办冬奥会成功以来，全国 12 个省区市冰雪运动参与率达到

30%以上，黑龙江的冰雪运动参与率为57.8%，为全国第一。

北京主场，龙江主力。在此次盛会中，黑龙江坚持"一刻也不能停，一步也不能错，一天也误不起"的理念，在国际舞台上，树立起冰雪大省黑龙江的光彩形象。

冬奥会是展示新时代中国发展进步和精神风貌的舞台，也是展示黑龙江底气、志气、勇气的窗口。

每片雪花，都会有独特的光华；每次奋进，都会有勇气与担当。

正如冬奥会上，那句流传的经典名言所说的那样：你可以永远相信黑龙江！

哈尔滨，冰雪体育圣地之冰城

奥运冠军之城——哈尔滨

我曾长久而深情地凝望着这座我生活的城市，心中总是充满感激；我也曾奋力地书写她的冰雪奇迹以及漫长的冬天，可总是笔力不及。于是，我在浩瀚的词语尽处，寻找着质地纯正的朴素以及那些精彩的表达里小心包裹着的冬天。

"我说哈尔滨市的冬天是美丽的，而美丽之中最美丽的就是这条大江，现在冻得像一片坚实的白色的大理石、一块透明的水晶……凛冽的风，冻硬的雪，正是这大自然的魅力，在这儿创造了砸不碎、打不烂的可贵的人生。"这是刘白羽冬天的哈尔滨。

"冬天的哈尔滨却是一幅白光闪烁的冰莹图画……冰雪塑造了哈尔滨，哈尔滨用冰雪塑造了自己城市的理想。"这是蒋子龙冬天的哈尔滨。

　　"哈尔滨是一座名副其实的雪城，大雪把这座洋气十足的城市装扮成了银色的世界：银色的房子，银色的街道，银色的树，银色的栅栏，银色的行人，兼天空的那轮银月——吾城非常之神奇也。"这是阿成冬天的哈尔滨。

　　"雪花是冬天的脂粉，是专门打扮城市而来的……冬深之时，一场又一场的雪，像是给松花江献上了层层叠叠的哈达，使它泛出凝脂般的银色光泽。"这是迟子建冬天的哈尔滨。

　　这样的哈尔滨，这样哈尔滨的冬天，多么美妙迷人，又是多么勾人心魄。哈尔滨很冷，无冷不艳；哈尔滨很远，虽远必达。

　　哈尔滨是多彩的、丰盈的，也是浪漫的；哈尔滨是透彻的、晶莹的，也是清脆的。人们的笑声在漫长冬季叮当作响，不一样的烟火掺杂着域外风情，底蕴丰厚、宽容悠远。

　　她收拢着漫天飞雪，聚集着沸腾的人们。那大雪覆盖下的青青绿芽，那坚冰之上的展翅之燕，无不细语着生长的高度和飞翔的速度。

　　绚丽的冰雪之梦，从哈尔滨开始。

　　哈尔滨，素有"东方小巴黎""东方莫斯科"的美誉，也有着"冰城"的别称。

　　冰城，这极具地域特色和饱含情感的称谓，寓意颇多，而我最倾心的是"冰上运动之城"或"冰雪体育之城"。2022年6月22日，中国奥委会鉴于哈尔滨在体育事业上的卓著功勋，把"奥运冠军之城"纪念奖杯颁发给了哈尔滨。

　　《关于授予哈尔滨市"奥运冠军之城"纪念奖杯的决定》中称：

为表彰哈尔滨市在冬奥会上为中国体育代表团作出的突出贡献，激励全国更多城市更加重视冰雪运动，有力促进我国冬季运动项目高质量发展，中国奥委会决定授予黑龙江省哈尔滨市"奥运冠军之城"纪念奖杯。

同年11月10日，举行了"奥运冠军之城"奖杯颁授仪式，由于黑龙江省哈尔滨市和七台河市同时获此殊荣，这两座城市遂被称为奥运冠军的"双子城"。

"奥运冠军之城"，是哈尔滨丰厚积累勇攀高峰的一种见证，是这座城市追求卓越勇夺第一的赫赫丰碑，是一代代运动健儿奋力拼搏的汗水汇聚，是所有体育工作者无私奉献矢志不渝的心血凝成。这巨大的荣耀，是对哈尔滨冰雪运动的最好褒奖，是对哈尔滨体育事业的最高肯定，更是对哈尔滨冰雪文化的最美赞誉。而作为中国冰雪运动"领头雁"的哈尔滨，一直在努力着、前行着、攀登着。

1953年，从首届全国冰上运动会在哈尔滨举行，到如今万树花开、头顶桂冠，哈尔滨这座国际化大都市所走过的体育历程，足够苍茫却分明可见。

从夺得中国花滑奥运首金的冰上伉俪申雪、赵宏博，到夺得中国冬奥会历史上第一枚速度滑冰金牌的张虹，再到北京冬奥会上为中国拿下第九金的韩聪、隋文静，以及张会、任子威、庞清、佟健、张丹、张昊等许多冬奥冠军、世界冠军……一个个辉煌，镶嵌史册，一个个姓名，熠熠闪光。

9枚金牌，17枚奖牌，这是哈尔滨对奥林匹克的贡献！

3金1铜，这是哈尔滨在北京冬奥会上的战绩！

也正因如此，中国奥委会特将"奥运冠军之城"纪念奖杯授予了这座拥有70余年冰雪发展历史的北国冰城。

哈尔滨冰雪运动的历史是悠久的，那丰富的册页、那非凡的奇迹、那动人的传说，一定是沾满了岁月的风霜、奋斗的汗水、时光的印记，不然，怎么会悠远如斯、回声漫长……

从冰雪中走来

茫茫宇宙，混沌初开，

炎黄子孙，从风雪中站立起来。

看过了秦汉明月，唱尽了唐宋风采。

奔流铁马铸就长城屹立，浩荡旌旗激发大河澎湃。

巍峨高山跨跃青春脚步，辽阔沃野挥洒英雄慷慨。

冰雪中开辟一条大路，

这大路连接过去未来，这大路通向崭新时代。

我们从冰雪中走来，把阳光之门轰然打开，

我们从冰雪中走来，把岁月之门轰然打开……

——摘自笔者歌词《从冰雪中走来》（"十冬会"开幕式歌曲）

2003年1月5日至18日，中华人民共和国第十届冬季运动会在哈尔滨市召开，开幕式上这首《从冰雪中走来》，把人们的思绪引入了遥远的年代。

人类文明是从战胜恶劣的自然环境包括冷酷的严寒开始的。中华民族自古便与冰雪有着不解之缘，在漫长的历史进程中，人类从畏冰雪、厌冰雪、避冰雪到喜冰雪、用冰雪、恋冰雪，这样，冰雪运动就从这由远及近的过程中，一步一步地向我们走来。

而中国现代滑雪的起源地，就在哈尔滨。

（一）

王殿友的倔劲儿又来了，他就不信找不到照片上的这个地方。

他手里有一张刊登在 1943 年出版杂志封面上的照片，拍摄者是俄罗斯摄影师。照片中，滑雪者头戴防护镜、身着滑雪服、脚蹬滑雪板，背景是滑雪场。这个滑雪场坡陡开阔，坡下是服务用房，照片档案备注上清晰写明了拍摄时间为 1930 年，地点是哈尔滨。

可这个滑雪场到底在哪儿？王殿友带着一群同事走了七八天，最后在一个地方停了下来。他们发现，这个位置与铁路的距离及夹角、远山与铁路的距离、远山天际线的外形，与手中的照片十分吻合。于是，王殿友模仿着照片上人物的动作和拍摄角度照了一张照片。

王殿友是哈尔滨市阿城区文旅局局长，他和同事最终在玉泉境内北极滑雪场 1000 米左右找到了近百年前照片上滑雪场的地点。经过多次多地寻找比对，他们发现，当年滑雪服务用房及院落不见了踪影，滑雪场陡坡已被改造成了农田。

连续几年，业内人士和专家根据遗存的建筑、零散物件、民间资料，确定哈尔滨市阿城区玉泉镇北极滑雪场是当年最早建成的滑雪场。

2023 年 2 月，第四届中国冰雪运动发展高层论坛·中国现代冰雪运动登陆地考证研讨会·2023 中国亚布力冰雪产业国际高峰论坛在哈尔滨举行。参与论坛的专家学者确认此滑雪场大约建设于 1910 年，1918 年进行改造，1928 年举办过大规模的滑雪比赛。

专家们给出的答案是：此滑雪场是欧洲现代冰雪运动进入中国的第一站，是第一个中国现代冰雪运动场地，哈尔滨市阿城区是中国现代滑雪运动登陆地。专家们从"现代冰雪运动在中国传播"这一切入点进行研究，最后确定以"登陆地"作为这次溯源研究的统一称谓。

从 2020 年开始，以黑龙江省冰雪产业研究院牵头组织的专家团队开始实地考察和现场实勘，召开过多次研讨会和现场评鉴会，查阅近千份资料和图片，最后，详细呈现了近百年前哈尔滨冰雪运动的"最初模样"。

《黑龙江体育志》记载，中国近代滑雪运动于 19 世纪末 20 世纪初，由俄国传入中国。冬季滑冰滑雪运动成为中东铁路建设者周末休闲活动和运动方式。由于中东铁路局设在哈尔滨，在铁路沿线修建了多处滑雪场。

"第一站"和"登陆地"的确认，是中国现代冰雪运动文化领域的一个突破性进展成果，更是哈尔滨市乃至黑龙江省冰雪文化寻根的一大创举，强力地突出了地域标识，打造了冰雪运动的新 IP，必将为全省冰雪旅游、冰雪产业乃至冰雪经济高质量发展注入新的活力。

这是一次漫长的追寻之旅，也是一次持久的冰雪跋涉。人类就在这一次次寻找与探索之中，发现了谜面，找到了谜底，记录着昨天，书写着历史。

（二）

哈尔滨，滑雪的来路找到了，那么滑冰的起源是否也有了着落？历史，总是不厌其烦地回答着我们：哈尔滨是我国最早开展冰上运动的城市之一，是中国冰上运动的"摇篮"。

20 世纪初，随着中东铁路建成通车、外来人口增加，哈尔滨人民及俄罗斯侨民便开展了冰上运动，成立滑冰协会，并举办滑冰赛事。

1910 年，俄国人在埠头区（今道里区）修建了体育场，除了开展夏季项目，冬季就用来当滑冰场。中东铁路管理局（今哈尔滨铁路局）、哈尔滨中俄工业学校（今哈尔滨工业大学）等单位都有自用冰场，冰上运动日渐活跃。

哈尔滨解放后，苏联侨民会在南岗修建红军体育场（后改名为南岗体育场），一到冬季，这里便成为冰上运动爱好者的乐园。1948年，哈尔滨市青年团在青年俱乐部浇修冰场，举行速滑比赛会，参赛者多为学生和职工。

1949 年 2 月，哈尔滨市举办了第一届速滑比赛。随后，今道外八区体育场位置浇修的滑冰场也免费向市民开放，冰上爱好者有了较为正规的冰上活动场所，滑冰运动迅速发展。

其实，哈尔滨在思考如何对滑雪"登陆地"考证之前，专家团队就已经着手对每一个冰雪项目的溯源做系统的研究了，目前，已经找到了多个冰雪项目的"第一个"。

对中国第一块比赛用滑冰场的寻找，已经尘埃落定。1899 年哈尔滨成立运动员协会，1907 年，在现哈尔滨道里区红专街建设自行车道和体育场（原红星体育场），并在体育场内开设了滑冰场。据考证，这是哈尔滨第一块用于比赛的滑冰场，也是中国第一块用于比赛的滑冰场。

对中国首个速滑协会的寻找，已经水落石出。1909 年哈尔滨网球和速滑协会成立，据考证这是中国首个速滑协会。会址在新市街即现南岗区果戈里大街一带，并出版了《体育》杂志。原南岗体育场夏季是网球场，冬季是溜冰场，并举办滑冰比赛，曾吸引来自新疆的滑冰队和冰球队。

对中国首次冰球比赛的寻找，已经确定答案。1938 年哈尔滨《波兰天主教星期日报》发表了一篇关于哈尔滨举办首届冰球锦标赛的消息。据考证，这是哈尔滨首次举办冰球比赛，也是中国首次举办的冰球比赛。

对中国首次城际冰球比赛的寻找，已经有了结果。1940年2月，在哈尔滨举行城际冰球比赛，据考证，这是哈尔滨首次举办城际冰球邀请赛，也是中国首次举办城际冰球比赛。

对哈尔滨冬泳开始时间的寻找，已经清晰可见。中国现代冬泳运动是从东正教在哈尔滨松花江上冰上祭祀产生的，最早的活动记录是1921年。

一些专家团研究表明：中国现代冰雪运动中的冰球、滑冰（包括花样滑冰）等冰上项目均起源于哈尔滨。

哈尔滨，从冰雪中走来，也依然会向冰雪中走去。

我在冬天这边等你

我在冬天这边等你，可不知你现在在哪里。

是不是穿好了出发的征衣，是不是奔向这片雪地。

我在冬天这边等你，终于等到了你的消息。

是不是你知道飞的旋律，会带来成功的意义。

等你来，等你来，

你来才有灵性和生机，你来才有雪之声冰之语。

等你来，等你来，

你来冰雪才有无限魅力，你来青春才有蓬勃朝气……

——摘自笔者歌词《我在冬天这边等你》（全国"十冬会""哈尔滨冰雪节"开幕式歌曲）

2003年1月5日，中华人民共和国第十届冬季运动会暨第十九届中国·哈尔滨国际冰雪节在哈尔滨隆重开幕，这首热烈火爆、带着青春旋律的歌曲，在开幕式上演的那一刻，立即引发了观众的一片欢呼。

这首歌的作曲卞留念是歌曲《今儿真高兴》《愚公移山》的曲作者，当年"咱们那个老百姓啊，今个真高兴"，唱红了大江南北。他说，《我在冬天这边等你》这首歌词最让他眼前一亮的是题目，它很巧妙地把季节转化成地域，冬天这边儿是哪边儿？是茫茫的雪原？是冰雪世界？而仔细一想，这是专为在哈尔滨召开的全国十冬会所创作的，那么冬天这边儿就是东北这边，就是哈尔滨这边儿。这首歌词中的"等你"一句，充分表现出哈尔滨人民正以极大的热情，欢迎着各地亲朋。

等你，北方的冬天在等你，热情的哈尔滨在等你，那漫天的雪花在等你！的确，哈尔滨是一个充满激情且奔放包容的城市，天气的冷，塑造着景观；人心的热，聚集着人气。对冰雪体育更是情有独钟，也是举办全国冰雪体育盛会最多的城市、承办全国冬运会届数最多的城市。每当举办冰雪赛事，各地运动员都会有一次壮丽的奔赴，而哈尔滨更会打开冰雪之门，敞开温暖心怀。

1953 年 2 月，首届全国冰上运动大会在哈尔滨八区体育场召开，参加比赛队伍以东北区、华北区、西北区、中国人民解放军及中国火车头体育协会为参赛单位。比赛共设速度滑冰、花样滑冰和冰球 3 个冰上项目，196 名运动员参加了比赛，创造了新中国速度滑冰的第一批全国纪录。

这是新中国第一次举办全国性的冰上运动会，是一座重要的里程碑，也标志着冰上运动拉开了序幕。

首届大会，不仅拉开了冬季体育运动的序幕，更促成了这座城市与全国冬季盛会的不解之缘。

中华人民共和国冬季运动会，简称"全国冬运会"或"冬运会"，

是中国规模最大、级别最高的冬季综合性体育赛事，每四年举办一次，在全国冬运会举办的十三届中，哈尔滨单独举办或参与举办就达八次之多。

1959年2月，第一届全国冬运会在哈尔滨和吉林举行。此次运动会在哈尔滨举办了冰上项目的比赛。黑龙江获速度滑冰、花样滑冰、冰球3项团体分第一名、滑雪团体分第二名的好成绩。

1976年1月，由哈尔滨承办的第三届全国冬运会，共有14个代表队972名运动员参加。比赛项目有速度滑冰、花样滑冰、冰球、高山滑雪和越野滑雪5个分项。

1979年，第四届全国冬运会在黑龙江省哈尔滨尚志市、新疆乌鲁木齐市、北京市三地举行，共分5个分项60个小项，参赛单位12个，运动员227名。

在此之后的第五届、第七届、第十届均在哈尔滨市举办。这期间，即使在其他城市举办的全国冬运会，哈尔滨也贡献着自己的力量。

2016年1月，第十三届冬运会在新疆举行，哈尔滨亚布力承担了跳台滑雪比赛。亚布力体育训练基地凭借完善的场地设施曾承办过第五届、第七届、第十届冬运会雪上赛事，承办第三届亚洲冬季运动会、第四届亚洲少年高山滑雪锦标赛等国际赛事的雪上项目比赛。

哈尔滨的真诚与率直、努力与担当，不仅吸引国家大赛频频落脚，还吸引洲际、国际赛事纷至沓来。

亚洲冬运会、世界大学生冬运会在哈尔滨的举办，又让哈尔滨打开了一扇更大的窗子。

1996年2月，第三届亚洲冬季运动会在哈尔滨市举行。这是中国第一次举办亚洲冬季综合运动会，参加的17个国家和地区的455

名运动员齐聚哈尔滨市，遍布亚洲各地的参赛队伍意味着亚冬会不再是东亚国家和地区的独舞，而真正成为亚洲体坛的大聚会，标志着哈尔滨的冰雪体育文化走出亚洲，走向世界。本届亚冬会除了中国队成绩位列金牌和奖牌榜首位外，另一个收获就是使哈尔滨亚布力声名鹊起，并促使其逐步发展成为中国最大、设施最先进、条件最优越的雪上运动场所。

2009年2月，第二十四届世界大学生冬季运动会在哈尔滨市举行，来自44个国家和地区的2366名运动员参加了运动会，中国位居金牌榜第一。这是中国第二次举办的世界大学生运动会，也是我国历史上首次举办的规模最大、人数最多、水平最高的世界综合性冬季运动会。

笔者有幸担任"第二十四届大冬会"闭幕式演出的撰稿人，不仅撰写了主持词，还创作了歌曲《青春领跑》，并与卢先生创作了闭幕式主题歌《快乐放飞大冬会》："相聚快乐的大冬会，放飞大冬会的快乐。面对相同的笑容，牵手不同的肤色。精彩承载着荣耀，拼搏连接着融合，播下友谊的种子，收获美好的时刻，交换冰雪的洁白，烙印永远的传说。大冬会这是永远不熄的圣火，大冬会这是一支不变的情歌。"

冰上火焰、雪地情歌，哈尔滨捧出无限的热情拥抱世界。

勇于担当，热血一腔，哈尔滨为中国冰雪事业发展不遗余力地贡献着自己的力量。

冰雪飞扬

冰雪飞扬，向着更快更高更强，冰雪飞扬，追逐梦的方向。

这是一片神奇的沃土，这是冰雪的故乡。

漫长的冬季和浩瀚的冰雪，锻造了冰雪精神，显现了冰雪奇观，更给了冰雪运动勃勃的生机、沸腾的景象。

冰是季节的恩赐，雪是高天的奖赏。

一批批冰雪英雄，走上了高高的领奖台，走上了冰雪赛场。让五星红旗，骄傲地点亮了世界的目光。

此刻，我站在北方，以竞技的名义，向冰雪健儿，隆重地交出我的敬仰。

——摘自笔者所撰黑龙江省第十四届运动会闭幕式主持词

哈尔滨，这座在冰雪中最早醒来的城市，当东方的那片红晕轻轻涂抹大地的时候，就已经开始进行冰雪运动了。

花样滑冰、速度滑冰、冰球、冰壶、单板滑雪、自由式滑雪、越野滑雪、高山滑雪等各种项目丰富多彩，从而被誉为中国冰雪运动的"摇篮"。

1954 年，哈尔滨在全国率先开设了冰上训练班，成立了速度滑冰队、花样滑冰队和男子冰球队。

1987 年，哈尔滨滑雪队成立；2000 年，中国第一支冰壶队哈尔滨队成立……还成立了自由式滑雪雪上技巧队、少年冰球队等。

他们，风一样地行走、飞一样地滑行，成为哈尔滨一道亮丽的风景。

冰雪 70 年，哈尔滨培养了一大批冰壶、冰球、滑雪、花样滑冰、短道速滑等专业冰雪运动员和优秀教练员，为中国冰雪运动蓬勃发展作出了冰城的贡献。

一批批冰雪世界冠军不断涌现，一批批冰雪纪录不断刷新。一城冰雪，万点繁花，一代代哈尔滨冰雪运动员，穿过岁月的风烟，跨越冰雪的封锁，在雪上竞技，在冰上绽放……

（一）

1953 年，东北区首届冰上运动会在哈尔滨召开，此次运动会，哈尔滨速滑运动员获得 6 枚金牌，团体总分第一名。苏君智、林振坤、柳玉惠等人入选东北区代表队并参加首届全国冰上运动会，所获总分超过华北、西北、内蒙古、解放军和全国火车头队，居大会之冠。哈尔滨速滑运动员柳玉惠、林振坤，在 1500 米和 3000 米速度滑冰比赛中夺得 2 块金牌，在全国大赛上为哈尔滨赢得了荣誉。

1954 年，"吉、黑、松、哈冰上运动会"在哈尔滨召开。冰上四强之争，风烟骤起，哈尔滨代表队再次以 5 枚金牌、8 枚银牌的奖牌总数居首位。

随着全国首届冰上运动会在哈尔滨的成功举办，迅速掀起一股冰上运动热潮。冰雪赛场，英雄辈出。

哈尔滨最早在国际冰坛上获得奖牌的运动员是杨菊成。1958 年，他在阿拉木图举行的四国友谊比赛中，分别获 500 米和 1500 米第三名；同年，又在全国比赛中夺得 500 米速滑冠军；1959 年 1 月，在六国友谊比赛中获得第二名；同年，在第五十三届世界男子速度滑冰锦标赛 500 米决赛中，获得第二名，五星红旗第一次在国际冰坛上升起。

1980 年，在哈尔滨举行的全国比赛中，栾波、姚滨获双人花样滑冰冠军；1987 年，王锐在全国第六届冬运会上获 1000 米、3000 米短道速滑两枚金牌。

1986 年，哈尔滨籍运动员王秀丽在第一届亚冬会上获 1000 米冠军，同年在中日对抗赛上，打破了 3000 米全国纪录。1990 年，又在加拿大卡尔加里举办的世界女子速滑锦标赛上获 1500 米冠军。时隔 27 年，中国运动员再次站在了世界速度滑冰的最高领奖台上。

2019 年，在花样滑冰世锦赛上，冰城组合隋文静、韩聪以巨大优势时隔两年再度捧得世锦赛冠军；任子威在短道速滑赛场展现出了强大的竞争力，在多次世界杯比赛中斩获金牌；宫乃莹在国际雪联单板滑雪平行项目世界杯崇礼站比赛中获得了女子平行回转项目冠军，实现了中国队在该项目上零的突破；小将张可欣在国际雪联自由式滑雪 U 型场地世界杯中国站女子组比赛中获得冠军，刮起了一阵青春旋风，也跻身该项目国际顶尖高手之列……这些"90 后"乃至"00后"的年轻人用自己的努力和成绩展现了哈尔滨冬季项目运动员的卓然风采。

70 余年，哈尔滨涌现出一大批国际顶尖的运动员，他们在一些重点项目上打破了欧美国家的垄断地位。申雪、赵宏博、张虹、张会等世界名将是他们中的优秀代表。

冰上舞者申雪、赵宏博，在 2010 年温哥华冬奥会上，以总分216.57 分，两次打破世界纪录的最佳战绩夺得花样滑冰双人滑冠军。这是中国代表团本届冬奥会首枚金牌，也改写了中国花样滑冰冬奥会无金牌的历史，打破了俄罗斯人 46 年来连续 12 届冬季奥运会对花样滑冰双人滑的垄断。他们用美妙的舞姿和精湛的技术赢得了全世界观众的喝彩，用不断创新的动作与难度，一步步迈向世界花样滑冰双人滑的新高峰。

"冰上彩虹"张虹，在 2014 年索契冬奥会上摘得女子速滑 1000米金牌，为中国在这个"历史最为悠久"的冬季项目上实现了历史性突破，成为中国速滑第一人。从短道速滑转项目到速滑，她用了6 年时间摘得中国速滑冬奥首金。在这之后的体育生涯里，张虹一路摘金夺银。2023 年 2 月 13 日，在她冬奥夺金九周年的日子，光荣退役。

国际健将张会，在2010年温哥华冬奥会短道速滑女子3000米接力决赛中，与队友以4分06秒610夺得冠军，创造了新的世界纪录，击破了韩国队在这个项目上长达18年的垄断坚冰，为中国代表团取得了冬季项目唯一一块集体项目金牌。

星光灿灿，金牌闪闪，这条冰雪体育之路，是无限风光之路，是不断攀缘之路，是一年又一年永不停歇的奋发追求，是一代又一代从不间断的赓续传承。

岁月更迭，这条洒满阳光、铺满鲜花的冠军之路，依然向着未来的方向延伸着、拓展着……

(二)

2022年，又一轮的荣耀时刻正向我们走来，又一幅精彩画卷正向我们铺开。

北京冬奥会，隆重开幕，哈尔滨冰雪力量，凸显神奇；哈尔滨冬奥选手，摘金夺银。

在参加北京冬奥会中国团队的176名运动员中，有哈尔滨运动员41名，这些哈尔滨籍运动员是当之无愧的"第一主力"，其中，既有刘佳宇、蔡雪桐这样的"四朝元老"，也有彭程这样征战过三届冬奥会的"年轻的老将"；既有任子威、金博洋这样第二次出现在冬奥赛场的"中坚力量"，也有张雨婷等一批首次亮相冬奥的"奥运新兵"，当然，更有隋文静、韩聪这样的世界顶级名将。作为全国冰雪项目的一支劲旅，哈尔滨运动员在北京冬奥会上如一树花开，盎然怒放，勇夺3金。

2月5日，首都体育馆决出了北京冬奥会短道速滑项目的首金——男女2000米混合接力。在这个备受国人关注的项目上，来自哈尔滨的两位名将任子威、张雨婷与队友们精诚合作，在惊险频出、风云突变中，如愿为中国体育代表团收获了本届冬奥会的首枚金牌。

2月7日，在首都体育馆举行的冬奥会短道速滑项目男子1000米决赛中，任子威以1分26秒768夺得冠军，实现了中国队在这个项目上金牌零的突破，由此，他被称为"冬奥之星""双金王"。

2月19日，花样滑冰双人滑世界名将隋文静、韩聪在自由滑比赛中登场。比赛中，隋文静、韩聪展现出两届世锦赛冠军的风采，夺得这个项目的冬奥冠军，领先亚军0.63分。两位哈尔滨名将用超强的实力，弥补了4年前以0.43分之差屈居亚军的遗憾。

41名哈尔滨运动员，在北京冬奥会的表现足够亮眼，除了3金1铜的奖牌之外，还在5个大项中的8个分项的争夺中，刮起一阵"冰城旋风"。

他们是冰球场上的"朵朵冰花"，是冰壶比赛的"哈尔滨优雅"。他们中间，还有勇敢挑战高难度动作的小将张可欣，用十几年坚持和努力证明自己成长的彭程、金杨……这些冬奥会上的"哈尔滨力量"，是中国冰雪运动龙江军团中的耀眼明星，更是延续着中国冰雪运动的希望。

本届冬奥会，哈尔滨队在技巧类项目上成绩喜人。在单板滑雪U型场地技巧项目中，刘佳宇这位冬奥会的"四朝元老"，最好成绩是平昌冬奥会银牌，曾为中国队在这个项目中实现了奥运奖牌零的突破，本届冬奥会上她再次出征，获得第八名。在传统滑雪项目上，哈尔滨选手李馨、尚金财等运动员分别获得越野滑雪女子接力项目第十名、男子接力项目第十三名的成绩，这也是我国运动员在奥运会越野滑雪项目比赛中的最好名次。李馨曾在全国第十三届冬运会比赛中包揽越野滑雪女子组全部4枚金牌，在国内堪称霸主。2月17日，孔凡影在高山滑雪女子全能项目比赛中名列第十五名，创中国选手高山滑雪女子全能项目最好名次。

……

北京冬奥会上的哈尔滨运动员，无论是聚光灯下的体育明星，还是拼尽全力的后起之秀，他们，都是这座城市的英雄，都会获得人们的掌声，他们正走向登顶的路上，而金牌也正向他们招手。

哈尔滨战队，为中国冰雪军团创造历届冬奥会最佳战绩写上了属于冰城的浓重一笔，也让哈尔滨成为北京冬奥会中为中国体育代表团贡献最大的城市，他们是哈尔滨的荣耀、黑龙江的荣耀、中国的荣耀。

在举世瞩目的北京冬奥会圆满闭幕之际，国家体育总局冬季运动管理中心向哈尔滨市委、市政府发来感谢信。

2022 年 2 月 21 日，国家体育总局冬季运动管理中心特向哈尔滨市委、市政府和哈尔滨市体育局致感谢信。

哈尔滨之所以能在中国冰雪运动龙江军团中占据领军地位，为我国冰雪体育运动的发展作出如此突出的贡献，那是因为这座城市从诞生之日起，便一直与现代冰雪运动相伴相随。诸多冰雪项目发轫于此，诸多冰雪健儿成长于此，诸多高光时刻诞生于此，诸多冰雪力量衍生于此……

冰雪体育精神，将在这座城市永远闪烁着灿烂的光芒。

太阳·雪

从后羿的故事里知道了你的传说，
在阳光的羽翼中领略了你的火热。
你在天上洒下光华，我在风中起舞欢歌，
你是人间天天来的温暖，我是冬季年年来的常客。

从诗词歌赋里知道了你的圣洁，

在冰封雪国中领略了你的色泽。

你在四季春去冬来，我在晨昏东升西落。

你是翩翩飞舞的白色蝴蝶，我是东方升起的一派蓬勃。

太阳·雪，你是我梦中最大的花朵，

太阳·雪，你是我心中最美的颜色。

你我都装点着纷缤的岁月，你我都打扮着漂亮的生活。

——摘自笔者歌词《太阳·雪》（"太阳岛雪博会 20 周年庆典"晚会主题歌）

2008 年，在哈尔滨太阳岛雪博会举办 20 周年的日子，一场以"太阳·雪"为主题的大型庆典晚会在环球剧场隆重举行。在这场庆典活动中，笔者的任务是撰写主持词和创作主题歌的歌词。

我深爱着这座城市，深爱着这里的冰雪，搜索记忆，我曾写过的那些与这座城市冰雪、体育等大型文艺活动有关的文字，瞬间也在眼前纷纷扬扬起来，我的世界，今夜会有一场雪。

哈尔滨冰雪文化底蕴深厚，源远流长；哈尔滨现代冰雪文化内涵独特、魅力无穷。

正是因为哈尔滨丰富冰雪文化的厚实积淀，才使哈尔滨的冰雪体育走得更高更远，冰雪文化滋润了冰雪体育，而冰雪体育又丰富了冰雪文化。如果说，冰雪文化为冰雪体育注入了魂魄，那么，冰雪体育则给冰雪文化强健了筋骨！

中国现代冰雪文化一词最早出现于 20 世纪 80 年代末 90 年代初，是哈尔滨首先提出来的，萌芽于 1963 年第一届冰灯游园会、起始于 1985 年第一届哈尔滨冰雪节、延续于 1988 年第一届雪雕游园会和 1999 年第一届哈尔滨冰雪大世界。哈尔滨，现代冰雪文化的肇兴之地。

从松花江畔古老的渔灯，到兆麟公园绚丽的冰雕，再到太阳岛雪雕艺术博览会、哈尔滨冰雪大世界……当我们沿着那弥漫的光晕走回昨天的时候，或许我们会寻到冰城人晶莹的冰雪记忆，也会听到这座城市冰雪发展的足音。

（一）

当任仲夷俯下身来的时候，已经是 1963 年正月了，他正在跟一个老人交谈着什么。

时任黑龙江省委书记兼哈尔滨市委第一书记的他在正月初八这天到香坊区考察，往回走时，天已经黑了。这时，他忽然发现，路边一户居民家门前有一点微弱的亮光，走近一看，一个老人蹲在路边，面前摆放着个用"喂得罗儿"（水桶）制成的空心冰坨，中间插了根点燃的蜡烛。这一盏土制的冰灯，让他心头一亮。

那时，群众的物质生活、精神生活极度贫乏。特别是哈尔滨的冬天寒气逼人，没有什么娱乐活动，公园也渺无人踪。冬天，人们已经习惯待在家里"猫冬"了。这种萧条冷寂的景象，任仲夷看在眼里，急在心头。

正是这盏土制冰灯，让他无比兴奋，随后，一个前所未有的计划在他心中酝酿形成："正月十五那天，在兆麟公园搞个冰灯展，就叫冰灯游园会！"

于是，1963 年农历正月十四那天晚上，哈尔滨市第一届冰灯艺术游园会在兆麟公园拉开了序幕。没想到，第一天就接待了近 5 万人，以后几天，人如潮涌，原定 3 天的展期，不得不又延期 3 天，6 天中来游园的人数达 25 万之多，几乎是当时哈尔滨人口的十分之一。

1963 年的正月十四这一天，中国第一次出现有组织的冰灯游园活动，这是中国现代冰灯艺术的开端，也为哈尔滨国际冰雪节与哈尔滨冰雪大世界的诞生种下了一颗种子。

有专家说："冰灯游园会就是哈尔滨冰雪文化和冰雪艺术的根，哪怕在世界冰雪文化和冰雪艺术层面都有着举足轻重的地位。"

第一届冰灯游园会开创了现代冰雪文化的历史先河，开启了我国现代冰雪艺术之门。之后，每年冬季，哈尔滨兆麟公园和松花江上，那晶莹剔透的冰块，便化身为一件件千姿百态、晶莹剔透的冰雕，把哈尔滨打扮得美轮美奂。

很快，哈尔滨的冰灯吸引了世界的目光，人们不仅钟情于这里五彩缤纷的梦幻冰雕，还热爱那茫茫一片的洁白瑞雪。1985 年 1 月 5 日，中国第一个以冰雪为载体的地方性节庆活动"首届哈尔滨冰雪节"在兆麟公园南门隆重地揭开大幕，并于 16 年后的 2001 年升级为国际节会——中国·哈尔滨国际冰雪节，至今已达第三十九届，与日本札幌雪节、加拿大魁北克冬季狂欢节和挪威奥斯陆滑雪节并称为世界四大冰雪节。哈尔滨冰雪节，不仅是哈尔滨人的盛大节日，也是全世界的冰雪盛会。

千禧年的跨年之夜，一座气势恢宏的冰上建筑群在松花江江心沙滩上横空出世。伴着零点的钟声，第一届"哈尔滨松花江冰雪大世界"正式开园。这座为迎接 21 世纪的到来而建造的冰雪迪士尼乐园，匠心独具、魅力独特，创造了哈尔滨冰雪建筑作品七个历史之最，并成为"中国·哈尔滨冰雪大世界"的起点。

2003 年 1 月 5 日，第十九届中国哈尔滨国际冰雪节暨全国第十届冬季运动会开幕式、第四届冰雪大世界开园仪式一并举行。从此，冰雪大世界迁入太阳岛西区永久园址。

冰雪大世界，一年一届，年年不同冰景，岁岁不同主题。巧夺天工的冰雪造型、趣味十足的冰雪项目、精彩纷呈的冰雪活动，吸引着全国乃至全世界的游人，经过23年的发展，哈尔滨冰雪大世界已成为世界上最受欢迎的冰雪乐园。

从点点渔光的星星灯火，到美轮美奂的艺术呈现；从一座城市的民俗文化，到跻身世界四大冰雪节的文化盛事……哈尔滨，不断创造着冰雪奇迹。

（二）

曾经，人们对哈尔滨太阳岛的印象只停留在夏天。因为，在1979年拍摄的纪录片《哈尔滨的夏天》主题歌《太阳岛上》，已让太阳岛红遍了全国："明媚的夏日里天空多么晴朗，美丽的太阳岛多么令人神往……"真可谓"一曲《太阳岛上》，唱醉了日月星光，那夏天的故事就在这歌声中珍藏"，太阳岛声名鹊起，每当夏季，许多外地人纷至沓来。

夏天的太阳岛如此迷人，那么冬天的太阳岛是什么样子，是否也充满诱惑？人们仿佛无从知晓。这种信息的失语和风中的萧条，在1988年的冬天被打破了。

1988年12月，几场大雪光顾冰城，太阳岛积雪盈尺。此时，江南热火朝天，忙于第十五届冰灯游园会的冰雕制作，筹备第二届国际冰雕赛、第五届哈尔滨冰雪节，而江北的太阳岛，却冷冷清清，与江南热闹的场面形成鲜明对比。

看着太阳岛如此丰富的冰雪资源闲置在岛上，原太阳岛风景区管理处的张百令陷入了沉思，那么如何要让这雪"站起来"？如何让太阳岛的冬天"热起来"？他脑子里灵光一闪：动员职工搞雪雕，吸引游人上岛参观，让太阳岛的冬天不再冷寂。

让他没有想到的是，正是这个想法，使哈尔滨冰雪节有冰少雪的格局从此改变了。

于是，170多名职工，迎风冒雪，自备工具、自选题材，开始了热气腾腾的雪雕制作。大家用铁锹、斧头、炉铲等原始工具一点点撮雪、慢慢堆制，有的还拿喷雾器往雪塑上喷水。经过7天奋战，在太阳湖及其湖岸用天然雪制成了老寿星、圣诞老人、狮身人面像、梅花鹿、熊猫等近20件雪雕。太阳岛雪雕，成了冰城最亮眼的新秀，太阳岛，俨然成为冰雪艺术的殿堂。

"太阳岛有雪雕了！"人们奔走相告。趁热打铁，有关领导决定，马上在这里举办"哈尔滨冰雪节首届雪雕比赛"。

1989年1月初，由41个队、123人参加的首届群众雪雕比赛在太阳岛公园举办，41件雪雕精彩亮相。这一年，太阳岛公园第一次在冬天迎客，展出20天里，慕名而来的国内外游客达3万多人。这次活动，后来被定名为"哈尔滨市太阳岛第一届雪雕游园会"。

此后，哈尔滨雪雕比赛、黑龙江雪雕比赛、全国雪雕比赛、国际雪雕比赛等赛事陆续在太阳岛成功举办，太阳岛雪雕游园会的国际影响力逐年提升。

1996年2月在哈尔滨举办的第三届亚洲冬季运动会，以及1998年1月在哈尔滨召开的第八届国际北方城市会议，为雪雕艺术发展提供了良好的契机；1999年底开展的"新千年庆典活动"，标志着哈尔滨雪雕进入了繁荣期。

2000年，在游园会历经12年的风雕雪刻之后，正式命名为"太阳岛国际雪雕艺术博览会"。

从此，太阳岛雪雕名扬世界，凛然站在了世界冰雪艺术的巅峰之上。至今，雪博会已走过了漫长的历程，在传承中不断发展、发展中大放光华。

2023年，在第三十五届雪博会上，有一件雪雕作品十分壮观。

这是矗立于雪博会园区里水阁云天东侧的《奥运冠军之城》主题雪雕。这一作品，以奥运五环、奥运冠军之城奖杯以及哈尔滨地标性建筑为主体，左右两侧分别是花样滑冰与短道速滑冰上运动人物形象。大片的雪花和冰上运动的人物，不仅体现了这座城市冰雪运动的蓬勃发展，更让人充分感受到哈尔滨冰雪运动精神和为中国体育作出的贡献。

如果说，当年从太阳岛职工的雪雕中萌芽了中国雪雕艺术，是哈尔滨人冰雪智慧的灵动光芒，那么，太阳岛雪博会就是这种智慧缔造人间大美的最高境界。

哈尔滨，雕塑着冰雪，也雕塑着自己，更雕塑着这座城市的精神与灵魂！

冰雪精神辉映着体育精神，体育精神体现着冰雪精神。哈尔滨，在不断创造着冰雪奇迹的同时更创造着体育奇迹。

冰情雪韵

我和冰雪很近很亲，总在梦中牵着我的衣襟。

跟着那火树银花步入仙境，伴着那片片白蝴蝶舞动长裙。

冰城的爱，热热烈烈圣洁纯真，

哪怕冰天雪地也会清澈动人。

冰城的情，神圣洁白冰雪坚韧，

就是再久的风霜也覆盖不了永恒的忠贞。

冰情雪韵，爱在风雪中给冬天一个温馨的热吻，

冰情雪韵，爱在天地间给幸福一个蓬勃的早春。

——摘自笔者歌词《冰情雪韵》（第二十四届中国·哈尔滨国际冰雪节开幕式主题歌）

2008 年 1 月 5 日,"倾国倾城、冰情雪韵——第二十四届中国·哈尔滨国际冰雪节"盛大开幕,主题歌《冰情雪韵》热情阐释了本届冰雪节的主题:美在冰城中、情在冰雪里、爱在天地间。

一城冰雪,几度春秋。哈尔滨的发展史,就是一部冰上运动史,"冰雪基因"已经融入哈尔滨人的血脉之中。冰天雪地中坚韧顽强,破冰而行;奥运赛场上不畏强手,一往无前。回首漫漫征程,哈尔滨是当之无愧的"冰上运动摇篮";走向美好明天,哈尔滨会继续当好"冰雪体育领头雁"。

哈尔滨冰雪资源得天独厚、冰雪文化魅力独特、冰雪品牌声名远扬,连续 5 年荣膺"中国冰雪旅游十佳城市"榜首,成功入选"世界游客最向往的中国城市榜单"前十名。当前,哈尔滨深入贯彻落实"冰天雪地也是金山银山"的理念,持续拓展冰雪旅游优势,不断提升冰雪运动水平,大力发展冰雪装备产业,做足做实冰雪文章,全力打造"冰雪文化之都"。

2022 年 12 月 24 日上午,第九届全国大众冰雪季在哈尔滨启动!一场全民的冰雪狂欢,正在上演。

(一)

冰雪狂欢,搅动一江冰雪,我看到了这座城市对冰雪的一腔热爱和在追求中的发展。

宽阔的江面上,冰盘、冰壶、冰球、雪地风筝、雪地排球、冰上龙舟、柔力球、雪地球……各种冬季项目以及来到黑龙江后被"冰雪化"的体育项目纷纷展开,哈尔滨,在玩转冰雪。

国际赛场上,哈尔滨运动员是中国体育军团摘金夺银的主力军;在全民健身的舞台上,哈尔滨实现了"一年四季 + 水陆空"时间和空间全覆盖的丰富多彩的全民活动。2019 年以来,哈尔滨市全民上冰雪百日系列活动启动仪式吸引了超过 70 万人参与。据不完全统计，哈尔滨市常年参加冰雪运动的人口数量超过总人口的 15%，位列全国第一。

在市民参加冰雪活动热情高涨的同时，哈尔滨市的校园冰雪体育活动也如火如荼。哈尔滨现有国家级冰雪特色学校 74 所、省冰雪特色学校 89 所、市级冰雪特色学校 126 所、冬奥会和冬残奥会奥林匹克教育示范学校 20 所、冰球特色学校 120 所……哈尔滨，正全力推进广大青少年参与冰雪活动和冰雪运动。

关键节点上，哈尔滨市有分有合、有张有弛地打出"组合拳"，让竞技体育与全民健身实现了有机结合，真正实现了全民健身在冰城"动起来，热起来，火起来，嗨起来"的目标。

在这样的大背景下，哈尔滨的竞赛表演业和健身休闲业也得以进一步发展，冰城体育人开始着力打造符合哈尔滨地域特点体育产业发展的"冰城范本"。

（二）

冰雪狂欢，迎来一派春色，我看到了这座城市丰富的积累和冠军之城的底气。

在冰天雪地中，开展如此丰富多彩、种类齐全的冰雪运动，如果没有多年的积累是断不能形成如此浩大规模的。

从 2019 年开始，哈尔滨每年开展的体育活动都超过 400 项，其中夏季举办赛事活动 215 项。冬季举办赛事活动 190 项，包括冰盘国际公开赛、冬季铁人三项世界杯、芬兰蒂亚滑雪马拉松赛、全国速度滑冰马拉松赛、中国哈尔滨国际友好城市冰雪汽车挑战赛等大型赛事 6 项，每年参加活动人数达 300 万人次。

（三）

冰雪狂欢，迎来一城蓬勃。我看到了冰雪设施和冰上体育场馆建设的一日千里。

如今，哈尔滨每年冬季，室内外冰场同步开放，为广大健身爱好者提供了丰富的健身场地资源。新建的 10 个气膜冰上运动中心在 2022 年已全部投入使用，利用松花江、马家沟河水面和公园天然水域浇建的 90 块左右公益冰场，目之所及。尤其是位于哈尔滨大剧院南侧的 80 万平方米的公益冰场，已经成为冰城市民冬季打卡地之一。冬季 10 分钟健身圈、18 处室外智能健身房、20 余家滑雪场、530 块中小学校园冰场——哈尔滨打造完成的"上冰雪"半径 2 公里"辐射圈"，已经让冬季运动场地从哈尔滨的短板化为优势，更让这里形成了"一江居中，两岸皆冰，全城热动"的独特景观。

大众冰雪季，冰城人的"冰雪狂欢"，是哈尔滨的体育发展中的一个缩影，浓缩的是哈尔滨人对这座城市以及冰雪运动的无限热爱。

刚刚过去的 2022 年，哈尔滨市体育战线围绕打造"七大都市"和"体育强市"发展目标，坚持上下同欲，融局汇流，循规蹈矩，退"君"当"使"和"三个为主，三个为辅"等为主导的新工作理念和思路，取得了建市以来里程碑式的成就。

哈尔滨，一个与雪相伴、相生、相恋的城市，冰雪向哈尔滨倾诉着一生深情的独白，哈尔滨向冰雪回赠一个沸腾的冬天。那么，来哈尔滨吧，来感受冰雪之美、冰雪之魅；来体会冰雪盛宴、冰城热情；来体验冰雪奇观、冰雪奇迹。现在，就开始酝酿一次千万里的奔赴吧，来一场或轰轰烈烈或缠缠绵绵的冰雪之恋。

在此，笔者也想用刚刚创作的一首歌词《冰雪之恋》，作为本篇的结尾——

在风里在雪里盼了那么久，

风满天雪满地一夜白头。

一声呼唤千百次回眸，等你在冰雪飞扬的时候。

在情里在梦里盼了那么久，

情有声梦无语风光依旧。

一声呼唤不需要理由，等你在冰雪激荡的时候。

来吧来吧，爱在冰雪写春秋，

来吧来吧，如今正是好时候……

七台河，脚踩冰刀前行的城市

奥运冠军之城——七台河

我喜欢看北方初春的旷野。

辽阔而深邃的大地，默不作声，她没有花红柳绿地炫耀，也不会风情万种地招摇，只把积攒了一冬的温润气息悄悄地弥漫开来，只把一幅延伸到天际的黑白画卷缓缓地铺展开来，之后，风就与泥土、树根、草籽们低声地讨论发芽和生长的细节了。

大地上的黑，是那种深不见底的黑、是悟透暗夜的黑、是黑油油的黑；原野上的白，是那种被岁月洗透的白、是白天吻过的白、是干净纯粹的白。

这，或许就是时间在黑夜与白昼间穿行中留有的印痕。黑白相间的光阴里，潜行着世界上所有的夜晚与白天，那是土地的颜色，那是冰雪的颜色。

此刻，我坐着高铁，正穿行在这黑白的色块儿中赶往七台河。

七台河作为一座因煤而生、缘煤而兴的新兴工业城市，多年来城市文化内涵不断丰富和发展，抗联文化、冠军文化、矿工文化已成为七台河重要的城市文化名片，凝聚着城市发展的过去，承载着城市发展的未来。

这，是一座煤炭之城。它黑黑的优质的锃亮的焦煤，曾源源不断地运往祖国的四面八方，化作钢花飞溅，化作热火朝天，化作共和国工业的底气，从而挺起钢铁脊梁。它也曾掏心掏肺地想把自己的身体掏干，竭尽全力地为国家贡献着一矿又一矿的黑色火焰。

每当想起七台河，我都会想起"祖国，我要燃烧"这样的句子，我也会想到著名词作家杨启舫的长诗《矿工万岁》。在这首长诗的勾勒中，我更看到了矿工浑身的黑、牙齿的白以及他们精神的光——

你深深弯下的脊背／驮起民族的尊严／你额头闪亮的矿灯／点亮华夏的光辉……干这么多的活／你怕不怕太累／走这么长的路／你怕不怕天黑／怕累？血肉之躯的我们／怎么会不怕累／可谁让咱脚下有山／山下有煤／而采煤就需要有人受累／怕黑？走惯夜路的我们／有时也会怕黑／真怕这长长的巷道／迷失了回家的方向／真怕和妻子的吻别／从此一去不回……既然有那么多需要用光明来点亮的天黑／既然有那么多的矿石等待着熔炼成钢轨／这是国计民生的大事啊／面对祖国和人民的召唤／我们不上，还能是谁……当点点的矿灯／汇成一条照耀人间的银河／当燃烧的激情／锻造出一个写满爱与奉献的丰碑 / 我听到一种声音 / 正化作滚滚而来的春雷 / 那是发自千万颗心灵深处真挚的呐喊 / 矿工万岁！

这，是一座冠军之城。它以冰上的闪电划开浩瀚的天际，令人惊叹与仰视，在世界短道速滑史上，高耸起赫赫丰碑，光焰万丈。

而那风一样滑行在洁白冰面上的人们，洒汗成冰、洒泪成冰，这泪水与汗水最后结晶成白色的盐。盐中有钙，钙中有骨，骨中有魂。

一代又一代的七台河冰雪英雄，成群结队地站在了冰峰之上，站在世界高高的领奖台，他们滑出来的是中国的气魄，他们举起来的是祖国的荣光。

关于七台河，关于七台河的冰上奇迹，当地作家、音乐家有更深的感触。作家齐志的那部 50 余万字的《冬奥冠军之路》，以深情的书写与细致的勾勒为我们呈现了冠军们达到巅峰的一路坎坷悲欢、鲜花掌声，而音乐人周广彤也以极大的热情赞美着冰雪英雄。

我接触的第一首歌颂七台河冰雪健儿的歌曲，是周广彤和他的伙伴们创作的《少年的心藏下星辰大海》。2022 年 2 月，这首歌曲作为七台河市"迎冬奥"主题歌曲正式发布。歌曲以其优美的歌词与旋律深得听众喜爱，并在省内征歌中获奖。

月光洒落在冰上 / 点亮几代人心中的梦想 / 一群拼搏的少年郎 / 像雄鹰一样展翅飞翔 / 鲜花盛开在心上 / 追梦的人生命装满阳光 / 一个小城人的愿望 / 要让冠军长廊妆点北方 / 一行一步逐光阴 / 冬去春来赴远方 // 少年的心藏下星辰大海 / 迎风而立 / 追寻希望 / 少年的肩挑起莺飞草长 / 破

冰而出／拥抱梦想。

说起这首歌曲的创作，不善言谈的周广彤一脸腼腆。他说他和他的伙伴们虽不能站在冰场赛场上为国争光，但也要努力为家乡歌唱、为冰上的人歌唱，他想用音乐化作冰雪健儿们飞翔的翅膀。

不仅是当地人用热爱去歌颂这片土地，著名报告文学作家蒋巍在《手握秒表的城市》中，更是把自己对这片土地的爱、对冰雪英雄的爱，化作了灵性与厚重的文字，热烈地赞美着，吟唱着。还有许许多多省内外的作家、记者、摄影师、文艺工作者等，纷纷用多种形式，满怀深情地记录着、讴歌着。七台河、七台河的英雄们，在这些多姿多彩的各种文本中、在这个姹紫嫣红的艺术世界里，活跃着、绽放着、精彩着。人们也在不同形态的作品里，都找到了"为什么我的眼里常含泪水"那确切而鲜活的答案。

地下煤的黑，地上冰的白，在作家艺术家的眼里，在七台河人的心里，如此分明而又如此值得赞颂。

黑与白，并不完全代表事物的两极，在这特殊的地域，有一种共同的热能：黑，黑出火焰；白，白出闪电！

这一方水土

七台河，没有一条叫作"七台河"的河流，它的怀抱里拥着倭肯河与挠力河两大水系，但这并不妨碍它在人们的口中流淌，时而涓涓细流，时而波翻浪涌，尤其是在煤炭火爆的时代和冰雪体育的赛事上。

时刻准备热烈燃烧的煤，随时准备绽放花朵的冰，静静地等待着，等待着一声呼唤，便会以一曲惊天动地的二重唱，唱响北方。

七台河，大地上的歌谣。

这是一片古老的土地

风，从远古来。

早在夏商周时期，七台河地域是祖国北方先民肃慎人的领地。其时，生息在黑龙江地区的肃慎人和索离人等，已向中原朝贡。肃慎人几易其名，到唐代改称靺鞨。

七台河这个名字来源于"奇塔河"，奇塔河是鄂伦春语，站在河边用手拉弓的意思，后被读作七台河。

此次前往七台河采访，由当地文联冯主席、作家齐志提议，我们专程前往肃慎遗址颇多的长兴乡，参观"长兴乡肃慎文化遗址群陈列馆"。

一个乡，一个馆，多处遗址，千百惊叹。

陈列馆前言中写道：在 267 平方公里的乡域上，30 处上万年的先民遗址得以保存，主要遗址呈北斗七星状分布。透过历史的眼眸，我们站在岁月的肩膀上远眺，在 10000 年前至 3000 多年前的白山黑水之间，在阿尔哈山发源的倭肯河岸边，有一群游牧民族在这里繁衍生息……

馆内有许多馆藏：石钺石斧，骨针贝丘，诺矢石弩，钻木取火石等。这些都呈现着古肃慎人的生活遗迹。

穿过了千年风霜，首领坑的遗址在诉说，垮塌的城墙在诉说，祭天天台遗址在诉说，出土的石器、兵器、陶器在诉说……正是这一片片的斑驳与一件件的残破，见证着一切，记录着一切。

这是一片英雄的土地

"一个有希望的民族不能没有英雄，一个有前途的国家不能没有先锋。包括抗战英雄在内的一切民族英雄，都是中华民族的脊梁，他们的事迹和精神都是激励我们前行的强大动力。"

七台河，是一座英雄的城市。

90多年前，日本铁蹄践踏东北，抗日烽火熊熊燃烧。民族危亡之际，东北抗日联军浴血奋战、英勇杀敌、前赴后继、忠贞报国。他们，驰骋于白山黑水，纵横于密林深处，历经最艰苦、最惨烈的血雨腥风，谱写了惊天地、泣鬼神的英雄史诗，铸就了光耀千秋、彪炳史册的历史丰碑。

九一八事变后，七台河勃利地区军民掀起了波澜壮阔的抗日救亡运动，这里成为我党领导东北抗日斗争的主要游击区域之一。抗联第二路军总指挥部曾设在岚棒山内，周保中、李延禄、李延平等共产党人在这里领导和指挥了一场又一场激烈的战斗，给予日伪势力沉痛打击。李成林、郝贵林、杨太和等一个个名垂青史的英雄，将鲜血洒在了这方热土上。

"天地英雄气，千秋尚凛然"，伟大的东北抗联精神已成为中国共产党人精神谱系中的璀璨珍珠，是民族浩瀚史册里的绚丽瑰宝。

英雄荣光，血脉传承。这片土地，从来就不缺少浩然之气与奉献精神，在漫长的历史进程中，一代代英雄模范在这里不断涌现。

抗美援朝松骨峰战斗中的"活烈士"井玉琢，是著名作家魏巍《谁是最可爱的人》里的13名烈士之一，1952年复员回家乡七台河后，隐功埋名不改军人本色，9次被评为县先进生产者、劳动模范。被作家魏巍称赞为"永远最可爱的人"。

七台河矿区第一代矿工英模马英湖，凭着"宁让汗水漂起船，不让国家缺煤炭"的豪情，创造了日背煤吨数最高的奇迹。1959年作为七台河矿区首位全国劳动模范进京参加全国"群英会"，受到时任国家领导人的亲切接见。

1982 年 7 月 11 日，来自七台河的第四军医大学学生张华，为救淘粪老汉英勇献身。教育部、卫生部、共青团中央、全国学联号召向张华学习，中央军委授予张华"富于理想、勇于献身的优秀大学生"荣誉称号。新中国成立 60 周年之际，张华入选 100 位"新中国成立以来感动中国人物"。

1988 年 3 月 15 日，在老山前线的战斗中，七台河优秀的儿子李厚亮勇闯"死亡线"，壮烈牺牲。4 月 18 日，七台河市为这位对越自卫反击战英雄举行了隆重的追悼大会，缅怀英烈，激励后人。

在七台河，还有一位英雄——孟庆余，他的出现使这座城市光芒四射。他是中国短道速滑运动的功勋人物、是七台河冰上运动的奠基人、是用生命托起冬奥冠军的冰雪英雄。他为中国冰雪体育战斗到最后一刻，高耸起一座不朽的丰碑。

这座英雄的城市，在红色血脉的传承中，孕育了闪闪发光的七台河矿工精神、七台河冬奥冠军精神。

"不畏艰难，自强不息，跪着挖煤、站着做人，让生命像煤一样燃烧、让红心像火一样闪耀，特别能吃苦、特别能战斗、特别能奉献"，这或许就是七台河矿工精神的内核。

"狭路相逢，敢于胜利，弯道超越，后来居上，不怕困难，顽强拼搏，敢为人先，勇争一流"，这或许就是七台河冬奥冠军精神的特质。

正是这鲜红的底色、耀眼的亮色、朴实的成色，造就了七台河的冰雪英雄，构筑了七台河的冰雪魂魄。

英雄，在用热血生命、用人间奇迹，回馈着这片高天厚土。

这是一片富饶的土地

七台河是自豪的，因为脸上有光。地上那冰雪体育的丰碑，是它无穷的精神力量。

七台河是充盈的，因为肚里有货，地下那储存的煤炭，是它丰富的自然资源。

无论是地上的冰还是地下的煤或者是这座城的人，都使它光鲜起来、厚重起来。

七台河市是完达山脉怀抱的一颗黑珍珠，被称作太阳石——煤的故乡。它的煤以储量大、煤质好、品种全而闻名全国。七台河的大山里，还储藏着大量的黄金、石墨、石灰石、大理石等十几种矿产资源，得天独厚的煤炭资源，是大自然对这方土地的馈赠。

这是一座因煤而生、缘煤而兴的新兴工业城市，1958年开发建设，1983年晋升为省辖市，现辖四区一县。开发建设50多年来，七台河共为国家贡献煤炭6亿多吨，是全国重要的煤炭和电力生产基地，东北最大的优质焦煤和焦炭生产基地，黑龙江省唯一的无烟煤生产基地。

历史在波峰浪谷中前进，七台河也在大风大浪中穿行。大时代的洪流中，勤劳勇敢的七台河人民奋发努力，勇往直前，逢山开路，遇水架桥，向大地要煤炭，向地心要烈焰。他们经历了苦难辉煌，迎来了浴火重生；他们奋战在大地的深处，也站在了历史的高处。时间可以做证，历史可以做证：七台河人民以"跪着挖煤、站着做人"的骨气、浩气、锐气，为了民族振兴，为了国家命脉，前仆后继，奋斗不息，以血肉之躯书写了一部悲壮的创业史和奉献史。

如果说红色是七台河的底色，那么黑色就是它的肤色、白色就是它的亮色，而这座城市让世界最熟悉的色彩，是世界最高领奖台上那一抹最耀眼的金色。

七台河，不仅盛产煤，还盛产冠军。

这一个车站

"七台河西站到了！"

高铁列车上，广播员温情地提醒着。

初春的一个下午，我走进了这座城市。出了高铁站，穿过车站广场，当我转身回望，这个颇有气派的"冰刀造型"的车站，就赫然出现在眼前了。

七台河西站总建筑面积为 9999.53 平方米，车站分为两层结构，可容纳 1000 名旅客同时候车。站房造型灵感来源于短道速滑运动，契合了七台河市短道速滑圣地的城市名片。车站主体与左右两侧造型，形成统一灵动的整体，隐藏的"V"造型，寓意着胜利。中部采用横向线条延伸至两侧，体现了交通建筑与速滑运动的融合，并用冰刀造型抽象表达。车站入口两侧是抽象的冰刀实体造型，与玻璃幕墙形成虚实对比。

这巨型的"冰刀"在城市的大门口无声地矗立着，它不仅是一处地标，更是一种象征。这全国最大的"冰刀"造型车站，傲然挺立，独具魅力。这一座被"冰刀"驮起的城市，闪亮于冰雪体育的星空，留下了永久而灿烂的光。

第一束光，是在地球的背面闪亮的。

2002 年 2 月 16 日 11 时 50 分，美国盐湖城戴尔塔滑冰馆。第十九届冬季奥运会女子 500 米短道速滑决赛即将举行。中国姑娘杨扬站在了起跑线上，与她一起冲进决赛的是来自美国、加拿大、保加利亚的世界顶尖女子速滑选手，还有她的队友王春露。随着发令员一声号令，运动员们如雷霆闪电，杨扬第一个冲过终点线。

杨扬创造了历史：44 秒 187！中国冬奥的第一枚金牌！在随后

的女子 1000 米短道速滑决赛中，杨扬再夺冠军。

领奖台上杨扬神采飞扬，心潮澎湃。五星红旗冉冉升起、中华人民共和国国歌庄严奏响，体育馆内上万名观众一起肃立，神州大地和世界各地的华人华侨们热血沸腾。

走下领奖台的杨扬，被中外记者团团围住。

"请问您来自中国哪个城市？您的家乡在哪里？"

"七台河！"杨扬朗声回答。

七台河，不是一条河，而是一个传奇、一方冰上圣地、一座光荣之城。

就在杨扬夺得第一枚奥运金牌的 4 年之后，2006 年 2 月，在意大利第二十届冬季奥运会女子短道速滑 500 米决赛中，中国姑娘王濛为中国军团夺得第一金，接着她又连下两城，在 1500 米、1000 米比赛中获得一铜一银。又过了 4 年，2010 年温哥华冬奥会，王濛在短道速滑女子 500 米、1000 米决赛中连夺两金。在 3000 米女子接力赛中，她和其他 3 名运动员孙琳琳、周洋、张会，再夺一金。

王濛们走下领奖台，中外记者照例蜂拥而至，仍然还是那个问题："你们的家乡在哪里？"王濛和孙琳琳满面笑容："七台河！"

七台河，又是七台河！

2022 年 4 月，北京冬奥会、冬残奥会总结表彰大会在人民大会堂举行。北京冬奥会速滑冠军范可新被授予"突出贡献个人"称号。

在随后的一次采访中，范可新说：是家乡七台河，成就了我，成就了范可新。

其实，七台河在冬奥会上大放异彩之前，其冰上体育已在全国声名赫赫了。

1985 年，全国第一届少年速度滑冰锦标赛举行，孟庆余带领七台河市滑冰队一鸣惊人，震惊全国，让全国冰雪运动领域记住了七台河这座东北边陲小城。

从此，七台河这个地级城市名声大振，昔日煤城转变成"冠军之乡"，运动健儿的成绩令世界瞩目。张杰、杨扬、王濛、范可新、孙琳琳、刘秋宏、王伟、孟晓雪、李红爽、于威等这些在冬季奥林匹克运动会和世界赛场上的风云人物，都来自七台河。

如今，这里已经"滑"出了12位冬奥和世界冠军，3位特奥会冠军，夺得了8块冬奥会金牌、7枚特奥会金牌、535枚国家级金牌、177枚世界级金牌，并16次破世界纪录，擎起国家冬奥会金牌总数的半壁江山，从而拥有"冬奥冠军之乡、世界冠军摇篮"的美誉。

2013年，七台河被国家体育总局命名为"国家重点高水平体育后备人才基地"。

2017年，七台河被国家体育总局命名为"国家短道速滑七台河体育训练基地"。

2022年，中国奥委会授予七台河市"奥运冠军之城"纪念奖杯。

作为奥运冠军之城，七台河的底气不仅源于170余枚世界级金牌、10余次破世界纪录的巨大光环，更源于坚实的人才储备。七台河短道速滑项目注册运动员1400余名，是全国短道速滑项目后备人才储备最多的城市，向国家和黑龙江省输送优秀运动员326人。目前，这里已有15支短道速滑训练队蓄势待发、11所短道速滑特色学校积蓄力量，被誉为"闪电基地"，名副其实。

40多年的努力融化了"中国冬季项目基础差"的坚冰，漫长的冬天已经过去，杨柳枝头，春天在挥手致意，而视线里，一列列高铁载着怀揣梦想的人们正在抵达七台河西站。

凝望着这个高铁站，看着这冰刀造型，忽然有所感悟，之所以把速滑元素与高铁车站紧密地联系在一起，正是在告诉世人：这就是中国速度！

这一尊雕像

一座小城，闻名世界，众多冠军，光芒闪耀。而这一切都源于一个人，一个把一生都献给冰雪事业的人——孟庆余。

在七台河的山湖路北，桃山湖畔，一座高大建筑傲然耸立着，这是七台河短道速滑冠军馆。

一楼大厅，一尊雕像赫然而立，这就是被当地人誉为"冬奥冠军之父""短道速滑奠基人"的孟庆余。

七台河的12个冬奥冠军和世界冠军，除了于威之外，有11位是孟庆余培养出来的。杨扬、王濛、范可新、张杰、孙琳琳、刘秋宏、王伟、孟晓雪、李红爽、徐爱丽、季雪，这响当当名字的背后，站着一个慈父般的身影，在漫长而充满艰辛曲折的冠军之路上，他就像他们脚下那沉默的冰，宁可把自己全部热血和汗水凝结成这一片片的晶莹，也要把他们成功地托起，并且一直举到人生的峰顶。

这冰，如此洁白、如此干净、如此透明。

他活着的时候，这冰是他洒下的汗；他离开之后，这冰是人们凝固的泪。

孟庆余是1969年只身背着一双冰鞋来到七台河的。他是哈尔滨知青，被分配到新建煤矿做矿工。这一年，他18岁。

那时，人们只知道他是一个好矿工，却并不知道他曾是哈尔滨市业余体校滑冰队的队员，他特别希望他"井下的梦"，有一天能够爬出坑道变作"冰上的梦"。

下了工，他常常来到倭肯河上，独自滑冰。后来，他发现有一个校园里浇了个冰场，他就以每天给学校义务浇冰场当作交换条件，换来自己在冰上驰骋的机会。

日复一日地冰上飞翔，他终于给自己插上了翅膀。1972年的一次比赛，让他声名大振。这年1月，孟庆余代表七台河市参加合江地区举办的滑冰比赛，获得三个项目冠军并打破了地区纪录。于是，人们认识了这个"冰上飞人"。

　　不久，他被调进市体委，出任滑冰教练，组建速滑队。从此，他开始了一生艰辛却又辉煌的教练生涯，为七台河冰上体育事业作出了杰出的贡献，让这座城因滑冰而名扬世界。

　　这一尊塑像，承载着他众多弟子的感恩与崇拜，也承载着一座城市的感念与敬仰。

　　从矿工到教练，孟庆余开始了他人生的又一次启程。

　　那凌晨在水泡子浇冰几乎变作"冰人"的他，受过了多少的苦；那一门心思帮助弟子们起飞的他，历经了多少的难；那卑微地领着孩子们到外地四处"蹭冰、蹭票、蹭住"的他，经受了多少辛酸；那时常领着孩子进行200公里漫长拉练的他，付出了多少汗水；那在无数个深夜一遍一遍为孩子们磨冰刀的他，熬过了多少难挨的日子；那在暗夜的冰面上竖起灯盏的他，照亮了多少小小少年的冠军之梦；那做出从"速度滑冰"转攻"短道速滑"重大抉择的他，又为七台河冰雪体育创造出多少生机……这一切，只有他含辛茹苦走过的岁月知道，只有他疾步而行路过的日月星辰知道，只有金牌知道，只有寒风知道。

　　由于他有着一股老黄牛般的劲儿，而被称为"牤子教练"；由于他有着一种特殊的训练方法，而被称为"魔鬼教练"；由于他有着一份深沉而无私的爱，而被称为"慈父教练"；由于他培养了一批世界冠军，而被称为"金牌教练"。

　　他的艰苦卓绝，终于迎来丰收的喜悦。1985年，张杰在全国少年速滑比赛中一口气包揽少年女子丙组5枚金牌，轰动全场。在这之后的漫长岁月里，他培养出了100多名优秀的冰上人才，许多队员都在各项比赛中摘金夺银。

可他还是那个浑身牛劲的他，还是那个倔劲十足的他，无数个暗夜，他忍受着仿佛要将他冻馁的寒；无数个白天，他接受着一个个喜讯的暖。

1991年，张杰和队友在世界大冬会夺冠，成为七台河首位世界冠军。

1995年，杨扬在世锦赛上夺得金牌。

2002年，杨扬在美国盐湖城，夺得中国冬奥首金。

2006年，王濛在意大利都灵夺金，开启"濛时代"。

……

这，是他一生的骄傲，更是他无限的自豪。可惜，他没有看到他的弟子王濛在2010年加拿大温哥华冬奥会上独得三金的荣耀时刻，他没有看到他的另一个爱徒范可新在北京冬奥会上大放异彩，他也没有看到他挚爱的冰雪体育事业在七台河今日的发展。

这一切，都在2006年8月2日上午戛然而止。这一天，他在远赴一场冰上训练的途中，以身殉职，年仅56岁。

孟庆余去世后，人们打开了他的铁柜。里面是两双补了又补的袜子、几件他常穿的破旧的运动服、几副待修的冰刀和一些修冰鞋的工具、一本用来为孩子们调剂伙食的菜谱，还有一叠队员们给孟教练打下的欠条……他，没留下一分个人存款。

他的眼里，只有那条走上冠军的道路，他的世界，只有那些热爱滑冰的孩子。他把一辈子都奉献给了体育事业，他用毕生心血浇灌着冰上之花。他是贫穷的，贫穷到没有一分钱存款；他是富足的，富足到拥有巨大的精神力量；他是平凡的，平凡到一如大地上的小草；他是伟大的，伟大到众人仰望、丰碑高耸。

他的名字被七台河永远铭记，他的功绩在这片土地上永远传颂。在写七台河冰上奇迹的这段日子，他的名字也常常出现在我的眼前，我一直想用一个恰当的词语来形容他，今日清晨，灵感突降，"洪炉"二字，浮现脑海。我想，他在这个不足 70 万人口的边远小城，鞠躬尽瘁，托举了 11 位在世界顶级赛事上大放光华的冠军，而他，不正是一座烈焰熊熊、淬火加钢的洪炉吗，他用毕生心血点燃了炉火，直到燃尽自己的生命，最终，锤炼出一批金牌、一炉好钢！这，又是怎样的一种崇高！

他的精神，永远鼓舞着这里的人们，奋发努力。而今，他的弟子们，许多人已当上了冰上教练，正继承着他的遗志，续写着他的昨日辉煌。

在他之后，七台河三代教练员马庆忠、赵小兵、张杰、董延海、张利增、李国锋等，他们传承精神，追逐梦想，执鞭冰场，创造奇迹。

1986 年，因训练受伤的马庆忠正在焦灼之时，被孟庆余拽到了教练队伍中。担任市体工队短道速滑教练后，专心选拔人才，他"三顾茅庐"精心选苗的故事成为美谈。从教 25 年，先后启蒙培养了王濛等一大批运动员。

1984 年，赵小兵因意外受伤抱憾退役。在孟庆余的引领下，于 1989 年开启短道速滑执教生涯。30 年来，她先后培养出冬奥冠军孙琳琳，世界冠军王伟、李红爽，青奥冠军徐爱丽、亚洲锦标赛冠军张绍阳等 200 余名优秀运动员。

2014 年，曾受教于孟教练的张杰、董延海夫妇放弃外国优越的生活条件，回到家乡七台河执教。在他们共同努力下，七台河获得了 7 枚特奥金牌，为"冬奥冠军之乡"增添了浓重的一笔。

2015 年，张利增放弃上海的发展机会，回到家乡七台河执教。

他就像恩师孟庆余那样，在严寒天气里，坚持每天凌晨2点准时接水浇冰，不辞辛苦地培养冰上的孩子们，他所培养的运动员获得亚洲级金牌8枚、国家级金牌21枚、省级金牌110枚。

在孟庆余精神的感召下，在家乡热切的期待中，一些更为年轻的优秀冰上运动人才加入教练团队。曾获得全国冠军的李国锋、曾获得世界大学生冬季运动会冠军的季雪等，纷纷放弃了外省的高薪聘请，回到七台河，他们的目的只有一个：为家乡作贡献，做未来冠军的启蒙者。

七台河40多年的滑冰史，就是一代代教练员的奋斗史，孟庆余、李树声、董延海、张杰、赵小兵、马庆忠、姜海、张利增、韩梅、张长红、王晓风、李国锋、姚忠华、尹菲、季雪、谢慧慧、殷慧文、朱娇野等四代教练员，呕心沥血，倾情奉献，精心育桃李，争得百花艳，用他们的奉献与执着、心血和汗水，铸起了闪光的群雕。2022年7月，七台河短道速滑教练员群体被授予"龙江楷模"称号。

在他们培养下，数百名矿工子弟走上了体育巅峰，实现了光荣梦想，改变了人生命运。奇迹正在发生，未来正在到来。

在外人看来，七台河冰上的尽头或许就是孟庆余，而在七台河人看来，冰上的尽头是辽阔的远方。

这一条大街

这是一条普通的大街，也是一条特别的大街。说它普通，是因为它与其他街道无异，说它特别，是因为这是国内唯一的一条以冬奥冠军名字命名的大街。

七台河优秀的女儿杨扬，是我国第一位冬奥冠军。她曾连续7

届夺得世界冠军，至今保持着短道速滑女子 1000 米的世界纪录。在她职业生涯里，一共获得 59 个世界冠军，她几乎拿遍了所有短道速滑世界重要赛事的冠军，是目前我国获得世界冠军最多的运动员之一，被誉为短道速滑的"冰上女王"。

在杨扬获得中国第一枚冬奥金牌的第二个月，七台河市把茄子河区通过市区国道的主干道命名为"杨扬大街"。这条笔直的大街有一个明显的特征，就是道路两旁生长着许多杨树，粗壮茂盛，笔直高大。

走在这条街上，看到那一棵棵挺直腰身的杨树，不由得就想起茅盾的《白杨礼赞》来。

"白杨树实在是不平凡的一种树……这是虽在北方风雨的压迫下却保持着倔强挺立的一种树，哪怕只有碗那样粗细，它却努力向上发展，不折不挠，对抗着西北风。"

奋力生长、百折不挠、坚韧挺拔、不畏严寒，这是生长在北方大地上白杨树的品质，也是生长在七台河的奥运冠军杨扬的精神写照。或许，这正是这座城市为这条街道命名的最初动因，也是昭彰冠军品质的最终表达。

我问当地人，这条街有什么特点吗？当地人回答，没啥特点，就是长！这一个"长"字，内涵多么丰富，又充满着多少哲理。这个回答，令我惊诧。

我无须知道这条路实际有多少公里，但我分明知道，冠军之路，一定是最长的。它融满了一路的艰辛挫折和无数载岁月风霜，它在人生的旅程中，说有多长就有多长！

最长的路，是冠军的路，最深的情，是赤子的情。至今，已是国际奥委会委员、中国奥委会运动员委员会主席、北京冬奥组委运动员委员会主席的杨扬，仍然活跃在冬奥的舞台上，为中国青少年的体育事业以及国家体育发展贡献着自己的一份力量。

一条大街，也有风雨也有风光，一条道路，没有尽头只有方向。一条街冠以冠军的名字，这本身就是向冠军致敬、向英雄致敬。其实，在七台河，冠军文化印记到处可见，冠军桥、冠军馆、庆余公园，还有冠军雕塑、冠军挂像、冠军灯饰等，这一切，都在向人们昭示着这座城市凝成的"敢为人先，勇争一流"的冠军精神。

冠军杨扬，不是一花独放，在七台河的冠军榜上，冠军之光，光芒四射——

冰上霸王花王濛。2002 年，王濛第一次参加世界青年锦标赛就获得了女子 500 米冠军，而这种巅峰状态一直持续到 2006 年的冬奥会。都灵之夜，22 岁的王濛夺得短道速滑女子 500 米金牌，成为中国队第一个获得金牌的人，短道速滑进入了"濛时代"。她的奖牌榜是这样的：冬奥会 4 金 1 银 1 铜，世锦赛 18 金 9 银 3 铜，世界杯 82 金 32 银 14 铜。世界短道女子金牌榜奖牌首位，中国冬奥会运动员金牌榜奖牌榜首位，中国冬季运动员金牌榜奖牌榜首位。当冰上时代已成历史，她的冰下时代已然开启，冬奥会上王濛"出其不意"的解说，又掀起了"濛"热浪，使她成为大"濛主"。

七台河世界冠军第一人张杰。她在 1985 年包揽全国少年速滑锦标赛 5 块金牌之后，又在 1991 年与队友夺得世界大学生冬季运动会短道速滑女子 3000 米接力金牌。1993 年，她在大运会和世锦赛中，又获得短道速滑 1000 米和 3000 米接力冠军。

冰上闪电范可新。从 2003 年开始短道速滑的她，在 2010 年就崭露头角，一路风光。无论是在蒙特利尔还是在谢菲尔德，无论是在世界杯还是在世锦赛，她胸前的奖杯都金光闪烁。2015 年至 2017 年，她连续三届获得世锦赛女子 500 米冠军。2022 年北京冬奥会中，她与队友顽强拼搏，获得中国代表团该届冬奥会的首枚金牌。

七台河的冠军花朵，在国际赛场盎然怒放，时时刮起金牌雄风。

除上述冠军外，还有速滑金花刘秋宏、冰上王者孙琳琳、冰坛宿将王伟、威震八方的于威、霸气十足的孟晓雪、坚韧不拔的李红爽、运动健将徐爱丽、冰上飞燕季雪……他们，都在国际重大比赛中，以舍我其谁的气魄勇夺金牌。冬奥冠军、世界冠军，这是祖国的荣耀，也是家乡的荣耀，更是他们自己的荣耀。这一份光荣，辉映了世界，辉映了天地。

初春的傍晚，杨扬大街，我走在光晕和光环里，前方，依然是光。

这一支队伍

在七台河，这绝对是一支不同寻常的冰上队伍，这是由一群折翼的天使组成的队伍。他们的带头人，就是张杰。

作为七台河市获得短道速滑项目世界冠军的第一人、奥运冠军杨扬的师姐，张杰有着辉煌的运动生涯：13 岁获全国少年速滑比赛 5 枚金牌；16 岁夺得全国短道速滑 500 米冠军，打破全国纪录；获得过第十五届、第十六届世界大学生运动会短道速滑女子 3000 米接力冠军；1993 年获世界锦标赛冠军并打破世界纪录。

她之所以令人仰慕，并不仅仅因她个人创造的冰上奇迹，更多地因她把爱献给了特殊的人群、把光照进了生命的裂痕，她是残障少年心中的力量、是折翼天使飞翔的翅膀。

2011 年 3 月，张杰和丈夫放弃国外优越的生活，毅然选择了回国发展。2014 年 5 月，正在上海运营冰上运动基地的他们再次做出决定，回到故乡。

在外生活的日子，她常常夜里有梦，梦中是当初恩师教她上冰训练的情形。每一次醒来她都会满眼含泪，和丈夫说："我想孟老师了。"

梦里家乡，总把思念的红线悄然弹响，声音不大，但余韵绵长。

所以，当他们接到七台河市体育局的邀请，就在家乡的呼唤中回到了家乡。

于是，一支由残障孩子组成的短道速滑队出现在七台河。张杰利用在国外学习多年的运动康复技能，不拿薪金，义务执教。

听说队员要从七台河市特殊教育学校中挑选，学校的人高兴了，但也多少有些担心："让残障孩子也能享受到运动的乐趣，学校全力支持，但有的孩子走路都不稳，滑冰能行吗？"

这不仅是校方的疑虑，也是许多人的疑虑。

第一堂上冰课，在 1800 平方米的冰场上，26 个残障孩子或趴着，或躺着，或跪着，乱作一团……张杰孤零零站在中间，她一时手足无措，然而，不到两年，在这群孩子中，就有 3 人从张杰的手中走进了国家队。

两年，对一般人来说，会倏忽而过，可对张杰和这群孩子来说，该有多么漫长。好在，在张杰的眼里，爱不仅可以治愈一切，也可以抵达远方。

只是这支队伍太特殊了。在这 26 个孩子中，听觉障碍 5 人，唐氏综合征 4 人，孤独症 1 人，精神障碍、行为障碍、智力障碍 16 人。对于一个普通家庭来说，哪怕遇到一个这样的孩子都会感到心力交瘁，而张杰，却一下子抱住了 26 个！

张杰也有张杰的苦恼，她常常面对她无所知的空蒙世界，触摸空灵、感受空旷，并千方百计地寻找最佳的出口。她在与陌生对话、与空泛交谈，她在和无数个自己以及无数个他人不断地告别与相见，最终找到开启大门的钥匙，把那扇门打开，天就晴了。她知道，她是跟迟来的春天说话，她坚信，迟到的春天也是春天！

如果说这些年，张杰有什么变化，那就是她在孩子们的心里，已从"教练"变成了"妈妈"。

2017年3月21日，奥地利第十一届世界冬季特奥会短道速滑111米决赛马上就要开始了，来自中国七台河的15岁特奥队员高萌全神贯注，她心里只有教练妈妈张杰一个人的声音，那声音诱惑极大、美妙至极。最终，她以20秒982的成绩夺得本届特奥会中国首金，实现了七台河特奥冰雪项目金牌零的突破！随后，同是张杰弟子的唐春雷夺得500米和333米两块金牌、聂双月夺得女子333米金牌。在此次特奥会中，这三个孩子勇夺四金两银！

两年后，在阿联酋首都阿布扎比第十五届夏季特奥会上，张杰的三名队员又斩获3金1银1铜。

如今，张杰的"宝贝"们有人考上了七台河职业技师学院，有人当了快递员，在张杰的心里，比冠军更重要的是让孩子们康复心智、康健身体，更好地融入社会。

2019年1月，又一个好消息传遍了大街小巷，七台河职业技师学院张杰冰上运动学院正式成立了，张杰担任主教练，她和世界冠军季雪、全国冠军殷慧文一起组成了一支教练团队。2021年4月，这支组建2年多的队伍，就在黑龙江省短道速滑锦标赛上收获了2金2银1铜的骄人战绩。

七台河职业学院短道速滑训练中心自成立以来，参加国家和省级各项赛事共获奖牌192枚，其中金牌72枚，银牌65枚，铜牌55枚。

年近50岁的张杰、孟庆余的弟子张杰、疯狂地爱着冰雪的张杰，她，营造了一个温暖而阔大的世界，她相信在自己洒下的汗水里，会倒映出生活的美丽、自己的美丽。

这一墙冰刀

如果说此次去七台河我所经受的震撼，再也没有什么可以比冠军馆里的那一墙冰刀了。

七台河短道速滑冠军馆一楼大厅的一侧，陈列着一墙的冰刀。这组成墙面的上千双冰刀鞋，是那些拼搏于冰面上的孩子们使用过的，它们静静地俯身于墙上，刀刃已经磨平，此刻，它们虽然一如睡去的样子，但分明是在讲述它们冰上飞翔的故事和刀锋闪闪的岁月。

讲解员介绍，这些年来，在七台河市这样的冰鞋能有十万多双。

忽然间，我的眼前出现了一幅壮阔的景象——这十万双冰鞋被十万个孩子穿在脚上，一同涌上七台河大大小小的冰场以及宽宽窄窄的河面。人声鼎沸、万众欢呼中，这座被冰刀驮起来的城市、这座脚踩冰刀前行的城市，已然"春风十万里，十万好消息"！

墙上的冰鞋，忽明忽暗着、闪闪烁烁着。

在这墙上，我仿佛看到了当年孟庆余只身来到七台河时背着的那副开辟冰雪阵地的冰刀，看到了孟教练给范可新买的那副融满师徒深情的冰刀，看到了孟教练在万籁俱寂的夜里为孩子们磨过的那些破旧的冰刀，看到了杨扬等一大批冠军们在七台河滑过的那些闪闪发光的冰刀，更看到了那些虽全力追逐冰上之梦却没取得任何成绩的孩子们用过的黯然退场的冰刀……

这五味杂陈、一言难尽的冰刀，这装满了兴奋与幸福的、辛苦与辛酸的冰刀，如此强烈地撞击着我、震撼着我。

谁都知道，在这样的冰鞋里，有孩子们的苦和泪、血和汗、成与败。

谁都知道，那曾穿过这样冰鞋的孩子们，在不见硝烟只见冰花的赛场上，有征战的起伏跌宕也有内心的风云激荡。

他们，奔赴梦想，但道路漫长。

长野冬奥会是杨扬参加的第一届冬奥会，比赛中个人单项500米半决赛被判犯规、1000米半决赛破了世界纪录。决赛的时候第一个冲过终点，但是在不到一分钟后，她的成绩被宣告无效，再次被取消了资格。

杨扬心里一凉。她说："对于这样的一个结果，我非常失望。我非常明确地知道，当我无法改变裁判，无法改变对手，那必须改变的是我自己，让自己变得更强，不给裁判机会，不给对手机会。"

这是失望中的无奈，无奈中的慨叹，慨叹中生出的勇气。

运动场上，一路闪电的王濛，运动生涯却起起伏伏。她是一个极富个性的女孩，长春亚冬会上，失利后的她"炮轰"刚上任不久的教练李琰，虽在事后王濛写了检查并公开道歉，但国家队依旧对她作出了处罚，并希望她到黑龙江队进行训练检讨自己。"下放"的日子她内心复杂，她在痛苦中思索、在思索中自省、在自省中成熟。最终，她在挫折与煎熬中战胜了自己，当李琰微笑着召唤她回归的时候，她们已情同母女了。

2010年2月，温哥华当地时间17日下午，偌大的太平洋体育馆成了王濛一个人的舞台！她两次刷新自己创造的奥运会纪录，并在决赛中夺冠。欢腾中，王濛冲向了场边，滑向主教练李琰，双膝跪地，感谢恩师。

这一跪，天地动容。王濛的心空无比晴朗，她从自己的世界走了出来。

"我等这块金牌等了12年，我觉得我等这块金牌等得太久了……"北京冬奥会与队友夺得首金的范可新，在说出这句话时，几度哽咽。29 岁的"三朝元老"范可新，这一个"等"字，包含了她怎样的遗憾和辛酸。

2014 年，索契冬奥会半决赛中，她意外摔倒，痛失她最有把握的 500 米夺冠机会。2018 年，平昌冬奥会她作为短道速滑队的领军人物出战，可意外却再次来临，500 米半决赛中她被判罚出局，3000 米接力中又被判犯规，中国队的成绩取消。在以后相当长的日子里，她根本不敢谈平昌冬奥会，"一想起来，就哭得不行。"所以，当她在北京冬奥会上"一雪前耻"即将离场的那一刻，轻轻地俯下身来，深情地轻吻着冰面，这一幕，感动了无数的人。

范可新的等待，是煎熬也是力量、是忐忑也是期望、是隐忍也是爆发。

国家队的刘秋宏和王濛是同乡更是好搭档，在一次训练时，她的大腿被冰刀划伤，缝了上百针。此时，距温哥华冬奥会不到一个月，她盼望着尽快痊愈能够参加比赛，可却只能眼巴巴地送战友奔赴"战场"了。队友的车走远了，她长久地凝望着，一任泪水滑过脸庞。2014 年索契冬奥会，她终于得以出征，可在半决赛中因受队友摔倒的影响，无缘决赛。虽然在同年的世锦赛上，她与队友夺得了金牌，可先前错失的良机，却成为她心中永远的遗憾、永远的"不甘"。

他们，每个人的脚下，都有一块抵达梦想的"冰"，它能否托载你走向远方，谁都无法预知。

就短道速滑 500 米而言，成年级别的比赛滑完整个赛程不过 40 多秒。超越的时机稍纵即逝，在激烈的卡位与电光石火之间，碰撞是不可避免的、失误是不可避免的。而其他的冰上项目比赛，也是瞬息万变，机会、运气、实力、技术、智慧、天赋等，一旦有差池，就会遗恨冰场。竞争是残酷的、成功是艰难的、过程是惊险的，或许，这正是冰上竞技的魅力所在。

远方可以不远，远方也可以很远。

这便有了杨扬的心头一凉、王濛的惊人一跪、范可新的冰面一吻、刘秋宏的送别一望……其实，对于许许多多的冰上运动员来说，还远不止这些，更多的是他们面对现实的怅然一叹！

马庆忠是孟庆余的大弟子。1986 年，他参加全国青少年速滑比赛，一举获得 3 块金牌，可他却在一次训练中，腿部骨折，运动员生涯就此终止。

赵小兵是不可多得的运动员。15 岁时就在县运动会上夺得多项第一。当 1986 年全国速滑比赛即将进行，大家都信心满满地等着她拿金牌的时候，赛前一次训练，另一名运动员突然摔倒，锋利的刀尖深深刺进她的膝盖，青春梦碎。

张长红是后劲十足的冰上猛将，9 岁时被教练董延海发现，后在全省少年比赛中一举获得 4 个冠军，可由于伤病，洒泪退役。

……

所幸的是，如今，他们仍以教练的身份，延续着自己的冰上之梦。

在喧嚣热闹的人世间，有些时候我们只见光芒，却不曾想过还有许多运动员折戟沙场、泪洒冰场，黯然退场；有些时候我们只见鲜亮，却不曾想到还有许多运动员只能接受别人的安慰、只能为别人鼓掌。当然，更有一大批追逐冰上之梦的人们，他们哪怕是拼尽全力，也与奖牌无缘、与冬奥无缘。

冠军凤毛麟角，金牌只有一个，许多人在颗粒无收之后，早早离场。泪水，不只是幸福和感动，更多的时候是委屈和忧伤。

就像眼前的这一墙冰刀，它们大多是尚没有取得更多成绩的孩子们一种拼搏的见证，是沸腾之后的沉寂，是悄然弥漫的落寞。虽然如此，但并不妨碍某一天的午后，某个穿过这墙上冰鞋的孩子从赛场上带着光环归来，把其中的一双冰刀挑出，放到与杨扬、王濛的冰鞋旁边，成为单独而特殊的馆藏文物。

为此，我更愿意听这位凯旋的冠军说："我们无所畏惧地向前奔跑，将血和泪远远地留在了身后。"

这一支火炬

冠军馆里，有一支燃烧的火炬。在现代科技的帮助下，它的火焰在热烈地跳动着。

火炬的下方，有这样的说明："2022 年 2 月 2 日，北京冬奥会火炬接力正式开始，这是王濛在北京冬奥公园火炬接力现场担任第一棒火炬手所持火炬。"

这支火炬异常珍贵。它是家乡人王濛传递过来的、是第一棒传递过来的、是冬奥会传递过来的。这支火炬的本身和它的象征意义都非同寻常。

冬奥火炬熊熊燃烧，照亮了这片土地的冰雪之梦，也必将在一代代人的传承中，永不熄灭。

正如冬奥冠军范可新说的那样："短道速滑是一种传承，我们都是七台河人，我希望以后有更多七台河的孩子，能接上我的这一棒。"这是所有家乡奥运冠军的期望，也是七台河冰雪体育人的追求。

被中国奥委会授予"奥运冠军之城"荣誉称号后，七台河一片欢腾，群情振奋。冰雪体育活动风起云涌，冰雪后备人才培养繁花似锦，传承冰雪体育精神，积蓄冰雪运动力量。

场馆设施建设提供广阔舞台。目前，第四代专业化训练基地已经开工建设，总占地面积 2.1 万平方米的全民健身活动中心，是国内最大的现代化、专业化人才培训综合体。而现有场馆也发挥了重要作用，每天有 16 支队伍 600 余人次上冰，先后承接了 14 支国内外短道速滑队集训，承办了国内外专业赛事 30 余场。

人才培育输送"四个机制"大放异彩。多年的实践，七台河在奋进中思考，在实践中创新。建立体教融合育才机制、用好省队市办输送机制、实行正向激励机制、完善教练员队伍建设机制，形成了特色校、基础班、重点班、省队、国家队的"金字塔"式培养体系，搭起了培育世界冠军的"通天云梯"。目前，已创建国家级冰雪特色学校 8 所、省级 16 所、市级 8 所，每年有近 6 万名学生参加活动。一批又一批冰雪体育新苗茁壮成长。

群众性冰雪体育活动有声有色。在国家提倡的"三亿人上冰雪"活动中，群众性冰雪运动广泛普及。百万青少年上冰雪、未来之星短道速滑赛等系列活动深入开展，"全民上冰、全民皆冰"已成为七台河冬季最亮丽的风景线。

一系列措施，行之有效；一系列做法，落地生根；一系列活动，繁花万点。七台河的冰雪体育事业，正向着灿烂的明天阔步前进。

七台河市以赛事活动聚人气、促消费、积商机，先后成功承办省短道速滑锦标赛、省短道速滑比赛、中俄短道速滑邀请赛等大型体育赛事 20 余场，参加人数 30 余万人次。

这个春天，黑龙江第十五届省运会短道速滑比赛在七台河体育中心收官。七台河运动员以 27 金、31 银、28 铜牌的战绩遥遥领先。金牌占总数的 69%、银牌占总数的 79%，铜牌占总数的 72%。

这个春天，2022—2023 赛季全国短道速滑青少年锦标赛在七台河市体育中心鸣枪开赛，全国 31 支代表队 186 名运动员进行 8 个项目的比拼。七台河籍运动员孙枭、杨婧茹和杨旭分别获得青年男子组1500米冠军、青年女子组1500米冠军和青年女子组500米冠军。

这个春天，在首都体育馆进行的2022—2023赛季全国短道速滑冠军赛上，七台河籍运动员徐爱丽获得女子3000米接力金牌和女子1500米银牌，本届赛事上徐爱丽共收获1金3银。

这个春天，受2022—2023赛季全国短道速滑冠军赛组委会之邀，"短道速滑之父"孟庆余的夫人韩平云专程去北京，为获奖运动员颁奖。

这个春天，全省首家短道速滑基金会在七台河市成立。启动资金超2000万元，基金将用于奖励和帮助教练员运动员、资助后备人才培养与训练，支持体育事业发展。

……

奥运之城，冲刺加速。

如今，在七台河6000多平方公里的大地上，一幅壮阔的发展蓝图正徐徐展开，这座脚踩冰刀前行的城市将继续发扬"敢为人先，争创一流"的冠军精神，以更加崭新的姿态，在新时代转型发展、全面振兴的道路上昂首向前！

七台河不是一条河，而是一座丰碑，七台河也是一条河，永远在人们的心中流淌。

第二部

冰雪英雄，骄傲的冰雪健将

杨扬: 激扬中国梦

杨扬

三江沃野，千里山川环绕
大地蓬勃，代代薪火相传
秧苗茁壮，江河哺育

人民生生不息，是平凡的伟大
是我们的传奇

佳木斯，汤原
沃土生辉。高天厚土，人杰地灵
无数英雄豪杰
从这里走向全国，扬名于世界
抗联英雄，驱除日寇
枪口闪烁着花火

黑土大地，有英雄，也有豪杰
和平年代，英雄以另一种英姿屹立
英雄也如沃野新芽
需要慢慢成长
英雄也需要
阳光的映照和雨露的浇灌
英雄在英雄的故乡
英雄在人民的注视中

汤原小城。1975 年 8 月 24 日
一个平凡的日子
一个普通的家庭
一个呱呱坠地的孩子
星辰闪耀于苍穹
大河流淌于沃野
她吮吸着花香，倾听着鸟鸣

母亲的镜头亮闪闪

父亲的警徽金灿灿

一个不爱哭的婴孩儿

安静有如静谧的晨星

沉静。清澈。水在水中站起

风在风里歌唱

妈妈为她取名小冰心

父亲为她击掌而歌

北方的凛冽高寒

流水曲折，途经大地上的

每个角落，上善若水

最终静止于严寒

从水到冰，从流动的光芒

到静态的清澈

冰，有神奇的超越

冰，有超越的神奇

内心高洁，独爱冰雪

水的柔情，冰的骨骼

小杨扬，天赋在出生的一刻

冰上，天使在注视

脚下隐隐的响动

春天的雷声是未来的召唤

八岁的孩童

小脚丫，小手心，小小的步伐

在冰上，轻轻地

小心翼翼地

滑动。滑行。有如从遥远的天际

初来人间的清风

滑倒了，站起来

再滑下去，再站起来

小骨头，小疼痛，小身板儿

冰雪之途从这里启航

业余体校，一个老师叫

王春尧。梦想的激发，梦想开始的

那一刻

值得历史去铭刻

1984 年，接受训练

在冰上，在风中，在摔倒和站起的

一瞬间

眼睛里的力量

心里的光芒，在涌现

在激扬

那时她不知道自己

会成为冰雪女王

她也不知道自己会成为

中国历史上第一位

冬奥会冠军

至今保持着中国世界冠军

最高纪录

奥林匹克

把全世界凝聚在一起

大疫之时，东京冬奥会

开幕式上，她的泪水倾泻而出

在因疫情分裂的世界

体育的力量再一次鼓舞世界

那时她不会知道自己

会在整个世界的舞台

闪烁中国的光芒。

熠熠生辉的不仅仅是金牌

而是筋骨，是精神，是中国

意志和力量。

镜头再次拉回到上世纪

1991 年 4 月，绿草芳菲

春意盎然。16 岁的女孩

迎来了第一个高光时刻

全国短道速滑，3000 米

冠军，全国冠军

她人生的第一个

全国冠军

1992 年
全国短道速滑锦标赛
1500 米，3000 米
全能冠军
她被更多人所认识
她的名字被一次次提起
希望和梦想在交织
力量在升腾

1995 年，杨扬
进入国家队。黑土地的孩子
中国的孩子
三江平原上的翔鹰
世界体育竞技场上的中国青年

1995 年 2 月
西班牙举行的世界冬季大学生运动会
获得女子 3000 米接力的冠军
3 月，挪威世界短道速滑锦标赛，她与队友合作
以 4 分 24 秒 68 的成绩
打破女子 3000 米接力的世界纪录
并获得冠军
12 月 3 日
在哈尔滨举行的亚洲短道速滑锦标赛

在女子 3000 米接力赛上，杨扬与队友合作

以 4 分 24 秒 12 的成绩打破世界纪录

并获得冠军。

在短道速滑女子 1500 米比赛中

杨扬以 2 分 25 秒 26 的成绩超过原世界纪录

并获得第三名

1996 年 2 月 5 日

在哈尔滨举行的第三届亚洲冬季运动会

她以 2 分 28 秒 93 的成绩

获得女子短道速滑 1500 米冠军

2 月 6 日，在女子 3000 米接力赛中

杨扬与队友以 4 分 23 秒 13 的成绩打破世界纪录

并获冠军

1997 年 2 月

在韩国举行的第十八届冬季大学生运动会

与队友一起合作获得了女子 3000 米接力冠军

3 月在日本举行的世界短道速滑锦标赛

获得了短道速滑女子 500 米、1000 米以及女子全能

3 项冠军

杨扬是谁？谁是杨扬？

中国的冰上精灵

崭露头角的世界冰上新星

  1998 年 2 月，杨扬参加了在日本长野举行的第十八届冬季奥运会短道速滑比赛，并获女子 500 米第八名。在女子 3000 米接力赛中，杨扬与

队友以 4 分 16 秒 383 的成绩获得第二名，并打破了世界纪录。3 月，在奥地利维也纳举行的世界短道速滑锦标赛上，杨扬先是获得了女子 1500 米冠军。随后以 1 分 33 秒 562 的成绩，获得女子 1000 米比赛的冠军。在女子 3000 米接力赛上，杨扬与队友合作，成功获得接力冠军。此外，杨扬还获得了世界短道速滑锦标赛的女子全能冠军，并以 5 分 20 秒 057 的成绩获世界短道速滑锦标赛女子 3000 米第二名。9 月，杨扬参加了在加拿大蒙特利尔举行的第一届世界杯短道速滑系列赛第一站比赛，最终获得了女子 3000 米冠军与女子全能冠军。11 月，杨扬参加了在日本东京举行的世界杯短道速滑系列赛第五站的比赛，分别以 1 分 38 秒 440、2 分 38 秒 499 和 6 分 1 秒 971 的成绩获女子 1000 米、1500 米和 3000 米 3 项冠军，并与队友合作，以 4 分 26 秒 397 的成绩获女子 3000 米接力冠军。12 月，杨扬参加了在北京举行的世界杯短道速滑系列赛第六站的比赛，分别以 46 秒 02、1 分 40 秒 81、2 分 34 秒 97 和 5 分 43 秒 71 的成绩获女子 500 米、1000 米、1500 米和 3000 米 4 项冠军。此外，杨扬与队友合作，以 4 分 23 秒的成绩获女子 3000 米接力冠军，并夺得第一届世界杯短道速滑系列赛年度个人总冠军和团体冠军。

我是谁，冰上的划痕

镌刻最美的图画

我代表谁？冰上的劲风

呼啸着中国的声音

绷紧的神经

绽放的运动之美

呼呼的风声

是歌颂的节奏

刮过耳畔的凛冽

是激扬的青春

滑行，飞翔

冰上的中国运动员

世界的中国红

　　1999 年 1 月，杨扬参加了在长春举行的第九届冬运会短道速滑比赛，分别以 1 分 36 秒 604、2 分 43 秒 659 和 102 分的成绩获女子 1000 米、1500 米和全能 3 项冠军。2 月，杨扬参加了在韩国龙坪举行的第四届亚洲冬运会短道速滑比赛，她以 45 秒 490 的成绩获女子 500 米冠军，并打破了亚洲纪录。除此之外，她还同时获得了女子 1000 米冠军与女子 1500 米比赛的第二名。3 月，杨扬参加了在美国圣路易斯举行的世界短道速滑团体锦标赛，她与队友合作，获得冠军。3 月下旬，杨扬参加了在保加利亚索非亚举行的世界短道速滑锦标赛，分别以 44 秒 64、1 分 37 秒 44、5 分 48 秒 541 和 123 分的成绩获女子 500 米、1000 米、3000 米和全能 4 项冠军，并与队友合作，以 4 分 23 秒 725 的成绩获得女子 3000 米接力冠军，还以 2 分 34 秒 825 的成绩获女子 1500 米第二名。10 月，杨扬参加了在美国犹他州举行的世界杯短道速滑赛，与队友合作以 4 分 16 秒 260 的成绩获得女子接力冠军。12 月，在世界杯短道速滑系列赛长春站的比赛中，杨扬先后获得了女子 1000 米、1500 米、3000 米、个人全能和 3000 米接力 5 项第一名。2000 年 1 月，杨扬参加了在瑞典哥德堡举行的世界杯短道速滑系列赛，并获得女子 500 米与 1500 米两项冠军。2 月，杨扬参加了在荷兰海伦芬举行的世界杯短道速滑赛，获得女子 1500 米第一名。随后，杨扬在首届冬季友好运动会上获得女子 1000 米、女子 3000 米接力两项冠军。3 月上旬，杨扬参加了在荷兰海牙举行的世界短道速滑团体赛，与队友合作获女子团体冠军。3 月下旬，杨扬参加了在谢菲尔德举行的世界短道速滑锦标赛，获得女子个人全能、女子 1000 米、女子 3000 米 3 项个人冠军，外加女子 3000 米接力冠军，并成为该赛事历史上第一位连续 4 年获得女子个人全能冠军的运动员。10 月上旬，杨扬参加了在加拿大举行的世界杯短道速滑赛第一站比赛，获得女子 1000 米、女子 1500 米、女子全能 3 项第一名，以及女子 3000 米第二名。10 月下旬，杨扬参加了在美国举行的世界杯短道速滑赛第二站的比赛，以 1 分 34 秒 055 的成绩获女子 1000 米第一名，以 44 秒 664 的成绩获女子 500 米第一名；与队友合作，获女子 3000 米接力第一名；获女子 1500 米第二名。12 月，杨扬参加了在长春举行的世界杯短道速滑系列赛，获得女子 500 米、1000 米及 3000 米接力 3 项第一名，并以 89 分获得了女子全能第一名。2001 年 4 月，杨扬参加了在韩国全州举行的世界短道速滑锦标赛，获得女子 1000 米、1500 米、3000 米、个人全能 4 项冠军以及女子 500 米亚军。

人生是每一寸的跋涉

个人的一小步，生命之花的

一次次绽放

一次次竞技

超越对手的不仅仅是距离

超越对手的还有精神的高远

梦想的璀璨

永不言败地一次次

战胜对手也在战胜自己

2022 年，2 月

美国盐湖城。万众瞩目

翘首企盼，万众的目光汇集成

希望的海洋

每一次深呼吸

都是历史的铿锵之声

16 日，短道速滑

500 米决赛

全世界都屏住了呼吸

发令枪，冲破云霄的召唤

是梦想，是未来

是杨扬，是中国的青年

脚下的冰刀

创造中国冰雪奇迹

44 秒 187 的成绩

实现了中国冬奥金牌零的突破

世锦赛女子个人全能第一名

实现世锦赛女子个人全能项目的六连冠

世界短道速度滑冰锦标赛连续

获得最多全能冠军的运动员

同样是 2002，一次次登顶

一次次让五星红旗升起

国歌响彻云霄

世界记住了你的名字

追风，镌刻

59 块金牌

生命，血汗，意志和梦想

铸就精神的高峰

中国人的筋骨，中国人的脊梁

中国精神

中国志气

2006 年，深情回首

20 多年拼搏的征途

汗水和泪水交织，一次次抬起头来

一次次挺起脊梁

退役而不是退休

不再是运动员

但是依然活跃在体坛

2010 年，89 票赞成，5 票反对

中国第一个以运动员身份

当选的国际奥委会委员

无数荣誉，无数头衔

我们不能一一列举

无数赞颂，无数瞬间

写进了历史而永远熠熠生辉

剑胆琴心，大爱之心

在埃塞俄比亚做志愿者

参加中国运动员风雨操场计划

北极星慈善基金会活动

中国运动员教育基金会

携手中国红十字基金会

成立专项体育公益基金

冠军基金

汗水浇灌冰场

爱心照耀万物

黑龙江省十大杰出女青年

最美的奋斗者

影响中国年度慈善人物

冬奥旗手

坚韧不拔，驰骋冰场

激情四射，执着坚守

中国女运动员的优秀样本

中国人的骄傲

追逐梦想

没有什么可以阻挡

穿透时间的壁垒

光芒永恒

我们的杨扬

世界的杨扬

申雪、赵宏博：只要努力，奇迹将永不停步

申雪、赵宏博

当一个幼小的生命呱呱坠地

响亮的啼哭

是向世界的一声声

诘问

大雪之夜
一个平凡人家的孩子
来到这个世界
她第一次睁开眼睛
看到的是茫茫大雪
是呼啸的西北风

瘦弱，单薄，让人怜惜
嫩芽一样的手，在风中
明亮的眸子，在亲人的注视中

没有人会想到
她将走一条什么样的人生路
没有人知道冰冷而坚硬的
冰上的人生将在 15 年以后
绽放花朵

因雪而生，因梦而舞
申雪。一个平凡的女孩
在襁褓中长大
在冰天雪地里
慢慢感悟生命

3 岁，就认识一百多个汉字

知道李白、杜甫

也听过苏轼的水调歌头

在诗文中浸染

在艺术中熏陶

一个平凡的家庭

不平凡的见识

5 岁那年的生日礼物

是一双滑冰鞋

父亲亲手交给她

母亲为她穿在脚上

父亲牵着左手，母亲牵着右手

在冰封的松花江上

慢慢地穿过风

不小心摔倒了

自己慢慢爬起来

没有喊疼，没有眼泪

在冰上滑行，就像在人世飞翔

舒展双臂

一个年幼的孩子

突然被星光照见了未来

总是要打针、吃药，经常感冒发烧

身体羸弱，就像一棵摇晃的小树

要用心培植

还要经得住风雪的洗礼

怎么锻炼她强健的体魄？

怎么让她经得住锤打？

去滑冰吧！去滑冰吧……

老师有点疑问，能行吗？

太瘦弱了

老师有点担心，能行吗

孩子太单薄了

能行，我能行，幼小的孩子

倔强，果敢……

我不怕，我不怕

父亲和母亲的眼睛里绽放着泪花

好孩子，为了让你更加茁壮地成长

必须让你在冰天雪地里锤打

世间一切都有冥冥中的缘分

人和人，会擦肩而过，也会并肩战斗

当申雪进入体校练习滑冰时

年长她 5 岁的赵宏博已经是少年英雄

在冰场上像一个骄傲的小王子

但每一个英雄都需要磨砺

每一个英雄都在挫折中成长

刚刚到冰上时，赵宏博是一个弱者

总是滑在最后面

面对讥笑和嘲讽，他没有气馁

没有倾尽全力不能改变的现状

不服输，不能落后

要做最优秀的那一个，无惧风雨

一个一个赶超，就像时间中的

无数个瞬间。人能与自己的影子并驾齐驱

也能超越时间

追赶久远的梦想

10 岁时，就打败了自己身边

所有的对手。业余的孩子

战胜了专业的选手

——这就是赵宏博，取得了 500 米

短道速滑冠军

当赵宏博 19 岁，已经获奖无数的时候

当他已经是冠军的时候

急需一名新的搭档

众里寻他千百度，但却不是满意的一个

申雪，14 岁，轻盈如瑞雪

澄澈如新月。寂寂无名但超凡脱俗

一个新兵，一个新人

被审视，被怀疑，携手并不容易

起舞，飞翔……

在冰上演绎未来的传奇

但这个不是一条平坦的路

但这不会只是一个瞬间的升华

需要长久的磨砺，需要血与泪的交织

需要灵魂的默契

"申雪则一开始就不被教练看好

瘦瘦小小的样子，教练怕太重的动作难以完成

不甘落后的申雪并不想这样继续下去

她力图改变那种悬在尾巴边缘上的成绩

别人滑一圈，她就滑两圈

别人休息了，她仍然在训练

她终于从尾巴边缘的队员走到教练姚滨的眼中

经历了苦与痛，一只丑小鸭终于

有了让自己变成一只天鹅的决心。"

没有战胜不了的困难，山高人为峰

弱小的身躯却有坚韧不拔的意志

心中的舞蹈，是一种神圣的誓言

冰上的歌谣，是一种美丽的承诺

要走下去，战胜所有的苦难

要滑下去，让大哥哥接受我

申雪在心中默默地告诉自己

这是他们共同的回忆，这是难忘的经历

这世间没有真正的神话

这世间的神话都是人来谱写的

每一个神话都是故事，都是汗水和血水

共同织就的长歌

他们在冰上舞蹈，心也在慢慢地靠近

有时候她能听见他的心跳

有时候他能看见她的微笑

这一切都是默默的，这一切都是神话的开始

神话，也是童话，而最终这一切

都将变为现实，有波折，有崎岖

但是最终通向的是光明的峰巅

他们训练，从黎明时，晨曦初绽

他们磨砺，从启明星慢慢升起到夜晚的灯火

照亮漆黑的夜晚。只要努力，就可以拥抱每一天的太阳

只要拼搏，就有机会在群山之巅

俯视千沟万壑，俯视那倏忽而逝的时间

人在时间中，被裹挟，随时光而变老

人在奋进中，挣脱时间的束缚，战胜时间的锋利

超越时间中的自我

他们在悠扬的音乐中舞蹈，滑行

他们在梦幻的乐音中，在流畅的舞蹈中

一次次抵达梦想的彼岸和花朵的深处

慢慢地，慢慢地走近，变得默契

精神上的融入，双人滑不仅仅是体育运动

更是一种艺术创作，是诗，是梦……

他们是最纯粹的诗人，用身体和精神世界中

最柔软，最生动，最纯真的部分

去写光荣的，美好的诗篇

他会为她拎包，洗衣服，体贴照顾

她会嘱咐他好好吃饭，出早操时为他围上围巾

情如兄妹时相互支撑

冰上训练时，相互升华

在冰上，心才踏实；不停地训练，才有希望

当他们的手在舞蹈中紧紧攥在一起

那美丽的光芒照亮未来的时光

1993 年，他们参加亚洲杯双人滑比赛

取得了银牌的好成绩

1994 年，他们第一次站上世锦赛的舞台

并开始向着更高的目标攀登

1998 年，长野冬奥会，他们夺得了

第五名的好成绩，让世人记住了他们

留给世界一个美丽的背影，一个大大的惊叹号

——1999 年世锦赛双人滑银牌

——2000 年世锦赛双人滑银牌

——2001 年世锦赛双人滑铜牌

——2002 年，他们初次登上了世锦赛的最高领奖台

——2003 年成功卫冕世锦赛冠军

离完美还差一点点，技术可以磨砺，而表现力

是创造和创作，这一点点不足，困扰未来的冠军

只差一点点！而这一点点，需要漫长的跋涉

团队的力量永远强大，祖国是强大的后盾

艺术表现力和技术水平同样重要

海外专家悉心指导，教练姚滨苦心栽培

2002 年盐湖城冬奥会，申雪和赵宏博

凭借动人心魄的《图兰朵》

夺得双人滑项目的铜牌

这是他们第一枚冬奥会的奖牌

也是中国双人滑在冬奥会上获得的首枚奖牌

不断磨炼技术，掌握技巧。路是一步一步走的

抵达高峰需要不断地攀登

时光有时急促，有时缓慢

而人要有笃定的心，光才会一点点照进来

台下十年功，甚至更久

这是如此漫长，他们携手前行，从未懈怠

即使遇到突如其来的伤病

也不能望而却步，一切都是考验

每一次波折，都是为加冕的一刻铸就光芒

2005 年，他们正在备战都灵冬奥会

赵宏博突然左脚跟腱断裂，他自己听到了断裂的声音

这断裂的不仅仅是跟腱，而是梦想啊！

都灵奥运会四年的准备，冠军的金牌若隐若现

而此时，跟腱的断裂，发出的也是晴天霹雳

这时有人劝说申雪，赶紧自找搭档，冲锋奖牌

这是善意的！这也是务实的，但是申雪严肃地拒绝了

多年的并肩战斗，生活中的相互照顾

他们早已经融为一体，精神上怎么能分离？

同进退，共患难，不放弃……

申雪守在他的身边，呵护，照顾，鼓励……

他带伤训练，科学安排，合理突破，面对未来

谁也没有放弃……

没有战胜不了的困难，没有不能抵达的远方

他们意志坚定，携手共赴都灵那届奥运会

冰面上永远没有温度，断裂的跟腱还需要疗养

一曲《蝴蝶夫人》，如梦似幻，高超的艺术表现力

技惊四座，虽然并不完美，但是

再次为中国获得了一枚宝贵的铜牌

在世界顶尖高手的行列里

他们有了一席之地，有了自己的光芒

也就是在伤病期间，在带伤冲击奥运奖牌期间

他们的感情慢慢发生质的转变，微妙的，默默的

亲情，在不知不觉中，转变成了爱情

2007 年，他们在世界锦标赛上夺冠

全场掌声雷动，赵宏博当着全世界观众的面

在冰面上，向申雪单膝下跪，求婚

最美的时刻，最美的方式，出发的地方

也是爱的家园……

他们成为夫妻，神仙眷侣

他们短暂地退出，告别世界的舞台

没有一种选择是错误的，生活和命运

随时都会绽放美丽的花朵

然而，没有一颗种子会真正枯萎

然而，没有一颗种子不会发芽

两年之后，他们的奥运冠军梦

又一次在心中苏醒

他们再一次踏上奥运会的征程

跋涉永不停步，梦想的光芒随时照进生命

全世界的目光都聚焦在他们身上

这对冰上眷侣，这对永不放弃的追梦人

当地时间 2010 年 2 月 15 日

温哥华太平洋体育馆冬奥会花样滑冰自由滑比赛群雄逐鹿

全世界的顶尖高手悉数在列

申雪赵宏博上场时，全场响起了热烈的掌声

赞美，祝福，世界的目光投向了他们

此时，他们冲击的已经不仅仅是金牌

而是中国体育运动员永不放弃的精神

他们压轴出场，漂亮的后外点冰三周单跳

……后外螺旋线、捻转、后外结环三周抛跳

……后内结环三周抛跳

技术动作完美无缺，表演如梦似幻

——总分：216.57 分

（两次打破世界纪录：短节目得分和总分）

申雪赵宏博获得冠军！

这是中国冬奥征程中第一个花样滑冰冠军

这是中国花样滑冰历史上首枚奥运会金牌

是第二十一届冬奥会中

第一枚被非欧洲选手摘得的双人滑金牌

申雪和赵宏博，紧紧抱在一起

……泪洒赛场，其实不仅仅是他们

在场的很多人，都流下了热泪……

"2017 年，申雪和赵宏博入选世界花样滑冰名人堂

这是中国花滑选手首次获得该项荣誉

同年，赵宏博出任中国花样滑冰队总教练

引领中国花滑在 2022 年北京冬奥会再冲巅峰

申雪则在更大的舞台上为中国冰雪运动起舞

她先是担任北京冬奥运申奥大使，随着申奥成功

又参与冬奥会筹办工作

2018 年中国花滑协会正式成立，申雪担任首任主席"

冰上的梦想永不停步，中国花样滑冰传奇在续写

真的再一次做到了，2022 年北京冬奥会上

韩聪和隋文静夺得了金牌……

他们的教练就是赵宏博

现在，申雪和赵宏博的孩子

——一个美丽的冰上公主

9 岁就已经拥有 6 枚冠军的荣誉

不怕苦，不怕疼，勇于追求

中国体育精神在传承，中国花样滑冰后继有人

只要努力，奇迹将永不停步

张虹：闪耀世界的中国虹

张虹

人生是一次次的逆风奔袭

在大风中歌唱的人

彩虹映照着诗意的江山

我们能遥望星辰，日月

我们能畅想未来，明天

但是我们没有像她一样

在香坊公园冰湖上那一次次的摔倒和站立

没有人知道

她的未来会与那么多耀眼的光环

紧紧维系在一起

一个普通的邻家女孩

一个体弱多病的乖乖女

来自百姓，却坚韧不拔

7 岁开始滑冰，12 岁进入哈尔滨市队

默默无闻，但是不离不弃

内心的善良，一点点化成外在的坚韧

掌心上的誓言，镌刻在生命的扉页

眉宇间的英姿

闪烁着内敛的光芒

冰上的弧线，是另一种书写

英雄的表达不一定是轰轰烈烈

短道速滑，零星的成绩

没有惊人的天赋

没有一鸣惊人，那火山一样的光芒

苍穹上的星子，宇宙深处的幻化

持久的爱，要慢慢地生长

永不落幕的英雄

需要经年累月，血汗的凝铸

彩虹不易逝

光耀天地间

从短道速滑改为速度滑冰

无疑是一次大胆的抉择

8 年，苦练 8 年，还没站到世界赛场

不改，路在哪里？

19 岁，这种选择意味着什么？

如果墨守成规，很难有大的突破

如果逆势转变，前路也是征途漫漫

怎么办？不能就这样无声远去

哈尔滨的女儿，怎么能止步不前

哈尔滨的女儿，怎么能望而却步

改，改成速度滑冰……

一次转身，就是一生的命运

一次转身，就是一生的光芒

苦啊，真是苦

苦孩子，血水和汗水交织

苦孩子，从天光微微到夜幕四合

在冰上，飞驰的苦孩子

内敛的一抹虹

在慢慢地闪耀

为了有效控制体重

不喝牛奶，不吃肉类

两个月瘦了 20 斤，12 项生理指标

11 项已经低于常人

19 岁的女孩，身体已经不如一般人

还练吗？这样的身体

怎么去战胜对手？父母在思考

亲人、老师和朋友都在思考

她自己却没有任何怀疑

为什么不练，为什么放弃

不过是从零开始，不过是与自己抗争

她深深知道，最大的对手是自己

她深深知道，最大的敌人是自己

超越平凡，就要有非凡的方式

超越平庸，就要有永不回头的决绝

我是谁？

我是虹！

我永不落幕

3 年的苦练

终于站在世界杯、世锦赛的赛场上

"体育是我人生不能缺少的部分

每当和时间赛跑，成绩提高了 0.01 秒的成就感

任何事情都不能给我愉悦"

在她的世界里，体育不仅仅是竞技

而是一种永不言弃，勇攀高峰的精神

从此一发而不可收

冰上彩虹，无瑕绽放

祖国骄傲，世界瞩目

只是这个过程如此艰辛

只是这个历程如此艰难

只是这个过程语言难以言说

百分之二十的天赋

百分之八十的努力

超越平凡，超越自己

人间没有童话，成功也没有神话

每一次超越

都是生命的抗争，都是勇往直前的

不甘人后

从此，中国虹闪耀东方

从此，中国虹光耀世界

2011 年，张虹在速度滑冰世界单项锦标赛女子 500 米获第五名，女子 1000 米第七名。2012 年 1 月 8 日，第十二届全国冬季运动会速度滑冰女子短距离全能四场比赛全部结束，张虹以 154.145 分的成绩获得冠军。1 月 30 日，速度滑冰短距离世界锦标赛在加拿大卡尔加里落下帷幕，张虹在女子 500 米比赛中以 37 秒 63 获得铜牌，同时也以 149 秒 705 的总成绩收获了全能铜牌。10 月 15 日，张虹以 1 分 17 秒 20 的成绩获得全国速度滑冰联赛首站女子 1000 米比赛冠军。10 月 20 日，张虹获得全国速度滑冰联赛第二站女子 1000 米冠军。11 月 19 日，张虹获得国际滑联速滑世界杯荷兰站女子 1000 米亚军。12 月 15 日，张虹在速度滑冰世界杯哈尔滨站上以 1 分 17 秒 14 获得女子 1000 米第一次比赛亚军。12 月 16 日，张虹在速度滑冰世界杯哈尔滨站上以 1 分 16 秒 71 获得女子 1000 米第二次比赛冠军。12 月 30 日，张虹获得亚洲锦标赛速度滑冰女子 1000 米冠军。2013 年 3 月 9 日，在国际滑联速度滑冰世界杯总决赛上，张虹在女子 1000 米第一次比赛中获得银牌。

2014 年 1 月，在日本长野县举行的速度滑冰短距离世界锦标赛上，张虹在女子 500 米第一次和第二次比赛中分别滑出 38 秒 11 和 38 秒 29 的成绩。而在女子 1000 米第一次和第二次比赛上分别滑出 1 分 15 秒 17 和 1 分 15 秒 44 的成绩，最终在综合总成绩后，张虹以 151.705 分的成绩获得速度滑冰短距离世锦赛个人全能银牌。

2014 年，中国虹创造历史

2 月 13 日，索契冬奥会

速度滑冰女子 1000 米决赛中

中国虹以 1 分 14 秒 02 的成绩力压其他选手夺冠

这是中国冬奥会历史上的第一枚速度滑冰金牌

这是中国速度，这是中国骄傲

与时间竞争，与自己竞争，与命运抗争

终于创造了属于中国运动员的奇迹

中国记住了她，世界记住了她

——中国虹，中国张虹

2015 年 10 月 24 日，在全国速度滑冰冠军赛暨第十三届全国冬季运动会资格赛中，张虹以 1 分 15 秒 96 的成绩夺得女子 1000 米冠军。11

月 16 日，在速度滑冰巡回赛世界杯首站比赛上，张虹以 36 秒 94 的成绩夺得速度滑冰女子 500 米冠军。11 月 24 日，在速度滑冰世界杯盐湖城站比赛中，张虹两次夺得 500 米冠军，并与队友合作，以破世界纪录的成绩摘下女子团体竞速金牌。2016 年 1 月 22 日，第十三届全国冬季运动会速度滑冰比赛，张虹以 1 分 55 秒 11 获得 1500 米冠军。1 月 24 日，在女子 500 米比赛中，张虹以 1 分 15 秒 17 的总成绩获得冠军。1 月 25 日，在女子 1000 米比赛争夺中，张虹以 1 分 14 秒 69 的成绩，夺得个人在本届冬运会上的第三枚金牌。1 月 30 日，在国际滑联速度滑冰世界杯挪威站女子 500 米比赛中，张虹以 37 秒 82 夺得冠军。2 月 12 日，在俄罗斯科洛姆纳举办的国际滑联速度滑冰短距离锦标赛上，张虹在女子 500 米第一次比赛中获得银牌。2 月 13 日，张虹以 75 秒 688 的两次总成绩获得女子 500 米比赛铜牌。2 月 27 日，速度滑冰短距离全能世锦赛在韩国首尔开战，张虹在女子 500 米中排名第一，女子 1000 米名列第六名。2 月 28 日，张虹在女子 500 米第二次争夺上获得第四名，在女子 1000 米第二次比赛中，张虹获得第七名，最终获得全能第五名。2017 年 2 月 20 日，在第八届亚洲冬季运动会速度滑冰女子 1000 米中，张虹以 1 分 15 秒 75 夺得铜牌。11 月 12 日，2017—2018 赛季速度滑冰世界杯荷兰海伦芬站女子 1000 米比赛，张虹以 1 分 16 秒 63 获得第十五名。2018 年 2 月 14 日，获得 2018 年平昌冬奥会速度滑冰女子 1000 米第十一名。2 月 18 日，获得平昌冬奥会速度滑冰 500 米比赛第十五名。2023 年 2 月 13 日下午，张虹冬奥会中国速滑"首金"9 周年纪念暨退役仪式于黑龙江省体育局顺利举办。

不积跬步无以至千里

闪烁的虹，虹的奇迹是怎么铸就的？

是永不放弃，是战胜自己的意志

是战胜所有的对手和时间
当然，身体也留下了巨大的伤痛
膝盖里的积液，损伤的半月板……
每一处伤痛都是一种证明
每一处伤痛都是一种歌唱

离开冰，离开赛场
并不是奇迹的终结
中国姑娘，中国虹
依然光芒闪烁
传播体育精神
诠释奥林匹克精神的真谛
——让奥林匹克精神永存

当她与国际奥委会主席巴赫
一起奔跑，传递奥运火炬的那一刻
她为自己的祖国骄傲
体育的意义除了奋勇争先
就是给自己设定目标，然后克服一切困难
不断努力去实现它

让生活变成梦想
让梦想变成现实
中国虹，永远灿烂如花
中国虹，永远熠熠生辉

王濛：永远的"濛时代"

王濛

我们注定被遗忘，在人潮人海中

我们注定是过客……

我们注定了寂寂无名，在历史的洪流中

淹没于时间的荒野

我们能记住的，寥寥少许

我们能歌颂的，一定是历史的创造者
当然不仅仅是君王，不仅仅是侠客

有些人注定要离场
即使写在史书中，但也不会被想起
有些人注定要被铭记
当她潇洒转身，豪迈地挥手
过去的每一个奇迹，每一次披荆斩棘
每一次登顶，每一次光芒万丈
都自动刻进另一种史书
不需书写，但时刻闪耀着光华

曾 7 次打破短道速滑女子 500 米世界纪录
两届冬奥拿下四枚金牌
也是中国唯一一位冬奥四金获得者
她获得的金牌数不胜数
她的荣誉难以计数，她是真正的"王者"
在强手林立的世界体坛，在短道速滑的赛道上
她是真正的称雄者
豪气、豪迈，不需要豪言壮语
自信、自强，不需要击掌而歌

为滑冰而生，这样说丝毫不为过
从七台河一直滑到哈尔滨，滑到省里
煤城来的小女孩，像火焰一样纯粹
像火焰一样跳跃，生动

但这是永不熄灭的火焰
但这永远是温暖的火焰

"1998 年，王濛进入黑龙江省体校开始了职业生涯
2002 年，王濛第一次参加世界青年锦标赛
就获得了女子 500 米冠军
成为中国第一位世界青年锦标赛冠军"

出道就是王者风范
赛道就是战场，不允许自己有丝毫的退缩

"2003 年，王濛第一次参加世界锦标赛
与杨扬等队友合作获得 3000 米接力冠军

雄风初现，却已经有大将风度
挥手之间，王者之气弥漫在赛场

2006 年 2 月，王濛参加都灵冬奥会
以 44 秒 345 的成绩夺得短道速滑女子 500 米金牌
2008 年，王濛接连创下奇迹
成为短道女子 500 米世界第一人
开创了一个濛时代"

我们要知道她是怎样开创
——"濛时代"
赛场上的一分钟，要训练场上的

三年、五年，甚至是十年、二十年

从 10 岁那年走上冰场那一刻起

从父母用东挪西借的钱买来二手冰刀鞋那一刻起

从青春期发胖被要求离开但是毅然留下那一刻起

她就告诉自己，这是自己的抉择

这是梦想，这是一生的热爱

而成为领军者的要素正是

——热爱

"2010 年 2 月，在温哥华冬奥会上

王濛先后在短道速滑女子 500 米的预赛及半决赛

两度刷新奥运纪录

并在决赛实现了对该项目金牌的蝉联

之后在重感冒的情况下获得女子 1000 米冠军

带领周洋、张会、孙琳琳获得女子 3000 米接力的冠军

成为中国短道历史上第一个三冠王

2013 年 2 月，王濛在世界杯德累斯顿站

以 42 秒 597 的成绩打破女子 500 米世界纪录"

"根本就没有热爱的话

其实你想做到极致很难，你不热爱它的话

你也不会坚持下来"

朴素的话语，真切的感受

为冰而生，而她本身就是晶莹的冰

为滑冰而生，而她本身就是赛道上的霸王

我们谈自信，谈自强，谈自立

而她以行动诠释了中国运动员

不可征服的力量，不可超越的勇气

"短道速滑大魔王"让对手闻风丧胆

以输给她为荣

"濛时代"的缔造者

领先世界，滑出中国人的豪迈英姿

2014 年 1 月 16 日

因意外造成右脚内外踝骨双骨折，无缘索契冬奥会

这是一次意外的碰撞

这是英雄的一次劫难

最闪耀的速滑之星

戛然而止。但是人生不仅仅有冰场上一个赛道

人生处处都是赛场

人生处处也都是战场

人生处处也都是最美的风景

王濛说，"舍"与"得"常在人一念之间转换，

受伤的经历也可能是在为未来的成就铺路

重要的是如何找到人生最优"解"

将"舍"转变为"得"

脱下冰鞋后，迎来更宽阔的赛道

为退役运动员再就业殚精竭虑

做公益、当嘉宾、赛事解说、追星小妹

出色段子手、机构负责人……

王濛身上有很多身份

她把每一个身份都做到了精彩

就像最初赛场上的自己一样

任子威：只要肯努力，"大象"也能飞上天
——记中国短道速滑男子 1000 米首枚奥运金牌得主任子威

任子威

时间：2022 年 2 月 7 日晚

事件：北京冬奥会短道速滑男子 1000 米决赛

选手：任子威、李文龙、武大靖，另外两个入围的是匈牙利的刘少林和刘少昂兄弟

成绩：冠军任子威、亚军李文龙，武大靖屈居第四

任子威所获得的这枚金牌
成为中国短道速滑队
在男子 1000 米项目上拿到的
——首枚冬奥会金牌
——创造了历史

得知自己获得冠军后
任子威仰天长啸……
激动地扑倒在教练怀中泪流不止
当念到任子威名字的那一刻
他面对全场观众，指着胸前的国旗
告诉世人，我是中国人

历史是如何创造的？
冬奥会这个项目的首金得来如此不易
让我们回看这场比赛，感受紧张的时刻
让我们在光荣的时刻升华自己的内心
匈牙利选手刘少林排在最内道
第二道是武大靖
第三道任子威
第四道是李文龙
最外道的是另一位匈牙利选手刘少昂
赛场上，气氛异常紧张
所有人屏住了呼吸

"比赛开始之后，武大靖充分利用启动能力

抢在第一的位置

刘少昂迅速超越超到第一位

武大靖利用外道超越上升到第一的位置

在比赛激烈进行过程当中

因为冰面出现异物

裁判突然喊停宣布召回"

戛然而止，转折悄然而至

巨大考验，每一个运动员心上

都蒙上了一层阴影

重新开始，意味着命运的变化

发令枪再响，又是一次冲锋

中国三位选手碰了碰胳膊，互相鼓劲

赛场也是战场，队友更是战友

同进退，共奔赴

任子威利用速度排在第一位

中国队三人战术非常明确

三人在场上形成配合

这是中国力量，中国风格

为祖国而战，每个人都有共同的使命

比赛还剩最后 4 圈的时候，刘少林超越到了第一位

最后一圈刘少林全力冲刺

任子威在最后时刻紧随其后

他动作规范，仿佛一把冰上尖刀

划开时间的栅栏，呼啸的风声

是中国青年的精神之力量

两人几乎是同时冲过终点

最终刘少林因为犯规被取消成绩

任子威 1 分 26 秒 768 获得金牌

李文龙 1 分 29 秒 917 获得银牌

刘少昂获得了一枚铜牌

短短的 1 分 26 秒 768

在漫长的时光中，仅仅是瞬间

但是这瞬间凝聚着多少心血和汗水

是骨折、是流血，是多少次

身心痛苦到极点之后

一次次无悔的坚持，是战胜人的承受极限

咬紧牙关再起身，再出发

中国人的腰板必须挺直

中国运动员的头颅必须高高扬起

细心的观众可以看到

任子威头上戴的中国风头盔"一骑绝尘－绝影"

能够展现他作为运动员必胜的决心

也能让我们感受到他对中国文化的热爱

威风凛凛，雄姿勃发，势不可当

中国青年，所向披靡

历史是怎么创造的？

任子威是怎么练成的？

让我们从头开始，从他还是一个孩子说起

漫长的冬季，冰雪覆盖着深沉的松花江

这是属于我们的，独特的风景

1997 年出生的任子威

父亲是军人，在部队带兵

母亲忙于工作，晚上接孩子

总是比别的家庭要晚，任子威在学校孤独地

守望着母亲走来的方向

彼时他所在的清滨小学

正在建设短道速滑人才基地

老师推荐任子威去练习

他的母亲很快同意了

让孩子锻炼体魄，又能弥补苦等她的缺憾

只是那时候，父亲和母亲没有想到

从此，改变了任子威一生的命运

练习短道速滑的几十个孩子

就像奔跑的小树，每天长跑一小时

再苦练技巧。老师看得紧，教练盯得严

吃苦的孩子，总会想办法偷懒

任子威也有自己的小心思

"妈妈，我今天不想练了，早点接我呗！"

面对着年幼儿子的请求

母亲坚定地拒绝了

母亲说：

——不能退缩，要克服畏惧心理

母亲说：

——要坚强，这么点苦难就放弃了

将来什么也不会做好

从此以后，任子威没有再动过"小心思"

再苦再累他都会咬牙坚持到底

小学的短道速滑培训班

后来只有任子威一人留了下来

他训练刻苦

坚定信念，心中有追求，眼里有目标

初中之后，任子威坚持练习滑冰

但是学业也变得繁重，训练强度也越来越大

任子威每天凌晨 5 点多"摸黑"到冰场训练

晚上放学后，继续上冰训练

直到 9 点多才能回家

有一天训练结束回家

他跟妈妈说，妈妈，我们家要是住在一楼该多好

太大的训练强度，太繁重的学习任务

让孩子连上楼回家的力气都没有了

看着孩子拖着疲惫的身躯

任子威的妈妈看在眼里，疼在心里

但是任子威没有退缩，母亲也没有

在每一个人生的岔路口

在命运同时打开两扇门的时候

选择就变得无比重要

是放弃滑冰，考一所中国知名学府

还是继续练习速滑？

摆在眼前的问题太棘手了

班主任说："任子威的学习成绩太好了

一定考大学，未来是无限光明的"

滑冰教练说："任子威有运动天赋

且意志坚定，将来也是可造之才"

该如何选择？

母亲悄悄擦去焦虑的泪水

当兵的父亲经过慎重的思考

做出了影响任子威一生的选择

——继续练习短道速滑

任子威说：我不怕吃苦，要练出来，要出成绩！

任子威说：我选择了，就不后悔！

路漫漫其修远兮

吾将上下而求索

太苦了，太难了，母亲心疼孩子

太累了，太疼了，母亲心疼孩子

能不心疼吗？

2010 年，在省级锦标赛上

任子威意外受伤

骨折，骨折，母亲眼泪噼里啪啦掉下来

父亲眉头紧锁

教练天天去家里帮助做恢复训练

2011年，再次受伤，又是骨折

母亲甚至想让他放弃

哪个母亲不心疼自己的孩子

哪个母亲能不为骨折的儿子落泪

但是，任子威说

我不放弃，我必须训练到底

重返训练场，任子威依旧是那个年轻的

拼命三郎

没有任何挫折能战胜他

他有无比清晰的目标

——进入国家队

13岁，任子威成为哈尔滨体工队队员

真正走上了职业滑冰之路

这是一次历史性的跨越

这是身份的巨大转变

母亲悄悄在看台上看儿子训练

一圈又一圈，当孩子滑满100圈后

累得瘫倒在冰面上

母亲再一次落泪了

但是她没有让孩子看见自己的泪水

她深感欣慰，自己的儿子

有如此坚定的意志，有勇往直前的决心

命运再一次迎来转机

当然，这是苦练的结果，这是信念的力量

就在重伤后的第二年

任子威在全国赛中跻身前八

2014 年 10 月，17 岁的任子威

在短道速滑国家队新一轮选拔中脱颖而出

迎来人生又一个转折点

十余年的苦练，两次骨折

无数的困难，都没有让这个年轻人轻言放弃

而是一路滑进了国家队

短道速滑名宿李琰成为他的恩师

"他一定能扛起中国短道速滑的大旗"

李琰相信自己的判断

她更相信自己的眼睛

——这个小伙子太能吃苦了

在国家队，任子威依旧是最刻苦的一个

教练和队友都叫他"大象"

这是恩师李琰给他起的外号

这既是因为他身形高大，滑得沉重

更因为他身上那种坚定的气质

那种永不服输的精神

从此一发而不可收

从此滑上人生另一个快车道

2015 年 12 月，短道速滑世界杯上海站

男子 1500 米决赛

任子威以 2 分 14 秒 403 收获个人首个世界杯冠军

2016 年短道速滑世界青年锦标赛

任子威在全能积分榜上技压群雄

成为世青赛创办以来

首位来自中国的男子全能冠军

开始有了闪烁的光

梦想照进现实，嘹亮的国歌

升起的红旗

内心的火焰，追梦者

每一块奖牌都是起点，从不曾停歇

时光荏苒，转眼是平昌冬奥会

这是他的冬奥会首秀，在世界顶级赛场上

他要展示中国青年的雄姿

短道速滑男子 5000 米接力决赛

任子威与武大靖、韩天宇、许宏志、陈德全

组成的中国队

以 6 分 32 秒 035 的成绩摘得亚军

又一次闪烁，又一次让世界瞩目

每一次出发，每一场比赛

都是磨砺，都是成长，都是蜕变

2020 年 2 月 8 日，短道速滑世界杯

德国德累斯顿站男子 1500 米决赛冠军

当然，这期间他还有更多的成绩

我们没有一一记述

当然，这期间他还有更多的荣誉

我们没有一一展示

除了这些数不清的成绩

他还心有大爱，就在德国这一战比赛时

武汉因为新冠疫情封城，举世关注

任子威出场前，面对镜头

做了一个吃武汉热干面的动作

为当时还在因新冠疫情而封城的武汉加油

这一动作，俘获了太多人的心

这一细节，展现了中国青年的爱国之心

进入北京冬奥会周期

任子威始终是队内状态最出色的人

本赛季4站世界杯比赛

任子威4次站上最高领奖台

只要努力，大象也能飞上天

只要努力，就没有到不了的远方

当北京冬奥，任子威身披国旗在赛场上时

中国红如此耀眼

中国精神，让人心潮澎湃

"可能我表达不出来我有多爱国

但是我随时准备为祖国奉献一切

我觉得我现在能做的

给祖国献的最大礼，就是去拿金牌"

他的心里一直在歌唱祖国

他告诉我们：我们这代年轻人充满希望

我们可以为国家付出一切

不念过去，不畏将来

年轻的任子威

将带领中国短道速滑队再创辉煌

他的未来，有无限可能

这就是任子威

语言质朴但掷地有声

这就是中国青年

奋勇争先，无怨无悔

这就是中国运动员

为国争光

使命无上光荣

2022年2月7日晚，首都体育馆举行的短道速滑男子1000米的比赛中，中国队任子威夺得冠军，成为中国冰雪军团本届冬奥会上的首个"双金"得主。任子威身披国旗庆祝。

蔡雪桐：光荣绽放，迈向新巅峰

——致单板滑雪三届世锦赛冠军蔡雪桐

蔡雪桐

我们如何理解雪

一朵雪花的绽放

要走过四个季节

要经历春风、夏雨、秋的萧索

要在寒冬

才能绽放成一道世间

最纯洁的花朵

在哈尔滨，在东北，在浩瀚的黑土地

在起伏的大森林

在连绵的，生生不息的

我们的北方

每朵雪花都蕴含着巨大的力量

每朵雪花都在讲述一个故事

而这故事，不仅仅是风花雪月

而这故事，不仅仅是柔情似水

而这故事，不仅仅是童话世界

是哈尔滨人的执着和坚韧

是北方人的不屈不挠，是永不放弃的追求

是不断的蜕变，是蝶变，是超越白我

是永不褪色的生命的光

1993 年 9 月 26 日

这一天，哈尔滨还没下雪

秋的落叶，在呼唤着第一朵洁白的雪花

它们遥相呼应，仿佛世间的又一个精灵

即将来到这个世界

是的，不是仿佛，而是真的

一个女孩呱呱坠地

她叫蔡雪桐

谁也没有想到，这个名字里有雪的女孩

日后能够名扬天下

成为中国单板滑雪运动员

——先后 7 次获得单板滑雪世界杯的积分总冠军

——3 次赢得世锦赛的冠军

成为国际滑联单板滑雪女子 U 型场地技巧项目历史上

最成功的选手

世间事，一切成功都不是偶然

人间事，一切偶然，都因为某种必然

蔡雪桐亦是如此

精灵一样活泼灵动，乌黑的眼眸凝视着

这美好的世界

当她看见父亲买回的旱冰鞋

激动又兴奋，4 岁的孩子

在小区里穿梭，轮滑发出咕噜噜的声音

好像某种召唤

有时候会摔倒，小膝盖蹭在水泥地上

会出血，一次又一次

父母心疼，不让她再滑

但是，她不听，她喜欢滑行时

耳边的风声，喜欢即将起飞的感觉

慢慢地，小雪桐已经成为那附近

出名的小英雄，旱冰高手

咕噜噜，咕噜噜，咕噜噜

"让孩子滑雪吧，让孩子专心练吧

这孩子有天赋，就是为滑雪而生啊！"

玉泉业余体校的李教练

多次劝说雪桐的父亲和母亲

小雪桐在一旁听着，琢磨着

她懵懂地感觉到，自己更喜欢这件事

多次的沟通，多次下定决心

父母把孩子送到了专业体校

从此蔡雪桐就走上了职业体育的道路

蔡雪桐第一次走进 U 型池

是 12 岁，从此便深深着迷

从此便沉浸其中，从此她与雪真正融为一体

她不是在滑雪，而是在爱着雪

她和雪相互感觉，成就

2006 年，蔡雪桐

在全国滑雪锦标赛单板滑雪比赛中摘得冠军

展现了惊人的滑雪运动天赋

随后被选入单板滑雪国家队

那一年她才 13 岁

父母落泪了，13 岁的孩子

已经有了光环，这光环是无数次摔倒

无数次爬起来，无数次受伤

无数次坚强站立

是不屈不挠的意志啊

13 岁的孩子，全国冠军

哈尔滨的小女孩，我们的骄傲

"伟大的祖国赋予我使命

我将毫无保留地奉献这一切"

当国歌声响起，五星红旗冉冉升起在

异国他乡

蔡雪桐流下了激动的泪水

这是北京时间 2023 年 3 月 3 日下午

单板滑雪世锦赛 U 型场地技巧决赛在格鲁吉亚落幕

蔡雪桐凭借第一轮的出色发挥

——以 90.50 分获得冠军

这是她的第三个世锦赛冠军

这一年，她刚好 30 岁

30 朵雪花，30 次绽放

每一块金牌，都是生命的见证

是拼搏的见证，是梦想的光辉

获得奖牌难以计数

获得荣誉数不胜数

我们不能一一列举

但是我们不能忽略，不能忘记

蔡雪桐曾在 2015 年及 2017 年世锦赛上

斩获单板滑雪 U 型场地技巧冠军

此次夺冠是她时隔 6 年再次站上世锦赛最高领奖台

高，飘，稳

高，是高度，是精神，是探索，是冲向蓝色的天空

飘，是飘逸，是姿态，是灵动，是美的灵动与升腾

稳，是定力，是恒久，是坚实，是意志与豪迈的熔铸

力克同样是夺冠热门的

加拿大选手霍金斯和日本选手小野光希

第三次拿下了这枚世锦赛金牌

她也是全场唯一得分超过 90 分的选手

"决赛中充满挑战

雪有点软，我意识到

必须要做出一些改变，好在完成得不错"

热爱雪的人，没有杂念

热爱雪的人，始终晶莹

热爱雪的人，始终昂扬

热爱雪的人，始终在冲锋

在比赛中不断挑战自己，在每一次翻腾中

超越自己

让更多的人了解滑雪

让更多的人爱上雪

听心里的声音，做最好的自己

这枚沉甸甸的世锦赛金牌

凝聚着青春力量，激扬着跃动的光辉

30 岁，是老将，但不是结束

30 岁，是开始，是再一次出发

她滑的不仅仅是雪，是风格，是个性

是独特的精神之美，是独特的运动之美

虽然四战冬奥没有收获奖牌

这或许是她目前最大的遗憾

但是，她将再次出发，去拼搏新一届冬奥会

父母曾流下心疼的泪水

孩子太苦了，不能再练了

已经是一次次奇迹的创造了

父母一次次落泪，她一次次坚持

在人生巅峰，再遥望另一个巅峰

再跋涉，再努力，再重新出发

她的滑雪人生，或许才刚刚开始

听心里的声音，做最好的自己

用执着和热爱，让最美的雪花再一次绽放

高亭宇：中国男子速滑的"大道飞人"

高亭宇

　　有人说，我像一匹孤狼，独自在冰场上和风阻做对抗，但我想说，我并不孤独，我有祖国和14亿中国人民给我的力量，我为我是一名中国运动员而感到自豪。

——高亭宇

　　所有的路都充满崎岖

但是我们不能因此就放弃长路

心中有一股力量，源源不竭

掌心有一句誓言攥得紧紧，要努力践行

2022 年 2 月 12 日，注定属于高亭宇

但一切都不是偶然，而是一种必然

这一天，他赢得了北京冬奥会

速度滑冰男子 500 米金牌

当天下午 5 时许，他如一道红黑色的闪电

冲过终点，34 秒 32 的成绩

——打破奥运会纪录

痛快淋漓赢得北京冬奥会

速度滑冰男子 500 米"飞人大战"

斩获中国男子速度滑冰冬奥会首金

金牌的意义何在？

罗致焕，他流下了激动的泪水

1963 年，罗致焕为中国

夺得第一个速度滑冰世界冠军

他的生命与滑冰紧紧融合在一起

时光流逝，他依然在为冰上事业奔忙

他关注着每一个冰上运动员

看完高亭宇当晚的比赛

他激动地说——

"这是中国体育代表团分量最重的一块金牌！

相当于赢得田径场上的百米飞人大战！"

北京冬奥会，我是抱着一定要夺取金牌的目标来的，

但在 2 月 12 日比赛的前一天，我在训练中拉伤了大腿。大战在即，什么都不能动摇我冲金的决心，这 4 年下来，伤病就从未远离过我，我何必要在乎再多一处伤？只要人还在，信念还在，我就一定能行。

比赛当天，我感到自己的状态特别好，发令枪一响，整个人都非常亢奋，完全沉浸到比赛中。说实话，如果不是大腿拉伤，我那天或许可以滑得更快……

——高亭宇

人类的极限在哪里？体育精神该如何诠释？
那些创造世界纪录的体坛健将
创造了人类历史上的一个又一个奇迹
速滑男子 500 米与田径男子 100 米
都是挑战人类速度极限的项目

2022 年北京冬奥会，高亭宇一飞冲天
为祖国争光，赢得了巨大的荣誉
这是奇迹，这是中国体育精神最好的诠释
带伤，带病，然而，又能怎样？
教练抱在一起，哭得像一个孩子
都太不容易了，所有的一切都值得了
自己的队员夺冠，教练就等于夺取了冠军
运动员放弃得太多，教练同样如此

然而，就在比赛的前一天
高亭宇的腿部肌肉拉伤

而且饱受失眠的困扰

但是在带伤作战的情况下

依然可以拿下奥运会的金牌

这是中国力量，这是中国精神

成绩并不代表一切，因为他可以做得更好

他可以更好地突破自己，路漫漫，战士

永远在冲锋的一线

有多煎熬，有多苦痛？

17 年的砥砺前行，17 年的坚守与冲刺

所有的一起都是值得的，战胜每一个对手

就是最大的骄傲。拼搏是值得的！

24 岁的高亭宇就此成为

中国冬奥会历史上首枚速度滑冰男子金牌获得者

"冰丝带"终于刻下了"中国速度"

我特别感谢我的教练刘广彬，是他在我迷茫时给我鼓励，帮助我重拾信心，陪着我直面低谷，在逆境中相信自己，战胜伤病，如果没有他就没有现在的我。感谢国家为了培养我们而配备的所有团队的人，没有他们，我也许坚持不到现在，真的非常感谢。

——高亭宇

高亭宇和罗致焕是同乡

他们的年龄相差太多，近半个世纪的差距

最终通向一个高度，1997 年的小兴安岭

森林涌动着绿色的涛声

高亭宇在森林的怀抱里发出第一声啼哭

8 岁时，他被教练刘德光看中

开始从事速度滑冰训练

他并不比别人更加有光芒，体格瘦弱

在众多孩子中，他是那么平常

但是，他对速度的异常敏感

他坚韧不拔的意志，强大的爆发力

注定了他会成为一名出色的速度滑冰运动员

教练有慧眼，而他没有让所有的人失望

14 岁时，高亭宇从牡丹江市队

升入黑龙江省队，师从名帅刘广彬

正式开始了自己专业运动员的生涯

2018 年，凭借强大的实力，他作为黑马

获得了平昌冬奥会男子 500 米参赛资格

以 34 秒 65 的成绩夺得了

我国冬奥会历史上首枚男子速度滑冰铜牌

这是终点吗？当然不是

这就能让他满足吗？当然不能

"从专业角度讲：500 米项目是速度滑冰赛场

距离最短，不确定因素最多的一个项目

想要在两届冬奥会 500 米项目上

都能拿到好成绩，是一件非常艰难的事"

体育专业人士告诉我们，速度滑冰，每一场比赛

都是巨大的挑战，都存在着偶然
"从 2002 年盐湖城冬奥会以来
从来没有一名男运动员
能连续两届冬奥会在 500 米项目上拿到奖牌"

而强大的实力，是一切必然可能性的前提
而高亭宇一定要战胜这个魔咒，同时战胜自己
就在平昌冬奥会后，高亭宇伤情不能再小视
他需要系统的治疗，回到省队，修复自我
"8 个多月一直过着宿舍、食堂、训练场、医务室
'四点一线'的生活，那是一段苦日子
腰上全是密密麻麻的针灸眼。"队友心疼他
面对磨难，他始终坚定，因为夺金目标一直在

每天要凭借强大的意志力，让骨头硬起来
让自己更加强壮，力量不断提升
咬紧牙关，伤痛不足以让他恐惧
边治疗边提升成绩，缓慢接近登顶时刻

正像领导人在总结北京冬奥精神时提到的"迎难而上"
一样，我觉得，每个最终能实现竞技梦想的运动员，就是
在不断地迎难而上，因为困难从不会消失，战胜了一个还
会再来下一个。内心始终做好不断去迎接困难、战胜困难
的准备，这是最重要的。

——高亭宇

"速滑男子 500 米，高手众多

想要比别人快，必须靠真本事、纯实力

高亭宇爆发力好，起跑快

但他更知道自己的短板：过弯和途中滑"

战胜自己的劣势，补足短板，才能蜕变

才能滑出"高亭宇的速度"

天道酬勤。矢志不渝。在"最快的冰"上

他的过弯与途中滑已趋于无瑕

一点点把短板给补齐

最后加固一下，到冬奥会就发挥出来了

高亭宇始终清醒，始终冷静

"想拿金牌，不是扬长避短

得把'短'变'长'"

这是心得，也是心路历程

精雕细琢，方能成器

其实进入北京冬奥会周期后

高亭宇经历了太多波折，严重的伤病

但是他挺过来了

而且成功登顶。冬奥冠军张虹说：

"高亭宇外表大大咧咧，上了冰就追求完美

虽然年龄小，但心智特成熟

别人玩游戏，他在看比赛视频、研究技术和冰刀

他的自我约束能力超出了队里（其他）所有人"

强大的自我约束力，强大的战斗力

强大的内心，永远不能被战胜的意志

北京冬奥时间，高亭宇再次让自己站立起来

500米，强手如林，差距在毫秒间

始终严阵以待，始终如临大敌

关键时刻，要有对体育精神的敬畏心

热身，调动全身的热血，涌动，鼓舞自己

站上跑道，广播介绍他的名字，依然双目炯炯

冲锋，冲击，冲刺，冲向精神高地……

直到最后一组选手冲过终点线

看到最终成绩的那一刻

他终于笑了，他高举双手，做出"第一"的手势

大吼与流泪，释放全部的激情

"在自己家门口，我想疯狂一把"

高亭宇，抱紧自己的教练组每一个人

他们尽情地流泪

一位记者说："北京冬奥会赛场上最流行3种语言

——普通话、英语和东北话

东北人的幽默是很多东北运动员的基因自带的"

高亭宇就是其中之一

在北京冬奥夺冠后，

这个东北小伙不仅开始抖"包袱"

还在炫"霸气"：

"比赛嘛，就是真刀真枪地干

都来家门口了，还惯着谁啊？"

中国运动员无论面对谁

都不害怕，都不恐惧，都不"惯着"

伤病给我带来的不仅是身体上的疼痛，更是心理上的
煎熬。对于北京冬奥会这样一个在家门口参赛的千载难逢
的机会，我抱着全力以赴的决心。但伤病是运动员最大的
敌人，我无数次经历着伤病的折磨，唯有不停告诉自己，
还没有到绝境，我还能够坚持。最严重的时候我甚至怀疑
自己能不能坚持到北京冬奥会。

——高亭宇

高亭宇相信"一切都是最好的安排"
对于一名运动员来说，
对成绩、冠军的渴望是最大的动力
在速度滑冰项目上
仅仅是零点几秒的进步，
可能得3到4年的训练才能提高
所以，这个项目也是和风阻、和自己对抗
高亭宇说，这次北京冬奥会
我和第二名韩国选手车旼奎，只差了0.07秒
平时训练中偷一点懒，可能零点零几秒就没有了
失之毫厘，差之千里
而高亭宇没有失之毫厘
他奋力登顶，创造了属于自己的传奇

高亭宇，不仅仅是他自己，他的心中是祖国
"虽然我做到了速度滑冰男子项目

冬奥会金牌零的突破

但我想说，这个成绩属于祖国

没有祖国给我们的保障

没有祖国给予我们强有力的支持

我不可能拿到这个冠军，所以我在赛后说

这枚金牌献给祖国，当五星红旗升起

当国歌响起的时候，我心中只有这一个想法

在此，我也想告诉所有的青年朋友们

作为一名当代中国青年

我们的奋斗和努力

一定不是只为个人的

个人的理想永远是与国家的命运联系在一起"

回顾这 4 年，得先从上一届冬奥会说起。2018 年平昌冬奥会上，我获得了男子速度滑冰 500 米铜牌，那是中国男子速度滑冰项目获得的第一枚冬奥会奖牌。那枚铜牌给了我很大的鼓舞，让我立下了在北京冬奥会上把奖牌换个颜色的目标。

夺冠后，我和教练紧紧拥抱，忍不住流下了眼泪，我是一个很"格路"的人。我也很少在公开场合轻易表露自己的情绪，但在夺冠的那一刻，当情绪不自主释放出来的时候，我还是忍不住流下了眼泪。因为只有自己才知道，为了这一天的到来，有多难。

——高亭宇

韩晓鹏：大风起兮云飞扬

韩晓鹏

"大风起兮云飞扬

威加海内兮归故乡

安得猛士兮守四方"

我们太熟悉大风歌

我们太熟悉刘邦，平民皇帝

成就大业，雄豪自放

韩晓鹏，和刘邦是同乡

生于江苏沛县，工人家庭

朴素，干净，目光澄澈，悠远

6 岁的时候被父亲送到体校学习

那时他还不知道飞翔的感觉

怕天黑，怕夜路，皆因内心单纯

1995 年到沈阳体育学院竞技体校

学习自由式滑雪空中技巧

后被召入黑龙江成为专业队员

但是当他走上跳台，纵身一跃

在空中，凭借惯性随心飞跃

控制，做动作，稳稳落地

男人就要飞翔，在空中，在世界

飞翔之前需要行走，奔跑，不停地磨砺

飞翔，先要双脚站在大地之上

飞翔，先要有一颗坚定的心

飞翔，要有舍我其谁的豪迈

从大风歌的故乡，到大雪茫茫的东北

乡音已改，皆因黑土地的无私养育

志在飞翔，皆因黑土地的栽培和扶植

开始接触跳台时，12 岁，也曾怀疑自己

连游泳都不会，更别说滑雪

滑行是什么感觉？然而他有力量

灵活，也是一种天赋

麻绳拴在身上，脚穿旱冰鞋，被摩托车拉着

原始的训练方法，一切都是从零开始

练习游泳，戴着头盔，穿着滑雪板潜水衣

经受了常人难以想象的艰苦

没有新器材，只能捡其他队员不要的

滑雪板和头盔，太破旧

做了几个动作之后就坏了

寒酸算什么？艰苦算什么？

坚硬的铁丝把坏的滑雪板缝补

苦涩的胶水把破损的头盔粘上

轻伤算什么，抹点药，再接着训练

要自信，要稳定，要势不可当

大风歌，大风起兮云飞扬！

1998 年的全国冠军赛上

韩晓鹏拿到了一枚金牌

2000 年开始代表中国队参加世界杯

希望之星，未来之星，大放异彩为时不远

但是，命运有时残酷，也是考验

在 2001 年 12 月，盐湖城冬奥会之前

二龙山雪场的一次训练中，不慎摔倒

结果右膝十字韧带断裂，住院治疗

犹如晴天霹雳，英雄还未出发，就折戟

在病床上，他凝望窗外飞翔的小鸟

在梦中，他梦见自己在空中自由地来往
带伤参战盐湖城冬奥会

第一次冬奥征程，伤病困扰了梦想
第一次冬奥征程，伤病击落了飞翔
惨败，第二十四名。虽败犹荣
大风歌，大风起兮
这不是真正的失败，这不是真正的折戟
是逆境前行，是痛苦的磨砺
信心没有受到打击，未来仍要跋涉
飞翔不是不切实际的梦想
斗志始终昂扬，带病训练……
2003 年世界杯盐湖城站比赛中
一飞冲天，逆境飞扬，获得银牌
得来不易——
这是我国男选手在世界大赛上
获得的第一枚奖牌
2005 年，跻身世界顶尖高手行列
虽然 5 站世界杯比赛中
只拿了 3 次银牌和 2 次铜牌
平稳，稳定，坚如磐石，矢志不渝
要创造中国人的雪上神话
——要拿金牌，必须是金牌

2006 年 2 月，命运的大门再次开启
挑战再次到来，都灵冬奥会

韩晓鹏再次站到竞技场上

和上一次奥运会时隔四年

上一次是无功而返，但是磨砺了意志

实力靠的是艰苦的训练，从未停止努力

一切都是科学的，中国人从不打无准备之战

要让志在冲金的韩晓鹏

减去内心所有担负的压力

大家心有期待，但是绝不冒险冒进

从教练到领队，每一位战友赞许的目光

"你只要冲进前六就算完成任务"

前六名？

仅仅是前六名吗？

2月23日，终生难忘的日子

第一个动作难度为 4.425

两跳发挥都相当完美，得到 250.77 的高分

还有对手，还有第二跳最后一个出场的

达辛斯基。韩晓鹏死死盯着他

在这个对手落地的瞬间，韩晓鹏

长长地出了一口气

达辛斯基的成绩出来得很慢

所有的人都在等待，两分钟犹如漫长的时光

突然之间，中国代表团的欢呼声

震响了他的耳膜。分数出来了，中国人

韩晓鹏，是冠军……

泪水瞬间涌出，一雪前耻

自由式滑雪男子空中技巧比赛金牌

这是中国运动员在冬奥会雪上项目

历史上获得的第一枚金牌

是中国男运动员

——在冬奥会历史上获得的首枚金牌

犹如鲲鹏展翅般，腾空而起

优美的身姿宛如一道长锋滑过天际

稳稳地着陆⋯⋯

这一跳创造了冬奥会历史，打破了

西方人在这个项目上的垄断

漫长的，漫长的砥砺前行

坚韧，坚忍，坚持，坚强，坚持始终

雪和蓝天，男人的舞台

梦想和永不服输，韩晓鹏的世界

运动员不是明星，运动员是祖国的战士

运动员不是演员，运动员是母亲的骄子

"漫长的运动生涯，他见证了

中国自由式滑雪空中技巧

在举国体制引领下

从无到有，从小到大，从弱到强的发展经历

他是伴随这个项目发展而成长起来的

他的人生感悟是：运动员的运动技能和荣誉

不是个人私有财产，它应该归属于祖国所有"

回顾龙江体育史，韩晓鹏这样的

一代代的体育健儿，为祖国书写着骄傲与荣耀

有无数回肠荡气的时刻被定格与铭记

他们坚定信念、心怀梦想

勇于拼搏、传承创新

谱写了一个又一个辉煌的历史篇章

李妮娜：让梦想照进现实

李妮娜

梦想的种子深埋心底

李妮娜 6 岁开始练习体育运动，8 岁被选入沈阳体育学院练习技巧。8 岁对大多数孩子来说可能更多的是懵懂无知，享受着父母的宠爱和家的温暖，而李妮娜已经独自远离父母开始了艰苦的训练。

1992年，自由式滑雪被列入阿尔贝维尔冬奥会正式比赛项目，我们国家急需更多这方面的人才。学校开始以发展冰雪运动为主，砍掉了一些非奥、非全运的项目，李妮娜面临着蹦床队和滑雪队两个选择，"每天看到前辈们在夏季的训练场上飞得那么高又那么美，觉得特别刺激，特别吸引我，我非常想尝试一下"。12岁时李妮娜做了人生的第一次选择，也是这一次选择在李妮娜心底埋下了一颗梦想的种子，那就是用矫健的身姿在冰雪上翱翔，登上最高领奖台、为国争光。自此，李妮娜开始转练自由式滑雪空中技巧，开始了长达20年与空中技巧相伴的日子。

　　在20世纪90年代，滑雪在中国刚刚起步，就连进入滑雪队的李妮娜其实都并不了解滑雪这项运动。对于观看比赛的人们来说，自由式滑雪空中技巧比赛是一场完美的视觉享受，但对于运动员来说，要有非常好的平衡能力和空中控制能力，追求稳、难、准、美四位一体的结合，训练过程不仅辛苦也有很高的危险性。因此，该项目对运动员的身体条件和心理素质要求极高，必须拥有极佳的身体柔韧性和坚强果敢的心理素质。"我并不是一个很有天赋的运动员，小时候因为学动作慢，被教练劝退过，可我就是喜欢这个项目，认定了要练。"虽然不被教练认可，但是李妮娜仍旧坚定地选择滑雪，当别人都在休息时，她仍在坚持练习，坚信勤能补拙，自己的坚强努力和对梦想的不懈追求一定能证明自己。十多年后，这个固执的小姑娘开始在世界舞台上崭露头角，用一个又一个耀眼的成绩向世人宣告，当年那个并不突出的小姑娘已蜕变为中国滑雪运动史上的一颗璀璨明星。

笑靥公主　雪场盛放

"她笑起来可真好看！"很多人对李妮娜的印象都是爱笑，不管是在赛场还是生活中，李妮娜总是带着自信甜美的微笑。对李妮娜来说，不管是享受胜利的喜悦还是承受比赛的压力、失利的苦楚，她都会以甜美的笑容面对。极富感染力的笑容或自信从容，或坚强勇敢，或调皮可爱，有时让人由衷为她喜悦，有时又让人惋惜心疼，一次次美丽的微笑见证着李妮娜一次次突破自我，成为自由式滑雪空中项目的当家花旦。

"我第一次拿世界冠军，非常戏剧化。"每每回忆起第一次在世界杯夺冠的情景，李妮娜都觉得有些不真实。在当时的比赛中，李妮娜与世界排名第一的澳大利亚名将耶罗迪亚科诺狭路相逢。面对神一般的对手，李妮娜没有退缩，先行出发跳下。当她顶住压力顺利完成动作后，还没来得及为自己的成功落地激动时，澳大利亚选手也成功完赛。李妮娜莞尔一笑："完了，自己又是第二名，对手肯定夺冠了。"没想到的是，分数出来时，李妮娜竟然位列第一！李妮娜觉得自己是被幸运女神眷顾了，其实赛场上哪有那么多幸运，那都是长年艰苦练习的厚积薄发，不鸣则已，一鸣惊人！接下来的胜利就是证明，她用实力捍卫了自己的荣誉，在世界雪场一次又一次盛放！

"没有谁是不可以战胜的！我们打败了'神'一样的对手，说明我们也有成为神的能力。"坚持突破自我的李妮娜从此踏上了冰雪赛场上的荣耀征途。2006年，获得2005—2006赛季自由式滑雪世界杯空中技巧赛捷克站冠军、2006—2007赛季自由式滑雪世界杯空中技巧赛吉林站冠军，获得都灵冬奥会女子空中技巧银牌；2007年，获得第六届亚洲冬季运动会自由式滑雪女子个人赛金牌，2007年自由式滑雪世锦赛女子空中技巧冠军……她凭借着自己的努力累计获得57枚国际比赛奖牌，其中26枚是金牌，蝉联2005年、2007年、2009年三届世锦赛冠军，是世锦赛1986年创立以来空中技巧项目唯一的三连冠，体育场上的李妮娜为中国创造了一个又一个的奇迹，让中国的滑雪事业登上了世界的舞台，她在赛场上腾空飞跃宛若精灵，再加之极富感染力的微笑，被人们亲切地称为"雪上公主"。

永不言败

李妮娜获得了一连串骄人成绩，但也因为多次身体受伤留下许多遗憾，尤其是参加四届冬奥会无缘金牌，令人惋惜。但身体的伤痛和比赛的失利都不曾让这位坚强的雪上公主放弃前行的脚步。

多年的训练和比赛，李妮娜积累了很多伤病，其中最严重的一次是2005年12月，在参加一次全国比赛时，因为腾空的高度特别低，没有准备的时候就着陆了，造成腰椎压迫性损伤，整条右腿都失去了知觉，"当时对我来说最重要的不是能不能参加奥运会，而是下半辈子能不能站起来"。因为身体不能弯曲，整整一个月，李妮娜的训练都是躺在地上进行的。眼看还有两个月就要参加奥运会了，所有人都担心她会再次受伤落下身体残疾，但是李妮娜毅然决然选择了坚持训练，参加比赛。"为了国家、为了我们共同的目标、梦想，我们要去试一试。"李妮娜带着伤痛走上了冬奥会的赛场，每次腾空飞跃的代价是一条腿会失去知觉。为了迷惑对手，不让别人发现身体有伤，她每次做完动作都会冒险站在场地里面，等到腿恢复一些知觉再慢慢挪出场外。在严重受伤的情况下，李妮娜拿到了一枚银牌，这对李妮娜来说是极其珍贵的。

四年后，2010 年温哥华冬奥会，李妮娜迎来了身心状态和技巧水平的巅峰，她将再次冲击奥运会金牌。"2010 年冬奥会是我准备最充分的，我的状态以及水平都已达到巅峰。"这次比赛，在李妮娜看来是自己职业生涯打得最漂亮的一场战役，腰伤已经痊愈、动作上了新难度，发挥也堪称完美。然而，她又一次与冠军擦肩而过，惜败于澳大利亚选手拉西拉。"我对于银牌没有任何遗憾，对于自己的表现也非常满意。""一直以来，我的目标就是滑到 2010 年冬奥会，那场比赛是我给自己的一份完美的答卷。"回首这次比赛，李妮娜依旧是微笑面对，未流露出丝毫遗憾。但是哪一个运动员心底深处没有一个金牌梦呢，金牌银牌一字之差但留下的是一生的遗憾。李妮娜两次冲击冬奥会金牌，过程和结果都惊人地相似，虽然完美发挥出了自己的水准，但无奈比赛也是高手如云，总有人在孤注一掷的拼难度中幸运胜出。2006 年冬奥会决赛李妮娜两跳难度都是 3.525，而瑞士的勒乌第一跳难度为 3.800，第二跳难度为 4.050。2010 年温哥华冬奥会李妮娜挑战了两周台选手的极限难度 3.900，但难度还是不如三周台选手。两次与金牌失之交臂后，28 岁的李妮娜宣布退役。

　　2012 年 5 月，阔别雪场两年的李妮娜复出，既是对奥运金牌的渴望，也是对自己人生不留遗憾的最后一搏。此时，国际雪联已对自由式滑雪空中技巧评分规则进行了调整。此前，该项目比赛是两跳成绩相加，得出总成绩，而新规则改为运动员一跳定胜负，前一轮的成绩不带入下一轮，这令稳定型选手占有一定优势，而李妮娜则以发挥稳定著称。淘汰赛制和规则的变化让李妮娜那颗心再度跳动，"我还是希望自己能圆金牌梦"。不过，因为 2013 年冲击新难度动作不慎拧断了韧带，身体的伤痛成为需要克服的最大困难，众多年轻小将的崛起也使得李妮娜的夺金之路困难重重。面对困难，李妮娜心态显得更加平和，"只要做出选择，无论结果怎样都不后悔"。此番索契冬奥会，李妮娜延续稳定发挥，预赛第二直接晋级决赛。决赛中她是唯一的两周台选手，而徐梦桃、白俄罗斯的茨佩尔、澳大利亚的拉西拉的难度系数都可以轻易突破 4.0 大关。李妮娜整个赛季的难度都是 3.525，而最后她拿出了 3.900 的两周台极限动作，再度突破自我。然而，在两周台相对较低的起跳台上，完成这一动作非常困难，后空翻一周转体两周接空翻一周转体两周，身体还没来得及打开就落地了，重重地跌在雪坡上。告别时刻，她站起身，绽放出一个灿烂的微笑作为自己冬奥生涯的收官。"索契冬奥会对我来说来之不易，这一路走来我尽了最大的努力，哪怕最终结果不好，也是我当时能力范围内能做到的最好结果了。我当时的微笑就想向世界证明中国运动员的精神，展现中国运动员的自信，即使跌倒了，也可以再爬起来。"奥运精神与其说是更快、更高、更强，不如说是自己的更快、更高、更强，而李妮娜证明了这种奥运精神。

赛场外，延续梦想

　　赛场上她用毅力和技巧展现着自己的风采，赛场外她用对生活的热情和智慧延续着人生梦想。在第一次宣布退役后，李妮娜便开始了新生活的尝试。说起运动员玩"跨界"，李妮娜绝对处于冬季体育明星中第一位。她既是北体大体育运动训练专业的研究生，又是主持人、微博控，还经常以十分时尚的外表出席各种活动。"白雪公主"脱离了白雪，但人气依然旺气十足，微博粉丝现已超过 156 万。2012 年 3 月，李妮娜参加《舞林大会》，表演舞蹈《飞得更高》，凭着柔美的舞姿和高难度的动作赢得评委和观众的一致称赞。2018 年 4 月，李妮娜强势加盟《奔跑吧第二季》，以世界级滑雪冠军的实力在一众娱乐明星中惊艳众人。在她诸多跨界中，出镜记者可能是影响力最大的一次。"很多人认识我是从《体育星探》节目开始的，然后才了解我是滑雪运动员。"成为《体育星探》出镜记者后，从以前接受采访的运动员到后来去采访的记者，李妮娜迅速完成了角色转变，以可人的外表、清新的主持风格赢得众多运动员和观众的喜爱。

2015年，李妮娜迎来一个新身份，成为北京申办冬奥会形象大使，参与了北京冬奥会所有申办工作。2015年7月31日，李妮娜作为陈述人之一在国际奥委会全会上作陈词发言，她流利动情的英文发言，赢得了众人一致称赞。这是李妮娜最荣耀的一项工作，当国际奥委会主席巴赫说出"北京"那一刻，李妮娜的泪水夺眶而出，激动程度丝毫不亚于"拿到一枚奥运金牌"。"我时刻记得我是代表北京冬奥组委会，代表北京形象。在申奥的时候，我积极参加申办冬奥的宣讲，希望能让普通群众更加了解什么是冬奥会，冬奥运动员都在做什么，他们有哪些励志的故事。"在另外一个冬奥赛场上，李妮娜的梦想得以实现。

申冬奥成功，给中国冰雪运动的发展带来了千载难逢的历史机遇。李妮娜也因为申奥工作找到了人生另一条赛道，选择了继续与奥林匹克冰雪的缘分，入职国家体育总局冬季运动管理中心，加入北京冬奥组委的冬奥宣讲团传播奥运精神，作为奥组委运动员委员会委员为冬奥会的筹备建言献策。"我们在申办时的一个口号就是'以运动员为中心'，我们希望所有来北京参加2022年冬奥会的运动员都能像回到自己的主场一样，能够把自己最好的一面展现在奥运赛场。"李妮娜说。

2021年10月19日，北京冬奥会火种在希腊首都雅典正式由希腊奥委会交接给北京冬奥组委。作为北京冬奥会形象大使的李妮娜，在雅典帕纳辛奈科体育场接过火炬第二棒，成为北京冬奥会火炬传递的第一位中国女性火炬手。"手擎火炬的那一刻，我感受到沉甸甸的重量。这重量是对我个人运动生涯、转型后工作的认可和鼓舞，更是对我们国家冰雪运动发展的肯定和赞赏。"

宣传北京冬奥会、推广滑雪运动、推动实现"三亿人参与冰雪运动"、带领青年队参加比赛、推进体能课程进校园，李妮娜一直为冰雪运动鼓与呼。"推广冰雪项目，宣传北京冬奥既是我的工作，也是我作为政协委员的责任。希望通过我的力量，能够让更多人去关注冬奥、参与冬奥、助力冬奥。"李妮娜说。因为冬奥会，中国冰雪运动飞速发展，冰雪运动氛围日益浓厚，越来越多的中国人感受到冰雪运动的魅力，3亿人参与冰雪已成现实。此刻，国家和民族的梦想与个人梦想得以完美结合。

未来仍可期

曾有记者问李妮娜："你是否认为自己足够优秀？""我能取得这些成绩是前辈们给我铺了一条很好的路，他们打下了坚实的基础，让我有很多捷径可以走。当然，我们这一代运动员也是为后面的运动员铺路，让他们能更快地成长。我获得过很多冠军，提升了自己的信心，也提升了中国队这个项目在国际雪坛的水平。另外，我觉得自己很幸运，正好有这个机会，有那么一个时间点，让我把全部的能量都发挥到赛场上，让更多的人认识我，认识这个项目。"李妮娜如此回答。

人们常说时势造英雄，但不可否认个人的努力和成就同样也在影响着大势的走向和变迁的进程。对中国冰雪运动来说，以李妮娜为代表的冰雪明星们在赛场上的拼搏精神、训练背后的励志故事、取得佳绩升国旗奏国歌时无与伦比的骄傲，无不感染着每一个人，激励着同样从事冰雪专业运动或业余爱好者们，为了梦想不断奋勇前行，推动着冰雪运动的普及与发展，助推我国冰雪运动开展得更火、水平更高。

如今已是两个孩子母亲的李妮娜，或许已经慢慢消退了冠军的荣光，但是富有激情、永远追逐向上的雪上公主，绝不会淹没在普通的生活之中，未来依然可期。她对梦想的执着追求、面对挫折失败时的坚强乐观、不负韶华的生活激情，也会全部化作一抹灿烂甜美的微笑，永远刻印在人们心中，成为激励万千人直面生活、追逐梦想的动力源泉。愿每个人都如李妮娜一般拥有一生所爱的事业，勇敢追逐生活与梦想，在人生道路上从容拥抱未知与挑战，踔厉奋发，勇毅前行，一生花开一生灿烂！

韩聪、隋文静：我希望世界都是我们的

韩聪、隋文静

2022 年 2 月 19 日晚

——北京冬奥会倒数第二天

花样滑冰双人自由滑决赛结束

中国选手韩聪、隋文静拿下金牌

新闻报道平实、简单，记录了一对运动员

在国际顶尖赛事的成绩

但是在新闻的背后，谁能想到
漫长的历程中，血与泪的交织
冠军是怎么练成的？荣誉的背后
有着怎样的故事？

韩聪、隋文静，一度是不被看好的组合
从 2007 年组队，他们已经
携手走过了 15 个年头
这 15 年里
他们把冰上所能够经历的酸甜苦辣都尝了个遍
——年少成名，再跌落谷底
——重回巅峰，再伤病休战
突然的光芒，突然的失落
——等待和被质疑
——复出和失误

拿国际赛事冠军拿到手软
但因为伤病而出现失误，错失奥运
鲜花和掌声，不甘和泪水
一切都没有让他们止步
一切都没有让他们退缩

北京冬奥会，是他们再一次披肝沥胆
再一次以命相搏的赛事
人生的终极目标
熬过漫长的 15 年时光

"当你眼含热泪

我会为你擦干

当你举步维艰时

我会伴你左右

我愿化作这忧愁河上的金桥

一同跨过这艰难险阻"

携手走过的 15 年

完美地诠释了双人滑关于"合"的真谛

往届冬奥会的花样滑冰比赛

双人滑都是赛事的第一项

"但在北京冬奥会

双人滑被安排在了最后一项

原因很简单

——花滑的四个项目中

这是中国队唯一一项有希望夺金的

大家都希望隋文静和韩聪

这次能压个大轴"

但现实情况是

他们为此等待的每一天都无比煎熬

每当有中国运动员获得冠军

对他们心理冲击都非常大

压力逐渐弥漫,两个人需要强大的心理素质

仿佛有无形的手,掐住咽喉

他们等待太久,他们经历的苦难太多

赛前的训练不顺利

再加上隋文静生理期

她感觉自己的状态被挤压到了极限

花样滑冰比赛分为短节目和自由滑，两项比赛的分数相加决出最后的名次。短节目比赛的当天，比赛在下午6点半，隋文静上午做完核酸回到房间，坐在化妆桌前，呼吸突然开始变得急促，四肢也开始僵硬。她马上给康复师发微信："我现在感觉特别不舒服。"消息刚发出去，她就感觉身体越来越沉——她晕倒了。时隔一年后，再次回忆起失去意识的那两分钟，隋文静告诉《人物周刊》，我感觉有两年那么长。

比赛前的冰上训练，隋文静还没从晕倒的后劲中缓过来，感觉头重脚轻，但比赛就在眼前了。现场广播正在播报他们的名字，在运动员村等待了14天后，他们终于要出场比赛了，他们牵手走上冰面，音乐响起前，韩聪对隋文静说了四个字：荣辱与共。

——《人物周刊》吕蓓卡

15年前他们搭档时

韩聪15岁，隋文静12岁

从专业角度讲，他们有很多劣势

但是把自身的不利转化为优势的欲望

是藏在他们身体里的一股能量

"应该去发现自己，不断超越自己"

这一对没有任何优势的选手一直在超越自己

不断地磨砺，变成有优势的人

这何其难矣！但是这两个孩子一直在用

全部的力量去蜕变

"在两人和教练组的努力下

职业生涯早期的隋文静韩聪

打遍青年组无敌手

凭借着高难度的技术动作和堪称完美的完成质量

在 2010 年至 2012 年完成了青少年世锦赛三连冠

收获了 2009—2010 赛季以及 2011—2012 赛季

青少年大奖赛总决赛冠军

更为难能可贵的是

两人不仅在难度技术上优势明显

结合身材设计的灵动表演风格同样给人留下深刻印象

也让他们有着令其他选手艳羡的观众缘"

人们把目光聚焦在他们身上时

也感受到他们的力量，那种永不服输

那种永不放弃的精神

隋文静说："现在再看以前的一些比赛

心里面都会暗暗惊叹，也太厉害了吧！

当时比赛的时候肯定没有想太多

2009 年国际滑联花样滑冰青年组大奖赛

我们那个时候赢他们 40 分

就算失败四个动作感觉都能赢，真的自豪的"

隋文静内心像一团火，她虽然劣势很多

但是表现力是超众的

转战成人组后，两人同样在国内外赛场获誉无数

其中包括世锦赛 2 金 3 银

2018 年平昌冬奥会银牌

多次四大洲锦标赛冠军以及多枚花滑大奖赛奖牌

隋文静像一团火

韩聪像一块冰

他们冰火交融，力量无穷

他们合，是一团火，一首诗

他们分，是两个相互瞩望的星辰

他们拿到了所有的奖牌，唯独没有奥运金牌

在他们十多年的搭档生涯中，却承受了外界难以想象的磨难

而在双人项目中，所有的伤病和困难

都以双倍的姿态横在他们面前

他的磨难也是她的

她的也是他的

2013 年隋文静患上了骨骺炎

剧痛，常人难以忍受，更何况还要参加比赛

忍着巨大的伤痛，他们依然在拼搏

比赛结束的时候，她已经无法站立在冰面上

疼得泪水扑簌扑簌落下来

韩聪抱住她，心疼如刀割

伤病的困扰影响到了两人的竞技状态

也导致两人错失了 2014 年索契冬奥会的参赛资格

如果说这一次的考验是他们的初体验

那么 2016 年波士顿世锦赛再度摘银后

隋文静遭遇的伤病和一场大手术

则迫使两人彻底改变，那次手术很复杂

隋文静能听见医生动刀子、锤钉子

还有电钻磨的声音，她右脚里的软骨全都去掉了

因为里面已经撞成粉碎性。医生还去掉了一小块硬的骨头

她的脚不再完整，每一个跑跳，落地

都是一双残缺的脚，在承受那巨大的力量

2018 年平昌冬奥会上，他们带着旧伤上场

是奔着金牌来的，必须殊死一搏

但伤病再次来袭，短节目比赛前化妆

隋文静就一直在哭，韩聪问她怎么了

她说太紧张了。她整个人都在战栗

但是身经百战的她怎么会紧张，实际上是因为脚疼

吃止痛药撑过了短节目（当时他们排名第一）

然后是自由滑，他们在冰上时而飞翔，时而沉潜

很美，也很疼

但是剧烈的疼痛还是动摇了他们的稳定性

最终以 0.43 分的差距与奥运会金牌失之交臂

隋文静在赛后失声痛哭

韩聪抱着她，在耳边说：

"没有关系，有我在，我们会更好……"

大赛之后，韩聪陪隋文静到医院拍了片子

——右足第二跖骨应力性骨折

——她带着这样的脚伤做完了全套动作

每次落地的疼痛难以想象，那是剧痛

那是撕裂生命的疼痛。韩聪也同样受伤病困扰

——髋关节钉了 4 个钉子磨了点儿骨头

疼痛，剧痛，撕心裂肺的痛

这到底是什么滋味？常人难以体会

而他们不仅要忍受疼痛，还要去完成比赛

难以想象的苦，难以想象的折磨

"他们用冰刀披荆，以梦想斩棘

走进新的一个奥运周期"

两个人，是一体的，无比默契

身体的伤痛，不管是谁的

都疼在彼此的身上，磨难也经久不息

与磨难抗争也从未停止

他们本身就是一首诗，一首歌

他们让那么多人多次潸然泪下

2016 年隋文静手术之后，韩聪在一场表演赛中一个人
出场滑了一套"双人滑"，冰面上，他自己做起托举和其他
原本应该双人完成的动作。镜头一转，光束打到场边，落
在一把轮椅上，坐在那里的正是韩聪多年的搭档、手术之
后还在康复期的隋文静。韩聪滑向女伴，缓慢推着她来到
场地中央，隋文静掩面而泣，这一幕引爆全场，观看之人

都被深深感动，也成为了韩聪和隋文静两人最为经典的画面之一。

——引自媒体报道

失败太多，成功也太多
荣誉和质疑交织
泪水和金牌的光芒交织
"小隋做手术时
我就像一座桥等她归来；
我做手术的时候，小隋也变成了我的桥梁
支撑着我们。我们永远的目标都是
——挑战我们自己，战胜自己，我们就赢了！"
他们是彼此的光
他们是彼此的桥

有诗人在观看他们比赛后这样写下：
力量与柔美并存，多么打动人
这哪是冰场，是巍巍雪山壮阔江河
流动的诗与流动的梦，含着眼泪的微笑
跨过低谷曲折的勇气。这是一套艺术品
流泪了，惊涛拍岸，云卷云舒
真正力与美的结合
像史诗，凡人在宿命中辗转挣扎的悲怆与光芒

还记得 2018 年平昌冬奥会结束后
他们在接受采访时表示：

"这是我们的第一次奥运会

最后只是一点点差距，没能带回一枚金牌

所以真的特别遗憾。我也希望

这种心情能够成为一种动力

推动我们走完下一个四年

那时候到北京，我希望世界都是我们的"

我希望世界是我们的……

在北京，冬奥会，他们践行了自己的诺言

北京冬奥会，韩聪隋文静

终于夺冠！用他们全部的力量，全部的热爱

证明了自己，诠释了爱与美，诠释了中国体育精神

王冰玉：一片冰心在玉壶

王冰玉（右一）和她的战友们

掷冰石，冰上溜石

石头，千年万年的灵性

冰，水的另一种形态

骨头，坚韧的意志，清透的人格

冰上的"国际象棋"

在动与静之间，在舍与得之间

身体的思考与灵魂的顿悟

身心共振，人与石头，人与冰

和谐共生，排兵布阵

一块灰色的石头是它的主体

上面有一个手柄，氤氲着自然的温度

这块灰色的石头也不是一个整体

它是匠人的天工，力与美的组合

壶身和壶底，两种不同的石材

日与月，阴与阳，天与地……

在一只石壶里，在运行中

与水对话，与冰交融

而这石头，只能来自苏格兰

艾尔萨克雷格岛和北威尔士

携带着雷霆和闪电，暴雨和月亮的宁静

正长岩，而不是花岗岩

苏格兰还保存刻有“1511 年”字样的砥石

——溜石。16 世纪中叶，最早的冰壶比赛出现

我们没有见过这只“1511”的冰壶

遥想数百年前，在遥远的苏格兰

人们投掷冰壶

优雅和淡淡的忧伤

深邃的思考和深邃的眼窝

缓缓地滑行，缓慢地着力

缓缓地，无声地诗行

冰壶，本身就是历史

是人类历史的另一种流动

我们引用这历史，不惜珍贵的纸张

只是为了打通历史的桥梁

让我们去体会那些石头，那些壶

那些智慧的运筹帷幄

看看这历史——

18 世纪，随着英国移民传入北美；

1795 年，第一个冰壶俱乐部在苏格兰创立；

1838 年，创立于 19 世纪初的著名的苏格兰冰壶俱乐部

为这项运动制定了正式的比赛规则；

1924 年，在英国和法国爱好者的努力下

冰壶作为表演项目被纳入第一届冬奥会；

1927 年，加拿大举行了首次全国性冰壶比赛

当时称为麦克唐纳·布赖尔（Macdonald Brier）锦标赛；

1965 年 3 月 1 日，由英国皇家冰壶俱乐部发起

在苏格兰珀斯（Perth）召开了国际冰壶会议；

1966 年 3 月，第二次国际冰壶会议在加拿大温哥华举行；

1967 年，国际冰壶联合会的组织机构和章程草案

在珀斯会议获得批准；

1968 年，国际冰壶联合会年会在加拿大魁北克举行

这次会议通过了新的竞赛规则

并决定举办世界冰壶锦标赛以代替苏格兰杯锦标赛；

1975 年，为进一步推动冰壶运动的开展

扩大其影响力，国际冰壶联合会决定

举办世界青年冰壶锦标赛；

1980 年，麦克唐纳·布赖尔（Macdonald Brier）锦标赛

更名为拉巴特·布赖尔（Labatt Brier）锦标赛；

1988 年，青年女子锦标赛获得批准；

1989 年，为了规范世界冰壶锦标赛

国际冰壶联合会决定

将世界男子冰壶锦标赛、世界女子冰壶锦标赛

世界青年男子冰壶锦标赛、世界青年女子冰壶锦标赛

合并为两个系列

——现在的世界冰壶锦标赛（WCC）和世界青年冰壶锦标赛

（WJCC）；

1991 年，国际冰壶联合会正式定名为世界冰壶联合会（World Curling Federation），并获得了国际奥委会的承认；

1992 年 7 月 21 日国际奥委会在西班牙巴塞罗那会议上

通过了将冰壶纳入冬奥会的决议；

1993 年 6 月 19—22 日，国际奥委会会议在洛桑举行

就在这次会议上

——国际奥委会批准了将冰壶列为第十八届冬奥会正式比赛项目

2000 年，中国第一支冰壶队——哈尔滨市队成立

2002 年，冰壶运动已发展到 50 多个国家和地区

其中已有 39 个国家和地区加入世界冰壶联合会

2003 年，第一支国字号队伍诞生

——同年，中国加入世界冰壶联合会

自此，世界冰壶赛场才有了中国运动员的身影

哈尔滨、冰壶、中国第一支冰壶专业运动队
中国举办的第一届全国冰壶锦标赛
中国冰壶历史上第一本系统专著
中国冰壶的许多"第一"或与黑龙江人有关
或是在黑龙江这片土地上实现
浩瀚的黑土地，澎湃的大江大河
冰与雪的童话，冰与雪的品格
2000 年，黑龙江也是中国第一支冰壶代表团
先后赴日本参加东北地区公开赛
冬奥会纪念杯国际冰壶冠军赛
比赛中男队获得第四名
黑龙江省体委向
国家体育总局冬运中心汇报
《关于建议成立中国冰壶协会的请示》
同年，中国冰壶协会成立
2001 年，从哈尔滨速滑运动员中选才
正式成立哈尔滨市冰壶队
哈尔滨市冰壶队成为中国第一支冰壶专业运动队

写到这里，我们的主人公该出场了
18 年征战，智慧与美貌交织
虽然我们的队伍成立的时间很短
但是她和队友们，这些中国冰壶人
砥砺前行，毫不退缩

用了短短几年的时间

走完了其他国家十几年甚至几十年要走的路

她带领中国女子冰壶队

取得了多项成就

从无到有，从羸弱慢慢成长为强大

一只冰壶的轨迹，也是人生的路

是一条冰上的大道，是哲学的出口

她把冰壶融入更深的睿智

王冰玉，一片冰心在玉壶

月的晶莹，冰的玉骨，水的柔情

1984 年出生在哈尔滨的冰上运动世家

父亲曾经是 20 世纪 70 年代哈尔滨冰球队的队员

退役后又担任了冰球教练

她从小就对冰敏感，心心相惜

她是冰雪的孩子，她也是冰壶的孩子

历史总会推开一扇窄门

然后是命运的转折。20 世纪末

世界冰壶联合会委托日本的冰壶教练阿布来哈尔滨

开设一个冰壶推广的培训班

这是一项陌生的运动，是新鲜事物

她的父亲有幸作为第一批学员参与了进去

受父亲的影响，她喜欢上了冰壶

冰刷、双飞、追加局、投掷、大本营……

她默默地在脑海里记下，她在内心中

无数次演习，排兵布阵

她下定决心，要成为冰壶运动员

母亲强烈反对，要考大学，要出人头地
要成为社会的精英
父亲默默无语，在暮色中漫步在冰场
本来是想让她有个体育特长
好在以后考大学的时候加分
但是，现在不一样了，女儿学会了思考
而且有能力进行自我的选择
他们一起说服了那个望女成凤的母亲

但是她的母亲当时不知道
这个女儿，成为中国的骄傲
然而这个过程，是漫长的岁月
久经考验，久经磨砺

从零开始，从无到有
大多队员都是从短道速滑和滑冰的专项中
转身而来，都有很好的基础，而王冰玉
是一张白纸，是零基础，是个"菜鸟"
但是菜鸟也要飞翔，而且要腾翔万里
别人练 8 小时，她就 10 小时
别人休息，她还在投掷
别人回家改善生活，她还在场地上训练
一丝一毫地追赶
一分一秒地磨砺

当时的条件，也是一种限制

冰壶队没有专业的训练场地

每次都要和滑冰、冰球队共用一个场地

因此当时的冰壶队队员只能通过练习力量

来打掉对方的壶，而战术根本不能很好地施展

狭促的物理空间，限制了梦想的成长

中国女子冰壶队的成绩一直平平

王冰玉，心中有一块化不开的冰

　　王冰玉可以说是中国女子冰壶队"开山鼻祖"级的运动员，由于她出色的心理素质以及精湛的技术，很快便被任命为最为重要的第四投球员，成为队伍中绝对的核心级球员。而王冰玉也不负众望，带领队伍在2006年连续获得泛太平洋青年组和成年组锦标赛的双冠军。

成绩平平的问题也引起了相关部门的深思

——去冰壶强国加拿大"留学"

这一学就是五年，这一练就是五年

默默无闻，卧薪尝胆，咬紧牙关

五年的时间，脸上刻下了沧桑

技艺也越来越纯熟……

梦想照进了现实……

在2008年的女子冰壶世锦赛中

中国女子冰壶队一鸣惊人

——击败冰壶梦之队加拿大队，夺得亚军

在2009年韩国举办的女子冰壶世锦赛中

面对强劲的对手瑞典，作为中国女子冰壶队队长

我们的主人公王冰玉

在最后的一掷中，技惊四座

一记双飞为中国队夺冠立下了头功

一时间，她成了国人心中的冰壶女神

人们喜欢上了冰壶

人们记住了她的名字

——王冰玉

2010 年的温哥华冬奥会

王冰玉首次亮相冬奥赛事

在本届冬奥会中，王冰玉带领中国女子冰壶队

获得了铜牌

中国冰壶能在奥运会拿铜牌

是历史性的光辉时刻

回想起自己 18 年的冰壶运动生涯时

她也曾经说道

虽然比赛过很多，

但是在她心里，这枚铜牌是最重要的

因为这是她第一块奥运奖牌

她还说："作为一名专业运动员

18 年来我参加过大大小小的比赛

但在我心中，身披国家队战袍的日子

是我一生最骄傲的时刻"

中国冰壶最辉煌的几年

王冰玉就是冰壶的代名词

直到 2018 年
王冰玉初为人母后，却还披挂上阵
再次备战平昌冬奥会
与不满周岁的女儿分开
孩子多么需要母亲，丈夫多么需要妻子
但是冰壶更需要她
中国冰壶更需要她
在国外训练，内心承受着煎熬
错过了女儿的成长
内心里也在流淌着疼痛的泪水

此役之后
王冰玉在社交平台上宣布自己正式退役
退役后，她在北京冬奥组委运动员委员会任职
继续为中国冰壶和冬奥会
作出自己的贡献

退役后，王冰玉没有让冰壶离开自己的生活
她被选调到北京 2022 年冬奥会和冬残奥会组织委员会体育部
担任冰壶项目竞赛主任一职
此生与冰壶，怎么能分开？
双手托举的是梦想，内心留恋的是赛场
从成就自我，为祖国赢得荣誉
现在成就更多的追梦人，为冰壶事业服务

身份是转变了，但是转身又是华丽的

2019 年，冰壶世界杯总决赛

王冰玉的身影再次出现在赛场上

依然挺拔秀丽，依然信念坚定

"但她不再是场上为中国队送上最后一投的四垒和队长

而是赛事的组织者和管理者"

我们从官方资料中了解到这样的情况：

2022 年北京冬奥会筹办期间王冰玉担负起了和世界冰壶联合会沟通协调的工作。几乎每周都要和壶联的技术代表进行线上会议，在她的努力下，我们借助东道主的优势——4 名中国籍裁判成功被推选为世界壶联的国际裁判；同时邀请壶联的讲师对我国的国内技术官员进行专业知识培训，为冬奥会选拔出优秀的裁判员。

面对疫情下办赛的艰难，王冰玉毫无畏惧，平稳有序地组织团队人员进行学习，积极与国际组织沟通协调。她与同事们圆满完成了北京 2022 年冬奥会和冬残奥会冰壶和轮椅冰壶的竞赛组织工作；在冬奥会期间保障了来自 14 个国家和地区的 100 多名运动员共计 147 个场次的比赛；在冬残奥会期间，保障了来自 11 个国家和地区的 55 名运动员共计 59 个场次的比赛。成功保障中国轮椅冰壶队实现在家门口蝉联冬残奥会冠军的目标。

王冰玉以全新身份

在"双奥之城"迎接中国冰壶运动的新时代

继续为中国冰壶和冬奥会，作出自己的贡献

18 年与冰壶朝夕相处

让王冰玉对这项运动有着比常人更深的理解

在她看来，人生跟冰壶比赛一样

精彩在于那些"胶着与较劲"

而并非一帆风顺

从运动员到竞赛组织者

从参与者到管理者

王冰玉作为中国冰壶领域的标杆人物

将持续推动冰雪运动在中国不断发展

王冰玉，冰心玉骨

王冰玉，一片冰心在玉壶

第三部

冰雪夫子，默默奉献的功勋教练

罗致焕：镌刻在丰碑上的名字将永不褪色

罗致焕

祖国没有忘记，一个冰雪战士
大地山河没有忘记，一个冰雪英雄
冰雪没有忘记

刺骨的寒风没有忘记

雪，记得他的样子

风，记得他的眼眸

冰，是他精神的骨骼

小兴安岭的风雪养育了他

刺骨的寒风铸就了他

身体里的火焰经久不息

那燃烧的是梦想的光芒

那永不熄灭的是希望的火焰

他是谁？他的名字你不一定熟悉

他是谁？他来自哪里？

——新中国成立 35 周年来的杰出运动员

——中国体坛 45 英杰

——中国第一位速滑世界冠军

——那是在 1963 年，第五十七届世界男子速滑锦标赛上

他以 2 分 09 秒 02 的优异成绩

获得 1500 米世界冠军

——他是罗致焕

1941 年出生于黑龙江省伊春市铁力市

曾经名不见经传，曾经默默无闻

然而，宝剑锋从磨砺出

13 岁开始滑冰，历尽千辛万苦

终于成为优秀的运动员，驰骋世界赛场

为祖国争得荣誉

那时候的运动员最苦

那时候的训练条件最差

"因为太苦了，想想都觉得苦"

回首过去的岁月，眼睛里依然

结满了风霜。罗致焕，是苦孩子，也能吃苦

然而日子是苦的，心却是火热的

吃不饱穿不暖，每天 1.7 元的伙食费

对于一个青年来说，对于一个运动员来说

饥饿和寒冷，高强度的训练，全靠毅力

全靠一种执着的精神在支撑

胸前的"中国"两个字

胸前的国徽是精神的原动力

大喊一声，我是中国运动员

还有什么困难不能战胜？

为了不耽误训练，一路向北

到满洲里、黑河，寻找室外冰场

为了不耽误训练，一路向南

到吉林，继续披荆斩棘。寒风刺骨

没有取暖设备，没有御寒的暖衣

全靠训练提高体感温度，全靠那心中的火焰

让寒冬退却，让暴风止步

然而严寒仍在，却成了一种磨砺

然而风雪犹在，却成了一种激励

风雪锻造品格

严寒铸就坚韧

大地有多重，中国运动员的骨头

就有多重

金子有多硬，中国运动员的骨头

就有多硬

1958 年全国学生冰上运动会上，他获得少年组男子速滑全能第二名和 1500 米、3000 米、5000 米的第一名。

1958 年底在齐齐哈尔举行的全国速滑优秀运动员比赛中获得全能第六名和 500 米、1500 米、5000 米 3 个单项第六名。

1959 年，在全国第一届冬季运动会上，他获得 5000 米和 10000 米比赛的第一名、1500 米第二名和全能第六名。

1959 年 12 月在齐齐哈尔举行的全国一级、健将级速滑运动会上，他获得 4 个单项和全能比赛的全部第二名。

1960 年全国冰上运动会上他获得 5000 米、10000 米和全能第二名、500 米第三名，同时入选国家队，参加了瑞士达沃斯世界锦标赛。

1961 年、1962 年、1963 年、1965 年他均获全国速滑比赛男子全能亚军。

1964 年获得全国速滑全能冠军。

1961 年 2 月在挪威奥斯陆参加为纪念挪威体育协会成立一百周年的国际男子速滑赛中，他获得 500 米第二名、3000 米第二名和全能第三名。

1962 年在莫斯科的世界锦标赛上，他获全能第六名和 500 米第五名、1500 米第四名。

1963 年在第五十七届世界男子速滑锦标赛上，罗致焕以 2 分 09 秒 02 的优异成绩创造了世界锦标赛 1500 米的最新纪录，成为中国第一位速滑世界冠军。

时光荏苒

转眼已是 60 多年过去

历史的尺子，是公平的

今天的人们不一定创造当时的奇迹

而当时的人

仍在激励着今天的人们

让我们把镜头切回到日本长野

让我们看看罗致焕是如何为国争得荣光

路漫漫其修远兮

征途坎坷，万事艰难

在黑龙江省体委的率领下

罗致焕一行 13 人组成的中国代表团

辗转抵达长野时，运动员村尚未开放

中国队住在一个小旅店里

是的，这个小旅店住着中国人

消息不胫而走，反动势力蠢蠢欲动

扬言要绑架中国选手

甚至有人要在饭菜里下毒

罗致焕心中疼痛，这是在欺负中国人

越是这样，就越要争气

让中国人站上世界的领奖台

为了保护中国运动员，华侨们行动起来

亲手做好一日三餐，亲手送到同胞的手中

罗致焕每咀嚼一口，泪水就流下来

反动势力已经在纠集，危险就在眼前

为了保护我们的运动员，百名华侨手持木棍

将小旅店围起来，在冰天雪地里，整夜坚守

罗致焕的心，起伏着，汹涌着

"豁出命，在冰上拼死了也要争取好成绩！"

当万思元领队以一位参加过抗日战争老兵的身份

讲述祖国如何被蹂躏

讲述新中国浴火诞生的艰难

罗致焕泪流满面，血脉偾张

大声喊道——

"拼了，豁出命来，在冰上拼死了也要争取好成绩！"

1963 年 2 月 24 日

日本长野，第五十七届世界男子速滑锦标赛 1500 米决赛

罗致焕站在了起跑线上，而此前他因为

严重的荨麻疹，已经休息了一周

这将是历史性的时刻——

"致焕，你低头看看你胸前有什么？"

比赛开始前几秒，罗致焕的教练小声对他说

罗致焕低头看着绣在毛衣上的

国徽和"中国"两个字时

热泪盈眶，祖国，祖国，我是您的孩子

我必须为您争光，22 岁的罗致焕攥紧了拳头

拼搏，勇往直前，为祖国争光

然而，谁能看好中国运动员

然而，中国那时候还积贫积弱

然而，我们还是被看作东亚病夫

起飞前 2 小时还没有办好签证

在日本无法上冰训练

赛前很多外国人嘲讽说：

"东亚病夫的运动员怎么会取得好成绩呢？"

然而，罗致焕绝不让外国人看不起我们

发令枪砰的一声，罗致焕箭一样射了出去

坚毅，果敢，厮杀，毫不犹豫地滑向终点

中国人，谁也不能欺负，谁也没资格看不起

2 分 09 秒 02，打破男子全能世界纪录的

罗致焕站上了 1500 米的冠军领奖台

成为新中国历史上首位冬季项目世界冠军

在那个温饱都是问题的年代

在那个贫穷落后的年代

在那个我们还被看不起的年代

罗致焕的这枚世锦赛金牌，太有力量了

金牌不仅永久地被载入了共和国体育的史册

——为所有中国冰雪人

——为全体中华儿女都注入了一针强心剂

中国人，世界冠军，中国人，打破世界纪录

我骄傲，我是中国人

我骄傲，我是中国人

冠军得来不易，生命铸就荣誉

冲过终点线后，体力严重透支

罗致焕咳嗽时，有鲜红的血液

当他在冠军领奖台，高举双臂时

向在场的所有人展示胸前的国徽时

手持五星红旗的华侨沸腾了，热泪长流

一边哭，一边把鲜花抛向他

那是中国的时刻，那是中国的精神

当心中的火焰化作激动的泪水

当激情的时刻化作永远的骄傲

镌刻在时光丰碑上的名字将永不褪色

祖国没有忘记冰雪英雄

祖国没有忘记这个刀锋战士

81 岁高龄时，罗致焕被确定为

2022 年北京冬奥会火炬传递第一棒火炬手

和开幕式奥林匹克会旗的护旗手

这是至高无上的荣誉——

北京冬奥会上，他以第一棒火炬手的身份亮相

亲吻火炬的刹那，成为这届冬奥会的经典镜头

祖国没有忘记冰雪英雄

祖国没有忘记这个刀锋战士

当心中的火焰化作激动的泪水

当血水和汗水铸就的金牌闪烁永恒的光芒

当激情的时刻化作永远的骄傲

镌刻在时光丰碑上的名字将永不褪色

孟庆余：中国短道速滑之父

孟庆余

也许你不知道孟庆余

但是你一定知道——

杨扬、王濛、周洋、范可新

也许你不知道孟庆余

但是你一定知道——

七台河是"奥运冠军之城"

如果你不知道孟庆余
我来告诉你，孟庆余是谁

殒命征途

"范可新营养不良
你去哈尔滨，帮我照顾孩子们
给他们做做饭，整点好吃的"
孟庆余在出门时对他的妻子说
妻子韩平云答应了，对于丈夫的事业
她始终是支持的
不，这不是丈夫的事业
这是七台河的事业，是黑龙江的事业
是国家的事业
是为了这些孩子
能够滑到世界的赛道上
拿到好成绩，为国争光

"你先走吧，我把家里事情安排好
我很快就到"
妻子韩平云看了丈夫一眼
她无比心疼，丈夫一身疾病
却没有时间诊疗
孟庆余关心和爱护每一个孩子
却没有时间照顾自己
他没想到，他真的先走了

她没想到，他这次竟然一去不回
他的队员们没想到——
父亲一样的"魔鬼教练"竟然
一去不回……

永别，在漫漫征途
永别，在追梦的路上

孟庆余，殒命于车祸
在七台河与哈尔滨之间的漫漫征途
孟庆余，怎么会离开？
孟庆余，不该这么就离开！
老天有时候是不公平的！
2006年8月2日
妻子韩平云闻听噩耗
顿时心如刀绞，昏倒在地
队员们闻听噩耗
天瞬间就塌了下来
明灯忽然被命运掐灭

泪水如滂沱大雨
山河悲伤……
他凭一己之力
把无人问津的东北小煤城
打造成"中国冬奥冠军之乡"
在他的带领下

孟庆余（右一）

杨扬、王濛、范可新等乡下孩子
成功进入国家队，成为奥运冠军

他是中国短道速滑之父
——孟庆余
但是他走了，人间是那么悲伤

他是教练，是父亲……
他是教练，是亲人……
他是教练，是明灯……

中国短道速滑之父

小煤城变成了中国冬奥冠军之乡

他用生命

铺就了孩子们的冠军之路

梦想的光芒

20 世纪 50 年代

孟庆余出生在哈尔滨一个工人家庭

破旧的屋舍，贫寒的生活

小小的年纪，他就要去打零工

贴补家用，积攒学费

少年已知生活苦，苦难铸就了

坚韧的精神

劳动也锻炼了坚实的体魄

努力学习，勤奋打工

一个孩子忽然就老了

但是，心里还有一团火

和同学比赛滑冰，每一次

都遥遥领先

这是他唯一的骄傲

在严冬的河上，他勤学苦练

寒风抽打脊背

冰霜刺痛面颊

但是，从不曾放弃，始终在坚持

运动会上，他获得——

哈尔滨小学组第三名

中学组冠军的好成绩

他最大的梦想

——成为速滑平冠军

——成为速滑世界冠军

梦想是有光芒的

梦想的光芒，照亮

一个穷孩子的内心

照亮少年的崎岖之路

有人嘲笑他的"木板冰刀"

有人揶揄他的"丑姿势"

但是他依然坚持，站直身子

在寒冬的冰河上苦练技艺

没有教练，他自己摸索经验

自己是自己的教练

自己监督自己，有时候

为了检验某一个学来的新动作

他在冰上无数次摔倒……

又爬起来，再摔倒

再爬起来，英勇无畏，坚定地前行

梦想的光芒，始终照耀着

贫寒而有梦想的人们

命运的力量

他的梦想始终没有实现
转眼已经是 18 岁，成年仪式
是那么简单，又残酷
成年仪式的礼物是破旧的行李
一辆大卡车运送 400 多知青
他被裹挟着
成为上山下乡的知识青年
漫漫长路，坎坷人生
颠簸的卡车，是命运起伏的象征
沿途的风景是那么陌生
炊烟袅袅的村庄，犬吠的喧嚣
远方没有诗意……

挖煤工人，梦想深深藏在心中
"胜利"矿区，地下深处
藏起了青年的梦想
也藏起了他的星星和月亮
多少次，泪水打湿了乌黑的煤炭
多少次，泪水照亮了
伸向地壳深处的矿道
蜷缩或跪着，挖煤
手上的茧，裂开的口子
在地下深处，还要充满敬畏
在地下深处，梦想还有光吗？

不眠之夜，星空下的床铺

还散发着松木的清香

湿润的草垫，氤氲着土地的味道

"别放下你的爱好，别忘了滑冰"

体育老师送他上车时

含泪把一副冰刀绑在他的行李卷上

似乎那离别的泪水还在流淌

似乎那冰刀还在呼唤着冰雪

我还要滑冰，不管挖煤多累

还要滑冰，还要飞翔……

起身，穿好衣服，裹上围巾

去倭肯河上滑冰，与寒风共舞

与时间赛跑……

从此，挖煤工中又多了一道风景

从此，河道上又增添了一道光

从此，梦想的光芒再次照亮了漆黑的巷道

他不仅仅训练，还要参加比赛

1972 年，他代表七台河

参加本地区举办的冰上运动会

一举拿下了 1500 米、3000 米、5000 米 3 项冠军

一时名声大振

从此，"煤黑子"变成了冠军

从此，"煤黑子"也有了自己的光芒

无悔的选择

他已经名满七台河

人们知道他是挖煤工

人们更知道他是滑冰冠军

1973 年，命运的手再一次伸向了他

这一次不是裹挟，不是急流的锤打

这一次，是更强烈的光

这一次，是一个崭新的起点

他被信任，被认可，被重用

市体校速滑队男队教练

——尽管自己不会成为世界冠军

但是他可以培养世界冠军

他可以奉献出自己的一切

一切都是业余的

他自己也非专业选手

野路子，靠自己的坚韧和悟性

队员在哪里？要迅速组建

业余少年速滑队，把孩子们集合起来

孩子们在哪里，谁会成为业余队的队员

他走遍了所有的小学

包括那些偏远的山村小学

一个个看，一个个观察，一个个聊天

20 个孩子，面对的是 20 个家庭

有的家长不同意，坚决不让孩子练滑冰

他就做工作，苦口婆心

对未来的描述，对这个憨厚的、倔强的汉子的信任

家长们把孩子交到了他的手中

队伍建立起来了，孩子们懵懂，迷茫

万事开头难，而这个开头是千难万难

没有专门的场地，就在河道上训练

冰冷的寒冬，刺骨的寒风

瑟瑟发抖的孩子们，被刀子一样的寒流刺痛

但是依然坚持着，没有一个人掉队

因为他们看见前方的孟教练也在滑，在寒风里

河道上训练是不安全的

长此以往，队员们的生命安全无法得到保障

孟庆余徒步行走，苦心寻找

终于找到一块城郊的洼地

他又化身浇冰工，每天凌晨起床

把一个装满水的大铁桶

放在铁爬犁上

他推着这个简易而沉重的浇冰车

在洼地上一圈一圈地走

像一个沉重的逐梦者，脚步坚毅

浑身都是坚硬的冰碴

双手冻得通红，关节肿胀

这是冰场，也是他带领孩子们追梦的地方

魔鬼式的训练

每天都在冰上，在艰苦地练习

队员们累得走不动路

他就把队员们一个一个地背回宿舍

有的孩子在他的背上就睡着了

夏天没有冰，就练体能

骑破旧的自行车远行

模拟滑雪动作，从高高的桥上

跳下去，胆量不能小

力量不能小，梦想不能止步

当然，每当休息的时候

还要给大家讲故事，世界冠军的故事

他激励孩子们

"你们将来也是世界冠军"

孩子们不相信，哈尔滨都是今生不一定抵达的地方

更何况世界

他暗暗发誓，一定要让孩子们

走向世界，为国争光

野路子教练也有绝招

野路子教练也钻研世界比赛

野路子教练也总结出自己的方法

"高、精、狠、准、细"

大大地缩减一个运动员的训练周期

……效果非常好

然而就是这样的教练

孟庆余卧室

这些追逐梦想的孩子

在四处漏风的屋子里

他凌晨一两点钟浇冰

零下 30 多度，自己冻成了冰人

直到一切准备妥当后

孟庆余才到宿舍叫醒队员

让他们开始训练

所有的付出都得到了认可

所有的努力都被看见

所有的汗水和泪水，闪烁着光芒

1984 年，他终于可以

带队到哈尔滨去训练 10 个月

但是经费紧张，根本不够开销

他只能在附近租下不足 20 平方米的地下室

潮湿，阴冷，老鼠肆意穿梭

破旧的高低床，冰冷的硬木板

他不仅仅是教练，还要买菜做饭

没有餐具，就从七台河的家里

搬来自己的锅碗瓢盆

从媳妇那要钱，为孩子们改善伙食

在他心里，孩子们是父母的

更是国家的，也是他自己的

然而，他的家也是家，他的孩子也是孩子啊

但是他却把心力都用在队员们的身上了

赵小兵从小父母离异

和奶奶相依为命，身无分文

他自掏腰包给他交生活费和学费

范可新，家中贫困，冰刀已经破得不成样子

他自掏腰包，拿出 2500 块钱

范可新现在还珍藏着这副冰刀

想起孟教练，常常泪如泉涌

他倾尽所有，培养孩子们

他付出全部，训练孩子们

他甚至牺牲了生命，托举了孩子们

他是教练吗？不仅仅是

他还是父亲

他是父亲吗？不仅仅是

他还是灯盏……

不管他在不在这个世界

他都闪烁着光芒

名扬天下

十年磨一剑，矢志不渝
该上场了，该展示了，该有光了
这个苦教练，这些苦孩子
冲吧，滑吧，冲出七台河，冲出黑龙江
1985 年，全国第一届少年速滑锦标赛
在牡丹江盛大举行，这是孟庆余的机会
这是孩子们的机会，他们心里都憋着一口气
他们浑身有用不尽的力量
滑吧！冲吧！
真是一飞冲天……
女队员张杰夺得了 5 块金牌
男队员许成录在 1500 米速滑决赛中夺得了金牌
其他参赛的队员也都取得了相当不错的成绩
人们惊呆了，这一伙穷孩子，这一个野路子教练
这样的成绩震惊了滑冰界
一瞬间，全国都知道了七台河
孟庆余成为滑冰界的名教练

冲吧，滑吧，冲出七台河
冲吧，滑吧，冲出黑龙江
冲吧，滑吧，冲向全世界……

1995 年，孟庆余再次泪洒冰场

杨扬在世锦赛上夺得金牌

消息传来，七台河小城里

立刻掀起了骄傲的风暴——

真的出了世界冠军……

人们激动得落泪了……

大家没想到，"孟庆余真不是吹牛

他还真培养出了世界冠军"

2002 年，杨扬在美国盐湖城

冬奥会上夺得 500 米决赛金牌

成为中国短道速滑史上

第一个夺得金牌的人

冲吧，滑吧，冲出七台河

孟庆余雕像

冲吧，滑吧，冲出黑龙江

冲吧，滑吧，冲向全世界……

2006 年，王濛在都灵冬奥会上夺得 500 米决赛冠军

2010 年，王濛在温哥华冬奥会上

又先后拿下 500 米、1000 米和 3000 米接力三项冠军

孙琳琳、刘秋宏、周洋、范可新……

他培养的队员相继在国际比赛中夺得金牌

越来越多走出七台河的运动员在世界上夺冠

这些都是他的弟子，都是他的孩子

七台河成为中国短道速滑界的标杆

他成了中国短道速滑之父

也许你不知道孟庆余

但是你一定知道——

杨扬、王濛、周洋、范可新

也许你不知道孟庆余

但是你一定知道——

七台河是"冬奥冠军之乡"

如果你不知道孟庆余

我来告诉你，孟庆余是谁

他是这些世界冠军的教练

他是这些孩子们的父亲

他是中国短道速滑之父

姚滨：中国花滑功臣

等待成绩的教练员姚滨（右）、张丹（中）、张昊（左）关注打分屏幕

力与美，舞动与镌刻，飞翔和冰上的诗意书写

花样滑冰，是梦，是爱的追逐

"花样滑冰是一项古老的运动

起源于 18 世纪的英国

在近一个世纪的岁月里

始终伴随着西方世界王子和公主而绽放

2002 年世界花样滑冰世锦赛

一位中国的双人滑教练

把中国的冰上公主和王子送上了世界最高的领奖台

从此打破了 94 年欧美运动员

独霸该项目的局面"

不仅如此

这个双人滑教练

在几十年的风雨历程中，带领自己的队员

在研究姚滨的过程中，突然有一个

句子：从时间深处走来的历史

抑或是历史被时间舞动和雕刻

他曾经是花滑运动员，那时的中国花滑

是荒芜年代，教练和队员

都不知道怎么滑，最后都成了冰舞

那是什么年代？哪里有可以研究的视频

更没有可供参考的经验

捻转和抛跳，只是搂一下，抱一下

为了研究好花滑，姚滨自己学英语

翻译国外的研究文章

他听说黑河可以看到花滑比赛转播

就坐绿皮火车去黑河

经过漫长的跋涉

穿过黑夜和晨曦

盯着电视屏幕，大开眼界

姚滨一生献给花滑，成为功勋人物

他也很清楚，这一路从零起步

走下来有多艰难，没点匠人匠心的功夫

一个教练如果一开始

就说要拿世界冠军、奥运冠军

那他不是疯子就是傻子

而今天，在中国花滑界

姚滨是个功臣级人物

他的学生活跃在花滑各个领域

执教中国花滑 30 余年，姚滨率队

拿到 5 枚奥运会奖牌

6 枚世锦赛奖牌 7 个总决赛冠军

是他把中国花滑运动从空白推至最高处

从零分到一百分

从一无所有到光芒无限

从弱到强，每一步都布满荆棘

他带领他的队员，披荆斩棘

走向花滑运动的巅峰

30 余年的执教生涯，姚滨带出了

申雪 / 赵宏博、庞清 / 佟健、张丹 / 张昊

三对世界级双人滑组合

"老大"申雪、赵宏博奋力拿下

温哥华冬奥会冠军

那是中国花滑首枚冬奥会金牌

庞清／佟健、张丹／张昊，这两对组合

也是世界名将，取得多个世界冠军的好成绩

自己倾心培养和训练的队员更像自己的孩子

在他心里，"老大"是申雪／赵宏博

"老二"是庞清／佟健、"老三"是张丹／张昊

他们是他执教生涯最得意的代表作

他们在世界上让中国光芒闪耀

一生何其漫长又何其短暂，众鸟飞过天空

留下他们的痕迹，他们的歌唱

他们的光辉。然而这光辉的锻造者

是恩师，是父亲一样的人，是个相信奇迹的人

是的，有人说："姚滨与队员更像父子、父女"

但他却说："教练与运动员的关系

是利益关系，这个利益就是要出成绩

否则别管是父子还是朋友都没有用

如果教练教不出成绩，运动员不会跟他

如果运动员出不了成绩

教练也不会要他"

其实，这是一种认可，一种鞭策

其实，这是一种骄傲，一种执着

没有铁腕手段，怎么能进行铁腕治军

没有坚定的意志和智慧，怎么能够

培养出世界冠军。有一个细节：

多年前的一次，姚滨带着申雪和赵宏博

在昆明表演。在演出结束后的颁奖仪式上
申雪突然提出要讲几句话
接过话筒后，申雪的声音有些颤抖
"今天能够站到这里，取得这么好的成绩
完全是因为一个人
那就是我们的教练——姚滨！
……谢谢教练"

现场所有的人都惊呆了，鸦雀无声
这意外的发言，打破惯例
这意外的发言，饱含深情
人们把目光对准了姚滨
却发现姚滨的鼻梁上
架起了一副墨镜，而当时
是在没有刺眼阳光的体育馆里……
人们知道，他也流泪了……

多年来，姚滨一直住在
花样滑冰队的宿舍里，与弟子们
朝夕相处。但却与妻子长期两地分居
提起妻子，他总会动情地说
"都说军功章有你的一半，有我的一半
但是我的军功章，都是你的"

回首来路，盛于久远
回望历史，大道苍茫

他是中国第一代花滑运动员

姚滨 1957 年 4 月出生在哈尔滨

作为中国第一代双人滑运动员

——曾 3 次获全国少年男子甲组冠军

——曾 5 年蝉联全国双人滑冠军

他和搭档栾波参加了 1980 年多特蒙德世锦赛

那是中国队首次参加花滑世锦赛

中国人第一次出现在世锦赛的舞台

栾波／姚滨成为中国第一对参加花滑世锦赛的双人滑组合

他们的内心是激动的，也是勇敢的

虽然成绩并不显著，但是在 1983 年

世界大学生冬季运动会上

栾波／姚滨收获一枚铜牌

那是中国双人滑在世界大赛的首枚奖牌

光荣属于奋斗者，光荣属于祖国！

时间总是跌宕起伏，历史是由英雄书写

但是历史也是由平凡的人构成

他不恐惧平凡，他也不畏惧创造历史

1986 年国家花滑队成立后，姚滨

成为第一批教练

但是由于种种原因

国家队两年后解散了

回到哈尔滨不久

正在姚滨准备彻底告别冰场时

他又被领导留下了，嘱咐他说：

"队里有一批孩子，抓一抓

没准能出成绩。"其中，就有赵宏博

此后，他把申雪和赵宏博搭档在一起

然后陆续是庞清、佟健和张丹、张昊

他为了让队员参加世锦赛，去省里，去国家队

他奔走，他立下军令状，他据理力争

这一切是为了自己吗？

当然不是，这一切是为了荣誉

为了运动员能够为国争光。他退缩过吗？

当然有过。他苦难过吗？当然有过

但是，一次次打击之后，他依然能够

重拾信心，依然能够坚强站立

他有英雄的格局，浩瀚而辽阔

他也有父亲般的细腻：为张丹改名

（张丹原名是张小丹）

为受伤的赵宏博做护具

为六个孩子设计比赛服装

为六个孩子买营养品……

与队员谈心，鼓舞和鞭策

我们都看到了聚光灯下的金牌和荣耀

谁能看到背后的血水和泪水

任何时候，即使再痛

都不能让运动员在赛场上……

流泪，任何时候都不能气馁

这是铁的硬度，是金子般的质地

这是百炼成钢，这是无悔无怨……

然而，他也有自己的家庭，爱人和孩子

儿子在高中时早恋，他说了几句

儿子抵触情绪很大，父子对峙

赵宏博小心翼翼地撮合。儿子

边哭边说："爸爸，我知道您忙

也为您骄傲，可有时我也怨您

您没有陪我上过公园，没有

参加过我的家长会

您几乎没关心过我的感受，您也从不问

我的学习，我的成长啊！"

姚滨哭了，身旁的妻子也哭了

委屈有过，悲愤有过，牙齿咬得脆响……

斗争有过，在国际体坛，同样有波折

1999 年 3 月，是国际花样滑冰历史

不能忘记的日子，属于运动员的崇高

属于两名欧洲裁判的人格黑幕

——在芬兰举办的世界花样滑冰锦标赛

申雪和赵宏博一连串的托举、捻转、抛跳

惊艳了整个世界的目光

他们的分数超过了所有选手

冠军已经收入囊中，且优势明显

但是国际花样滑冰史上的丑剧出现了

两个著名欧洲裁判打分过程中

相互勾结和商量，故意压低分数

在比赛中出现重大失误的欧洲选手抢走了金牌

而中国的申雪、赵宏博则屈居第二

现场一片哗然……

此后，姚滨向体育局申请

带队员练习 4 周抛跳！

只有这样，外国裁判才不敢再为难我们

但是，这是多么大的挑战啊！

——国际上最难的动作是 3 周半抛跳

申雪和赵宏博练习 4 周抛跳的计划

很快开始实施。4 周抛跳要求：

——女运动员空中

水平飞行 7 米，高度 1.2 米

——4 周的旋转后落地平稳滑行

一旦失误后果不堪设想

国际上没有成功的先例

没有经验，没有资料，一切都是空白

一次次失败，一次次摔倒，一次次

从未想过放弃，从没有因为疼痛而抱怨

2000 年 5 月 31 日

在训练中心一次友谊赛中

申雪、赵宏博第一次成功完成了

世界第一高难度的动作

这个消息一下子传出国门，传遍世界

欧洲媒体以：

——"第一高难度的动作被中国人攻破"

——"中国队员书写了花样滑冰新的历史"的惊人消息

"2010 年 2 月 14 日，中国花样滑冰

在冬奥会上实现历史性突破

52 岁的姚滨指挥申雪／赵宏博和庞清／佟健

包揽温哥华冬奥会双人滑金牌

姚滨回到家后，妻子曹桂凤

手捧一束玫瑰向他走来

姚滨紧紧拥抱着妻子，眼里早已盈满泪水"

仅仅是这样吗？仅仅是这一点成绩吗

不是的——

数不过来的冠军荣誉

数不过来的荣誉，数不过来的赞誉和光环

在几十年的风雨历程中，带领自己的队员

——拿到 5 枚奥运会奖牌

——6 枚世锦赛奖牌 7 个总决赛冠军

——是他把中国花滑运动从空白推至最高处

花滑功勋教练荣誉称号

沉甸甸，光芒闪烁，金子般的质地，一生的荣光

这是属于作为教练的光荣

——为祖国立功勋

——为祖国争得荣誉

现在，姚滨依然活跃在冰上舞台

尽管已经年过花甲，但是依然为祖国发光发热

在他的人生字典里

没有望而却步，任何时候

只要祖国需要，他都会站出来

——像一座山峰

——像一个灯塔

——像一个父亲

——像一个战士

张杰：尊严和希望的力量

张杰在冲刺中

在大量的资料搜集和创作过程中
我们竟然忽略了张杰，这让我们感到
无比愧疚。甚至后怕——
如果这本书里没有她，会成为永远的遗憾
如果我们没有记录她的无私奉献
那我们是一个巨大的失误，尽管我们

写在这本书里的内容不是独家新闻

尽管关于她的这些故事网络上已经感动千万人

但是我们这本书是《冰雪英雄》

而她就是冰雪英雄，而她就是爱的"天使"

在中国体育史上，她的光芒将永恒

她的意义不仅仅是七台河短道速滑

在黑龙江、在中国、在亚洲

甚至整个世界的首枚金牌获得者

不仅仅如此，绝不是

作为运动员，20 世纪 90 年代

——连获两届世界大冬会女子 3000 米接力冠军

——在短道速滑世锦赛中打破世界纪录

已经很光荣，很骄傲，可是因伤退役后

她迅速藏起自己所有的光芒，低调，内敛

朴实无华，朴素的力量在内心沉淀，涌动

星辰照耀着明眸，月亮见证着浓浓的家乡情

尽管远居东瀛，在大海的另一边

但是祖国始终在她的心中，故乡的名字

被思念擦亮，被冰刀上的光芒照亮

年轻时的情景一次次闪现在脑海中

教练孟庆余的鞭策和鼓舞犹在耳畔

队友们的浓浓亲情仿佛还在身边

——"那时候太苦了，教练能把我们带出来

真是太难了，他连自己的命都搭进去了

他培养了我、杨扬、王濛、范可新……
我们还在，而他已经远去，再也不会回来
我离家那么远，我的故乡在祖国在海的那边……"

一次次在梦里，她梦见恩师喊：
"张杰，该起床了，上冰训练！"
"张杰，注意起跑、摆臂、向前看！"
然后是泪水打湿了枕头，然后是
"回国吧。要是不报效家乡，这一生也是白活"

她对丈夫说："咱们回去吧，回黑龙江，回七台河"
丈夫默默同意了，他也是这么想的……

一切都是最好的选择，最好的安排
家乡来电，家乡抛来橄榄枝，家乡在呼唤

事情是这样的：2014 年
七台河基础选材训练告急
她的丈夫董延海作为特殊拔尖人才应邀回到家乡
创建"七台河市少儿短道速滑特色学校"
董延海任少儿短道速滑特色校总教练
张杰则一头扎进了特教学校
利用多年学习的运动康复技能
从 140 多名学生中挑出 26 人
成立了短道速滑队，不拿一分钱
甘当公益教练

这一天是 2014 年 10 月

历史应该铭记这一天

——世界第一支规模最大的中国·特奥短道速滑队成立

26 名队员，张杰成了不拿工资的队长兼教练

然而，在这支特殊队伍里

——有唐氏综合征 4 人，孤独症 1 人

精神障碍、行为障碍、智力障碍 16 人，听觉障碍 5 人

你能想到吗？让这些孩子学习速滑？

让他们站在冰上都难啊！

确实是千难万难

你能想到吗？智障孩子变成运动健将

路还走不稳的孩子，竟然能滑冰，这不仅仅是奇迹

26 个孩子，战战兢兢，泪水涟涟

嘴里发出含混不清的声音

他们战栗的双腿，摔倒后的大哭

孩子们抱着教练的大腿，哭着说，不上冰，不上冰

那一刻，她也流泪了，怎么办？会突破吗？

会有奇迹吗？他们有的是聋哑人，有的患唐氏综合征

还有的患孤独症，家族遗传精神病史

他们有的曾经根本不会和他人交流

有的看到陌生人会狂躁
大多数孩子都很自卑、胆小

她心疼这些孩子，也希望他们能够走出生命的阴影
用运动，改变生命的形态……

启蒙者总要付出代价，超越自我就是雕刻朽木
重塑自我就是在坚硬的石头里重新雕刻自我
她和他们一起，在冰上爬，她叫他们宝贝
韩宝贝、刘宝贝、聂宝贝……
每一个孩子都是这个世界上的宝贝
无论他们是患有疾病，还是出身贫寒
无论他们是智障，还是失聪……
她发自内心地爱着他们，爱才是力量，才是前行的动力

在上冰之前，要有一个心理辅导的过程
在我们看来，这是爱的过程，是融化内心坚冰的过程
从外面请的心理辅导老师来了
但是孩子们吓跑了，还哭了起来

这些孩子，很难接受陌生人。张杰没办法
自己研究了一套可行的方法：教孩子们画画——
画冰刀，画冰雪，画他们自己的内心世界
他们内心的世界是什么？
孤独，瘦弱，一个个小孩
阴暗的天空，漆黑的夜晚……

还有让人更加意外的

孩子们画出来的，竟然是献给她的：

太阳、星星、月亮，最好吃的点心，温暖的手

她取得了"宝贝们"的信任和爱。他们叫她——

教练妈妈，还有的直接喊妈妈，妈妈！

她每一次听到这样的呼唤，都会热泪盈眶

为了引导他们上冰，教练妈妈在训练的时候

扮成卡通小白兔，扮演成大熊猫，还要唱着儿歌：

"我是一只小白兔呀，小白兔……"

歌声在唤醒这些苦孩子

经过一年多的陆地训练

2016 年 1 月 26 日

这个日子，足够写进他们生命的历程。弱者

也需要强者的仰视。这世间没有真正的弱者

第一次上冰，20 多个孩子大部分在冰上爬行……

混乱可想而知，听不懂指令，哭哭啼啼

乱成了一锅粥。还有偷跑的，溜号的，顺拐的，单腿蹦的

他们的接受能力比想象的还要差

一堂课下来，作为运动员出身的教练，累得都站不起来了

但是不能放弃啊，但是不能气馁啊

她咬牙，一分一秒地坚持着……

抱着、搀着、扶着……滑行，在冰上飞驰

她与她的宝贝们一起摔过、哭过、笑过

"刘宝贝，乖啊，用力侧滑"

"糖糖、小战车配合好……"

冰场上，孩子们动起来了，胆子大了，敢说话了
他们紧紧封锁的心慢慢打开了，而他们的张杰教练
就是这把金钥匙。在运动中，在坚守中
这些宝贝们慢慢发生改变
智力改善了，情商提高了
好习惯养成了，生活能自理了

时间能证明一切，每一分每一秒都有爱的光芒
二年的爱心、耐心和朝夕相处，在生活中，在冰上
所有的孩子都能够自己穿冰鞋了，运动锻炼了身体的协调性
也启发了心智，他们心灵的眼睛也睁开了
通过集体练习
他们学会了关心家人和队友
看到教练妈妈手上戴着针头，大宝和高萌
都心疼极了，高萌还拿来了一个桃子
使劲要求教练妈妈吃掉，不吃就不训练
爱，可以感染世间的一切，爱可以化腐朽为神奇

队里有一个韩宝贝，是张杰鼓励最多的孩子
刚到速滑队，韩宝贝躲在角落里，一句话也不敢说
张杰观察她，体会她，哪怕一个对视后
她立即表扬她。曙光出现了
一句表扬，孩子就有劲儿了
滑起来了，她又表扬，会转弯了，她又表扬……

孩子激动得哭了，她也哭，边哭边表扬
孩子灵动了，自信了，小眼神里有光了，训练更刻苦了
"教练妈妈，我会了，我会了！"

张杰听到孩子快乐的呼喊
泪水瞬间涌出来，精诚所至金石为开啊！
苍天不负有心人
"每个孩子都有潜能，只是没有一个契机
将他们身体里的能量释放出来。"只要不放弃
这些孩子也是可以创造奇迹的
一个细小的动作，张杰需要讲解数千遍
要让孩子们掌握可能要练习上万遍
她和他们一起，从一个人，变成另外一个人
练就一颗更坚强的心，让生命重新发出光芒

我们翻看张杰几年时间里教学日记和图片
厚厚的四个大本子，那是折叠的时光
汗水、泪水浓缩的血水——

2015年3月9日：
我们的孩子，或许从来不能集中精力听你讲课
或许很难从内心与你正常沟通
或许反复讲解和示范都做不出正确动作
或许有的连鞋带都不会系，但他们每次训练都在努力着
都在他们各自的世界里诠释着对滑冰的热爱

2015 年 6 月 8 日：
龙龙看来是由量变到质变的飞跃
连日来，系鞋带练习有了成效

2016 年 7 月 7 日：
最近进步不大的小豆包不会做动作
哭泣了很久，影响了训练。处于青春期的女孩子
训练有些分心

2017 年 2 月 14 日：
一讲馆，地上到处是来运动的人丢的垃圾
正和家长谈着孩子的情况，就看到孩子们
都弯下腰去捡拾垃圾了

我们不能一一引用，我们不能连篇累牍
爱在里面，点点滴滴的深情在里面，成长在里面

每天凌晨 5 点，寒风暴雪也不能阻止她的脚步
天还没有亮，她就坐在去往运动场的首班公交车上
疲惫，困倦，极度透支的身体——她也是人
是女人。而且背负着巨大的心理压力
她每天只想一件事：训练，让他们有一点点的进步
三名特奥队员经过选拔
入选了特奥国家队，代表中国参加了
2017 年奥地利维也纳世界冬季特奥会

看看她日记所记录的：

2017 年 3 月 21 日

刚刚进行的女子 111 米决赛中

高萌获得中国特奥速滑队第一枚金牌

2017 年 3 月 22 日：

请为中国红孩子喝彩，孩子们

实现了我尝试，我努力，我最棒的特奥精神

唐春雷、高萌、聂双月 3 个入选国家队的孩子

在第十一届冬季特奥会速度滑冰项目

——取得 4 金 2 银的成绩

4 块金牌、2 块银牌

何其难矣，岂止是奇迹！

张杰不停地落泪，这是激动的泪水

张杰把这个好消息告诉给每一个人

她不是为了证明自己，而是告诉世人

——这些孩子，不是累赘，不是没有希望

他们也可以为祖国争得荣誉

他们也是有光芒的人

"提起获得金牌的过程，真是惊心动魄

本来训练时好好的学生们

一听说比赛就紧张

'和谁比，比什么，为啥要比'

这些智障孩子没有概念

'大唐'上了冰就摔倒

高萌则是食欲下降哭鼻子

我就反复安慰他们，用英语和发令枪

模拟比赛现场，终于让他们战胜了高大的欧美运动员"

战胜别人并不重要，战胜自己才是最重要的

"希望我能做更多孩子的翅膀，带他们逆风飞翔"

壮哉！张杰

最美哉！张杰

她用爱和执着改变着孩子的人生轨迹

有时间，她就带他们去福利院，看望孤儿

让他们知道自己虽然有残疾，但他们是幸运的

有父母家人陪伴；带他们去公园捡垃圾

让孩子们知道自己对社会是有用的人

她要让他们知道，生命的意义

她要让他们知道，运动的意义，追逐的意义

质朴的孩子们也用最单纯的行动表达着爱

"孩子们给我送过手工制作的水杯、勺子、绘画、贺卡

这些东西对我来说很珍贵……"

张杰，仅仅是把残疾孩子训练成运动员了吗

仅仅是让他们拿冠军了吗

当我们采访即将结束时，我们才突然明白

不是的，不仅仅是这样，绝不是……

她给了弱者、给了这些边缘群体以尊严

让他们堂堂正正活下去

她给了这些孩子以希望

——让他们快乐地活下去

她给了他们阳光

——让他们温暖地活下去

她教会了他们炼制阳光

——让他们也能照亮别人活下去

李琰：奠基者

李琰

仰之弥高　钻之弥坚

当地时间 2010 年 2 月 17 日 19:07，温哥华太平洋体育馆内，冬奥会短道速滑女子 500 米决赛正在上演，中国短道速滑队队长王濛以绝对优势成功卫冕。速度与激情激荡得人血脉偾张，宛如一道旋风般冲过终点后，她第一时间并没有向观众席欢呼，而是双膝跪地冲着教练席磕了两个响头。王濛说：第一个是献给教练，因为是她教会了我 500 米究竟该怎么滑！

被桀骜不驯的短道速滑大魔王跪谢的这个人就是时任中国短道速滑队主教练的李琰。几天后，李琰带领的中国短道速滑队史无前例地包揽了女子项目的全部 4 枚金牌，这项纪录至今未被打破。李琰创造了一个时代！

神龙腾飞

1978 年中国改革开放的大幕已拉开，次年中国奥委会恢复了在国际奥委会的合法地位，也开始了对外交流活动。12 岁的李琰也因为天赋异禀被选到了少年体校接受正规训练。出生在东北的李琰，天生对滑冰充满热情，室外冰场上，那个小脸冻得红扑扑的大眼睛女孩，棉鞋底下绑一块木板，滑得乐此不疲，直到鞋带都冻在一起解不开了，还期盼着下一场的冰上翱翔。她自己也没有想到的是，一个新兴的冬季运动项目正在起步，她这一滑就滑向了世界，一次次书写中国短道速滑队的历史。

1981 年，短道速滑运动在中国起步。1982 年李琰获得全国少年比赛第二名，被调入牡丹江市体校训练，1984 年，在一次比赛中，她刚滑完弯道，巨大的离心力将她甩了出去撞在赛场挡板上，左腿膝关节肌肉全部断裂，这场意外几乎断送了她的运动生命。不幸中的万幸，经抢救后，这位当时年仅 18 岁的小姑娘凭着坚韧的毅力与对冰雪的热爱，一年后奇迹般地重返冰场。1985 年，在李琰重伤渐愈之时，短道速滑国家集训队首次组建。凤凰涅槃、浴火重生，鲲鹏展翅必定鹏程万里。1987 年李琰入选中国国家短道速滑队。与其他队员跟随辛庆山教练远赴日本，与当地高水平俱乐部切磋交流，学习国外先进的训练方法，在专业技术上进行调整精进。

1988年，在加拿大的卡尔加里，短道速滑作为表演项目，第一次亮相冬奥会。李琰两次打破世界纪录，夺得女子1000米金牌和500米、1500米铜牌。中华人民共和国国歌首次奏响在冬奥会的赛场上，第三次角逐冬奥会的中国体育代表团这次终于没有空手而归。李琰创造历史之后，加拿大组委会出了一张宣传画，宣传画是根据赛场上影响比较大的事件随时设计的。这是一张以李琰形象为主角的宣传画，李琰的头盔号、印着China的滑行服，还有赫然的四个硕大的汉字：神龙腾飞！冬季项目是加拿大的王牌项目，他们对中国队夺金印象深刻！

虽然只是表演项目，但是金牌的喜悦依旧传遍神州。"神龙腾飞"似乎也象征了久经苦难的中华民族的腾飞，当地的华人华侨奔走相告、额手称庆，群情振奋，对国家振兴的汩汩渴望都化在对短道速滑成功的浩荡自豪当中。

1990年李琰参加了第二届札幌亚洲冬季运动会，获得了1500米季军，并与队友合作击败劲敌韩国队获得3000米接力冠军。1992年，短道速滑项目首次作为正式比赛项目进入冬奥会。在阿尔贝维尔冬奥会上，李琰获得了女子500米的银牌，这也是中国短道速滑第一枚奥运奖牌。在随后的世锦赛上，李琰一举夺得500米和1000米两枚金牌及一枚女子全能银牌，这是当时中国队在女子全能上的最好名次。中国短道速滑队渐渐地在国际舞台上有了自己的地位，世界短道速滑赛场上开始吹响中国号角。

两年后，李琰退役求学，许是命运弄人，作为运动员的李琰与奥运金牌失之交臂，但她与奥运金牌的缘分只是还未开始，一段传奇的谢幕是另一段传奇的开始。草蛇灰线，伏脉千里，35年前的表演赛金牌，为中国短道速滑队日后的崛起种下了希望的种子。

国之所需　我之所向

一个时代的创造者和改变者，世界上公认的"铁娘子"。

一个似乎掌握起死回生、扭转乾坤密码的世界名帅。

一个胸怀国家荣誉，召必应、应必战、战必胜的战士。

2006 年 5 月 24 日李琰应召回国，担任中国短道速滑队主教练。此时的中国短道速滑队因为杨扬、李家军等诸多优秀老队员退役，进入了一个青黄不接的时期，队伍管理以及教练水平上也出现了很大的问题。为拯救国家短道速滑队的颓势，国家体育总局决定对其进行大换血，其中最重要的一环就是要找到一位出色的领导者。正如 7 年前一样，李琰进入了国家队的视野。她也正如 7 年前一样，召必应、应必战、战必胜。

1999 年，斯洛伐克体育代表团到中国访问。在与中国冰雪界交流时，他们提出希望中国能派一名教练到斯洛伐克，帮助他们训练速滑运动员。曾经的奥运表演赛冠军李琰成了最合适的人选，当一个长途电话打到大连询问李琰是否愿意出国任教时，她毫不犹豫地同意了。

1994 年退役后的李琰去了东北财经大学学习、与相爱多年的爱人结婚，毕业后分配到大连地税局做了一名副处级科员，此时日子平静又安然，冰场上飞扬驰骋的岁月似乎是前世的事情了，但是看到滑冰的孩子，或者在电视屏幕上看见过去的伙伴依然叱咤风云在速滑一线时，她还是会发现自己对速滑还有着一份剪不断理还乱的牵挂。出国执教是为国出征，也是续了这段难了的冰雪奇缘。

转身成教练员的李琰没有辜负国家嘱托与斯洛伐克的希望，在斯洛伐克，短道速滑还处于起步阶段，李琰执教之后使其水平在一年之内迅速提升，在欧锦赛上夺得一个全能第六名、两个单项第四名，并出现了第一位获得冬奥会比赛资格的短道速滑选手，斯洛伐克总统亲自向她祝贺和感谢。之后，她又被邀请加入奥地利国家短道速滑队，并在10个月后带领奥地利短道速滑队迅速走出低谷。看到这样的成效之后，美国队也将这位被誉为"东方传奇"的短道速滑运动员，聘为自己国家队的教练。在接到国家队的邀请时，李琰刚刚将一蹶不振的美国队带领到短道速滑的巅峰。久经考验的执教传奇，使得李琰被评为最有价值的教练。但是美国队夺冠时，她却从未跟唱过美国国歌。李琰说："我从来不会跟唱美国国歌，但每次看见五星红旗升起时，都不自觉地热泪盈眶。"也许就是这份赤子之心，让她在接到了国家的征召之后，不顾美国国家队的高薪合同与诚意挽留，不顾自己刚刚安稳下来的家庭和一岁多的女儿，义无反顾地回到了中国，临危受命接过了中国短道速滑的大旗。其实中国短道速滑队能给李琰的特别少，甚至就连合同都没有什么保障，但李琰视之为国家给她报效祖国的机会，终于能凭借自己多年的钻研与积累为自己所热爱的祖国作出贡献。

而这次回国，一待就是17年，还会更久……

王者之师，短道名帅

执教13年，她共率队在冬奥会上拿下了7金5银1铜。在北京冬奥会之前，中国13块冬季项目金牌，10块来自短道速滑，其中李琰帮助中国队在3届冬奥会斩获7枚金牌。中国短道速滑队成长为一支能够不负众望，在赛场上担当争金夺银"排头兵"的王者之师。温哥华冬奥会、索契冬奥会及平昌冬奥会期间，李琰一直担任中国短道速滑队主教练，这位世界名帅，在任期间帮助中国队书写了无数历史纪录。她培养出王濛、周洋等黄金一代，率队包揽奥运女子项目全部金牌的纪录至今无人能破，也挖掘出了武大靖、韩天宇、范可新等金牌选手，改变了中国短道速滑女强男弱的局面，男队异军突起，两支队伍，齐头并进，所向披靡！

2010年温哥华冬奥会上，李琰率队赢得了女子项目的全部四块金牌，打破了韩国队长达16年的统治，红色的中国旋风席卷温哥华！当时发生了开头王濛跪谢师恩那一幕。这应该是两个传奇女子的和洽，王濛深切地知道在这一枚枚金牌背后，李琰到底付出了什么，她们共同实现了自己的奥运梦想。没有李琰的运筹帷幄，可能就没有中国队的无上荣光。在王濛夺得1000米金牌后，盛赞李琰是"改变中国短道速滑历史的女人"。赛后，王濛说："我要感谢教练李琰，是她帮助我走上巅峰。感谢她在比赛中对我的指导，除了发生的意外情况，90%都按照她的指挥滑行。她提醒我这里是加拿大主场，起跑要好，以免裁判找问题。她给我做了详细的布置，包括弯道怎么滑，入弯道怎么滑。尤其，她告诉我一句话'最重要的是你自己和自己比赛'。"

但是，李琰执教中国队的过程不可谓不曲折，甚至曾被王濛在赛后采访中公然指责，声称要退回省队训练。矛盾闹得沸沸扬扬，似乎水火不相容。李琰与中国短道速滑队也经历了不断磨合、不断的反思调整才能够如此鱼水交融。李琰回国执教，曾经与王濛感情深厚的教练被调回了省队，重情重义的王濛从感情上并不能接受。加之她们二人因短道速滑的理念不同而产生了很大的分歧，李琰认为短道速滑是一个集体项目，即使个人再优秀也应当为集体服务，她的目的是重振国家速滑队。所以当时李琰的战略就是多发展一些有潜力的年轻球员，并不会将资源倾注到一个人的身上。但是王濛认为这种比赛最终的冠军只有一个，那么肯定是个人的实力越强，越能够得到冠军。王濛觉得自己没有得到重视，抵触情绪更加严重。这种冲突导致的直接后果就是比赛的失利，这是大家都不能接受的。

一日为师，自当竭尽全力。为人师表，自当以身作则。李琰对自己进行了反思，她感受到"一个孩子接触到陌生人，特别是这个孩子有很高的目标和梦想，我来了之后她并不了解我，不了解我能给她带来什么东西，这种怀疑是很正常的"。她开始改变那种从美国形成的与运动员保持距离的执教方式，进行春风化雨似的浸润。作为一名严师，李琰坚持自己的训练思路与方式，不因为谁是大腕而放松要求。作为一名长者和教练，李琰更多展现的是一个慈母般的柔情和胸怀。由于王濛与众不同的滑行姿势，她的腰部更容易积劳成伤。李琰开始更加注重王濛的滑冰姿势，并且对她特别地关照，而王濛也在李琰的训练之下，速度不仅有了提高，甚至全队的成绩也有了质的飞跃，这一次王濛对李琰刮目相看。她们一起探讨战术、训练、比赛，在探讨的过程中就会延伸很多思想、生活的方方面面，她们彼此理解，惺惺相惜。而王濛也不仅关注自己的提高，同时作为队长，主动跟小队员讲战术，谈经验，俨然成了李琰的左膀右臂。李琰用自己的绝对实力和坦荡胸怀获得了队员们的信任与爱戴，剩下的就是凝心聚力，不断地挑战卓越、实现超越，重现中国短道的辉煌！

李琰经常说的一句话就是："你要相信你才会去做，你不相信就永远不去做，那就永远走不出来。"李琰对男队的策略就是让他们知道，可以做到！中国短道速滑男队一直比女队弱，而在李琰回国的时候男队更是陷入了低谷，世锦赛三个名额有时都拿不到满额，只能拿两个。她给他们制定目标，调整技术，不断地鼓励他们勇敢挑战。她告诉他们，你就要傻一点，执着一点，这就是黎明前的黑暗，伸手不见五指，很迷茫，但是你只要坚持下去，你的根基打好了，再磨炼一下，再整合一下，走着走着天就亮了，如果放弃了，就再也出不来了。她做他们黑暗中的光，带领着大家一直坚持再坚持。2014年，李琰作为中国主教练带队征战索契冬奥会，中国队在所有男女8个项目中均闯入决赛，获得2金3银1铜的优异战绩！2018年武大靖在平昌冬奥会比赛环境非常恶劣的情况下以碾压式优势拿到中国男子短道速滑队奥运首金。2022年北京冬奥会短道速滑混合团体接力决赛，由武大靖、任子威、范可新、曲春雨组成的中国短道速滑接力队，以2分37秒348的成绩夺得冠军，现今中国男队有的是信心有的是希望！

李琰就是永不放弃，永葆希望。泰山压于顶而面不改色，因为她要做团队的主心骨。2018年的平昌，对于中国短道队来说，是最险恶的一届冬奥会。9次判罚，大面积犯规，是所有参赛国被判罚最多的。面对接踵而至的意外和挫折，主帅的压力是可想而知的，焦虑在所难免，李琰通过一晚上吃3次安眠药保证睡眠，她一定要给队员强大的信心。她说："人员很多、轮次很多，我们要保证下一次做好。"在500米决赛前，李琰就穿上了大红色的领奖服到了现场，给运动员鼓劲，向世界宣告，我们就是来拿冠军的！当武大靖以39秒584的成绩打破世界纪录强势夺冠，久久笼罩中国队的低气压一扫而光，中国男子短道速滑队扬眉吐气。李琰说在平昌冬奥会我们学会了忍耐，2022年北京冬奥会，中国一定要有大国的风度和大国的尊严。

男队如今的主力都是20多岁血气方刚的小伙子，在这个天不怕地不怕的年龄，唯独最害怕的就是李老师一个人。"其实我们是发自内心地尊重她，是非常认可的，最简单的例子，老师发烧39度，她也不会跟任何人说，就和没事一样来训练场。她倒下我们的气势就没有了。我最佩服她的就是内心的强大，她不会给我们表现出来她不知所措的感觉，在我们面前都是很有信心、很高大的感觉，她站在场边，我们就像吃了定心丸。"武大靖这样说。

责任心加上处女座做事认真的性格，这让李琰对自己极其严苛。平常的训练课上她全程以高分贝指挥队员训练，每次都会喊哑嗓子。她从未因身体原因缺席过一节训练课。每次比赛时，站在一众欧美、韩国男教练边的她，尽管身材娇小，但目光如炬，高分贝的尖叫声响彻场馆、霸气的指挥动作让对手生畏。其实李琰永远就是那个可以相信、可以依靠的人，永远都是关心着每个人。她说："比赛之后，无论成绩好坏，都要静下来，全力以赴下一场比赛，团队人员很多，有人比得好，有人比得不好，我们要从一个胜利走向另一个胜利。"这是多么可贵的关怀与温柔的体贴。正是这种铁血柔情才将百炼钢化为绕指柔。

冰场上的飒爽英姿、爱徒走出低谷夺冠时的掩面而泣、跳到桌子上鸭子坐指挥、与国际裁判据理力争的倔强委屈、五星红旗升起时的热泪盈眶……这就是一个鲜活的李琰。速度与激情的碰撞，跟随与超越的智慧，技巧与勇气的较量，这是短道速滑项目独特的魅力，也是李琰的独特魅力！

作为名师的李琰对中国短道速滑队有着不可磨灭的影响，是中国短道速滑队走上巅峰的最重要英雄。

做中国滑冰铺路石

在中国体育社团改革的背景下，李琰在2017年6月全票当选中国滑冰协会主席。2019年5月，李琰卸任短道速滑队主教练。2021年11月，李琰担任速度滑冰国家集训队总教练。她重新披挂上阵，亲自带队征战北京冬奥会，在本土取得优异成绩。

后冬奥时代，全国刮起了强劲的冰雪运动风。吉祥物"冰墩墩"凭借可爱呆萌的形象迅速走红，成为新晋"顶流"，收获了大量来自世界各地的"墩迷"。呆萌可爱的冰墩墩和冰雪运动一起走进了孩子们心里，更多的人开始关注、喜欢冰雪运动，这是如今身为中国滑冰协会主席的李琰最为开心的事情。

从教练员转换角色之后，李琰从另一个角度审视滑冰运动的发展，她认定，中国要在滑冰人口上成为亚洲第一乃至世界第一；从滑冰培训教练、老师方面，让更多的教练、老师得到认证，成为亚洲甚至世界的精英；组织更多的赛事和训练营，提供更多的交流平台，助力社会俱乐部进入中国滑冰协会的平台体系中。

滑冰场上越来越多的孩子在驰骋，他们奔跑、舞蹈、跳跃，自由自在，欢欣雀跃……李琰是国际短道速滑界的重要人物，也是小朋友的偶像。在小朋友身上，她看到了自己遥远的影子。她现在的主要工作是挖掘培养后备人才，并推动北冰南展西扩东进。近年来，李琰一直推动协会进行整个滑冰运动体系的顶层建设，从培养人才方面入手，然后从专业和合理的角度树立行业标准，通过科学化的方法去完善整个行业体系。主动地去介绍协会的平台架构，让大家更多地了解这个架构，为未来各个省市地区埋下萌芽的种子，真正让冰雪运动扎下根来。

李琰曾在访谈中说："大家都说十年育树、百年育人。我的工作就是把计划放到轨道上来，我希望能够在这一个任职周期搭建好体系架构。我认为我就是一块铺路石，就像做教练时一样，就是一个接力棒。过去的工作岗位让我具备了这个项目的专业知识和经验，我希望用我的经验将滑冰项目推到更高的层次上。我愿意做这个铺路石，愿意做这个接力棒，把我这一棒做得精彩。"

如今的李琰依旧开心地忙碌着，就像备战大赛一样，一天也耽误不起，因为她的工作关系中国滑冰的未来，她将为引领中国滑冰事业的发展继续奋斗！

第四部

冰雪映像，蓬勃的冰雪事业

第一章　冰雪之春

东北以东　东北以北
——黑龙江省打造"一城一品"及各地冰雪运动一瞥

东北以东，东到东极抚远；东北以北，北至北极漠河。广袤的龙江大地，辽阔无垠，大美的三江平原，万里平畴。

黑龙江是中国纬度最高、经度最东的省份，全年无霜期多在90—150天，是我国最寒冷的省份。唯其最冷，才冰雪丰厚；唯其最寒，方赏冰乐雪。

每当冬天，千里冰封，万里雪飘，东北大地向人们展开了一幅壮阔的画卷。冰上，飞也潇洒，雪里，梦也缠绵。

笔者曾在歌曲《雪花，冬天的请柬》中，这样写道："一片片雪花起舞翩翩／那是一张张冬天的名片／邀来雪舞者与雪地相恋／请来白蝴蝶与天空缠绵／漫山遍野开放千树梨花／茫茫雪原铺展万顷绸缎／你落在歌里就唱醉了塞北／你飘在空中就变做美丽的天仙／柔柔的雪花银色的请柬／那是季节闪光的封面／你轻轻地融进黑色的土地／你悄悄地写下春天的序言……"

关于雪，有太多的圣洁情感，关于冰，有太多的晶莹诗篇。而黑龙江省全力打造的关于冰雪体育的传奇，就是龙江大地为冬天写下的一首情感浓郁、魅力四射的长诗。

黑龙江省群众冰雪运动开展得十分广泛，群众冰雪运动参与率达到 57.8%，位列全国第一；连续 44 年举办的"百万青少年上冰雪"活动，已成为全国开展时间最早、受众层面最广、培养人才最多的群众性冰雪体育活动；连续多年举办的"赏冰乐雪"系列活动，累计带动全国近 9500 万人次参与冰雪体验运动，成为"带动三亿人参与冰雪运动"的核心区，在重点发挥两个"奥运冠军之城"的优势之外，更加充分地挖掘各地市冰雪体育运动的潜力，上下联动，精准发力，奋力创建"一城一品"：打造齐齐哈尔"冰球之城"、伊春"冰壶之乡"品牌，擦亮黑河"冬季两项"、鸡西"越野滑雪"、鹤岗"高山滑雪"特色名片……为城市注入体育热情、激发体育活力。于是，各地冰雪运动在一花独放之时又有百花齐放。

若问何以如此，或许一句话可以作答：我爱你，塞北的雪；我恋你，北国的冰……

飞吧，冰球

卜奎之地，鹤之故乡，历史悠久，文脉流长。

齐齐哈尔，旧称卜奎。这里，不仅是重要的老工业基地，更是在冰雪运动史上写下壮丽篇章的"冰球之城"。

冰面上，那小小的黑色精灵，划出的弧线与运动员脚下热腾腾的冰雾，足够溅起一片惊奇；岁月里，这座城市所创造出的一个个冰球奇迹，足够令人们长久咏叹。

（一）

冰还在睡着的时候，冰球已经醒来了。

作为国内开展冰上运动较早的城市之一，齐齐哈尔有着近 70 年的冰球发展历史。

从 1954 年组建起第一支业余冰球队开始，冰球运动就一直是这座城市的骄傲。1959 年，有 4 人被选入黑龙江省冰球队，取得了全国冬季运动会的冠军，1962 年齐齐哈尔冰球队首夺全国冠军，70 年代初，冰球队队员多次代表国家队出访比赛。此后，屡次出征，屡次夺冠。至今，夺得 30 余次全国锦标赛、全国联赛、全国冬运会冠军，取得众多荣誉。2019 年，喜获 U20 世界男子冰球锦标赛丙级组第一名。

齐齐哈尔先后培养出了 150 余名冰球运动健将，向国家队输送了 17 名教练员、500 多人次的运动员，是入选国家队运动员最多的城市之一，全国有三分之二的冰球教练员来自齐齐哈尔。有人概括，这座"冰球之城"，支撑着中国冰球运动的半壁江山。

（二）

一些人的名字是用来称呼的，而一些人的名字是用来铭记的。

中国冰球的开拓者、齐齐哈尔市冰坛功勋陈升亚，从事冰球事业 30 余年，亲历了黑龙江省冰球运动从无到有、从弱到强的过程。并亲手组建了市冰球二队，获得过"中国冰球杰出贡献人物"的殊荣。

不仅是陈升亚，20 世纪 50 年代末，与他一起被选入省冰球队的沈迪宇、李荣庭、辛延平，均为我国第一批运动健将，是齐齐哈尔冰球事业的奠基人。

齐齐哈尔冰雪事业，英雄辈出。

当年，我国第一个速滑世界冠军罗致焕，从齐齐哈尔走向世界。

而后，速滑等项目的优秀选手薛瑞红、刘洪波、王秀兰、王强、付天余、宋丽、张民、张维娜 / 曹宪明、方丹、宁婉棋 / 王超、刘润奇等也多次在世界、亚洲和全国大赛摘金夺银。

如今，前国家冰球队队长孙焕威以及李文思、李跃、李浩睿这祖孙三代等众多的冰坛老将新兵活跃在冰上舞台，为国家队输送的队员金恒鑫、黄一航、刘宇航、赵婉彤，正在国家队集训……

除此之外，更有出征北京冬奥会的冰上勇士。

冬奥会上，中国男子冰球队虽无缘8强，但对于首次踏上冬奥赛场的男冰队员来说，比赛的意义远大于成绩本身。冰球队中，来自齐市的门将韩鹏飞、队员鄂睿男与队友们一道，不畏强手，拼尽力气，打出了血性，创造了历史。

北京冬奥会有来自齐齐哈尔崔云凯带领的14人制冰团队，还有来自齐齐哈尔的孔嵩迪、柏美晨等志愿者和工作人员等，他们在冬奥会上贡献着龙江力量，展现着鹤城风采。

这座城市是我国唯一设立"冰球节"的城市，是"国家重要的冰上运动基地"，是"亚洲最佳冰球城市"。这是一座活力四射、激情澎湃的城市……

澄碧天空，丹顶鹤在飞；洁白冰上，冰球在飞；追梦路上，心儿在飞……

一座与"雪""花"有关的城市

牡丹江，一座与雪有关的城市，素有"雪城"美誉。

牡丹江，一座与花有关的城市，有一首歌唱道："牡丹江啊牡丹江，你是花的城……"

写到这里，我的耳边忽然就响起了这首歌的旋律。当年，第一次听到这首歌曲《花的江，花的城》的时候，就被它深深吸引，但那时并不知道这是伍嘉冀作曲的歌。多年之后，我们在北京合作一首新歌的时候，他提到了这首歌，于是，我们就自然而然地唱了起来。伍嘉冀是我国著名的曲作家，他作曲的这首歌，深受当地人喜爱。

这一城"雪"飞花，这一城"花"飞雪，雪与花，在北国的冬天，讲述着关于牡丹江冰雪的故事、冰雪体育的故事。

几十年来的冰雪运动，呈现了牡丹江的冰雪芳华，涌现出李虎春、李琰、王曼丽、韩晓鹏、李妮娜、刘秋宏、高亭宇、宁忠岩、闫星元、赵嘉文等一批优秀运动员，培养出罗淋匀、邢爱琳、郝泽凯、闫僮瑶、王可芯等新生代力量……

（一）

冰雪上的花，芬芳绚丽。

这座"雪城"培养了一大批的冰雪之花——李琰、高亭宇等，他们怒放在国际冰雪赛场，怒放在孤傲的冰雪之巅。

2022年5月，牡丹江市召开了"北京冬奥会有功人员表彰座谈会"，李琰、高亭宇、宁忠岩、于庆保作为北京冬奥会有功人员代表，吸引了人们的目光。

"牡丹江市滑冰历史悠久，人才辈出。"李琰说。这位牡丹江的女儿，用闪电的速度，划开了冰封的册页，以中国短道速滑第一枚奥运奖牌的战绩而载入史册，特别是在她担任中国短道速滑队主教练和国家速滑队总教练后，带领队员在冬奥赛场一路拼杀、突破历史、书写辉煌。

"十分感谢牡丹江的培养，为我打下了良好的基础。"高亭宇说。这位冬奥冠军，对这片土地充满深情。

"回首2022年北京冬奥会，我为能够身披国旗、为国出征参加在家门口举办的冬奥会而感到无比的自豪……"宁忠岩说。这位土生土长的牡丹江人，2019年在世界大赛中夺得金牌，是继1963年罗致焕夺得速度滑冰世锦赛冠军后，第二个赢得这一项目世界冠军的中国选手。北京冬奥会，宁忠岩参加的3个速度滑冰项目接连刷新了我国冬奥会参赛的最好成绩。

"作为冬季两项国内技术官员参与2022年北京冬奥会和冬残奥会执裁工作，向全世界展现了中国技术官员的职业素养和精神风貌，十分光荣！"于庆保说。他，是市冬季项目训练中心越野滑雪业余教练，也是北京冬奥会参加冬季两项比赛的牡丹江籍运动员闫星元和开幕式主火炬手、我国首次参加北欧两项比赛的牡丹江籍运动员赵嘉文的启蒙教练。北京冬奥会，他圆满地完成了执裁工作，受到了国际裁判员的热情称赞。

（二）

成功的花，之所以如此明艳，不仅是因为自己的努力生长，更是因为有园丁汗水的浇灌。

在牡丹江正有一批这样的园丁，他们发现好苗子、修剪枝叶、倾尽心血，小树成材后，他们幸福地站在那里，笑出泪水。他们，是英雄背后的英雄。

刘德光是高亭宇的启蒙教练。他曾是一名速滑运动员，夺得过全国锦标赛、全国冠军赛速度滑冰冠军。退役后，他留在牡丹江当教练。从事教练工作15年，带出了几十个速滑的好苗子，除了高亭宇外，他的另一个弟子、速滑女子新生代陈翔宇，也在全国冠军赛、青年世界杯、全国速滑锦标赛中屡屡夺冠。

祝玉良是宁忠岩的启蒙教练。他也是速滑运动员出身，曾多次夺得全国比赛冠军。回到牡丹江担任教练后，向省队、国家队输送了一批又一批后备人才，他见证了宁忠岩从小小少年到中国男子速滑中距离项目领军人物的成长过程。

于庆保是闫星元和赵嘉文的启蒙教练。此次，冬季两项运动员闫星元、北欧两项运动员赵嘉文征战北京冬奥会，展现了中国小将的风采。

刘英宝的教练生涯可谓是一路风光。当年身为国家队运动员的他在赛场摘金夺银，退役后回到牡丹江任教练的他更是收获满满。他的弟子闫僮瑶、邢爱琳、王可芯等在国内赛场叱咤风云；他在被选聘到国家队担任李琰助教期间，为索契冬奥会速滑队获得赫赫战绩贡献了力量；他在带队出征省运会时，实现了牡丹江短道速滑历史性的突破；他培养出国家级健将 10 名、国家一级运动员 4 名；向国家队和国家集训队输送了罗淋匀等 8 名运动员。

这座雪城，有着光荣的冰雪运动历史。在 20 世纪五六十年代，就是全国、全省最早的冰上训练基地之一。目前，拥有国家短道速滑队训练基地、雪乡八一滑雪场等冰雪训练基地，为我国冰上体育运动的发展作出了贡献。

雪，落在雪城的大地上，这里有"八女投江"的慷慨悲壮，有杨子荣"穿林海、跨雪原"的荡气回肠，也有全民参与冰雪体育的浓厚氛围……

"魅力冰雪季"，如火如荼；"冬季阳光体育大会"，青春昂扬；"冰雪之家"的打造，温馨迷人；"中国雪城"的金字招牌正在擦亮；"创建全国冰雪文化旅游名城"的目标已经确定；"青年雪地足球赛""雪地马拉松赛"等国际冰雪体育赛事，颇具影响……

与此同时，牡丹江还策划了五大主题产品——"林海雪原·红色畅想""冰湖热泉·奥运之光""冰雪胜境·梦里雪乡"……

其中，"冰雪胜境·梦里雪乡"这一活动与笔者为牡丹江创作的歌曲《梦里雪乡》产生了高度的默契与共鸣。

在"牡丹江旅发大会"上，由笔者作词的歌曲《梦里雪乡》首次出演。这首歌由刘峤作曲，付晓婷、姜婷演唱——

点一盏红红的灯笼，映照你的脸庞

披一身浅浅的衣裳，洁白你的想象

依稀着曾经的过往

你仍然在我梦里芬芳

走过了山高水长

你就在那不远的地方

……

一片冰心在玉壶

冰壶运动，应该是一个充满诗意的运动，就连名字都颇具意象。那冰壶，在冰上优雅而曼妙地移动，最后碰撞出一串带着冰碴的散落诗句。

林都伊春，被誉为"冰壶之乡"，这一品牌的正式"命名"还是去年的事情。

2022 年 11 月 13 日，这是伊春体育事业的一个重要的日子，"2022 中国冰壶联赛伊春站开幕式"在伊春举行。仪式上，有一个里程碑式的内容——"林都伊春·冰壶之乡"隆重揭牌，这标志着"冰壶之乡"这一称号正式落定伊春。

伊春的冰壶运动历史，可以追溯到 10 多年前。早在 2009 年，伊春从鸟巢起步，开启了冰壶运动。2010 年，伊春率先举办了国内首届"林都伊春杯"全国大众冰壶挑战赛，推动了伊春冰壶运动的发展，并在 2011 年伊春的世界级专业冰壶馆建成后，连续五年举办了中国伊春世界六强国际女子冰壶邀请赛及其他体育赛事，扩大了伊春冰上体育运动的知名度和影响力。

冰壶，是伊春的最爱，全市已有陆地冰壶赛道学校 85 所、陆地冰壶赛道 65 条，全市中小学都设有冰壶课程。友好区第二中学是黑龙江省冰壶基点校，被评为黑龙江省冰壶运动特色学校。这所中学在黑龙江省学生冬季运动会冰壶比赛中，获得了初中女子组冠军、男子组亚军的好成绩。

2022 年，伊春除了承办中国冰壶联赛外，还承办了 2022 年"宝宇杯"全国滑雪定向挑战赛，这里也成为第九届全国大众冰雪季启动仪式伊春市分会场，2023 年全国新年登高健身大会伊春市分会场……多项国家级重点冰雪活动在伊春广泛开展，具有当地特色的冰雪活动也红红火火，"雪地龙舟赛""冰雪越野赛""雪地足球赛"等各项活动更是多姿多彩。

最令这座城市骄傲的，是 2022 年北京冬奥会上的伊春人。

罗致焕，1941 年出生于伊春铁力市。他取得的成绩和在冬奥会上的精彩亮相，让家乡人津津乐道。

高亭宇，1997 年出生于伊春南岔市。他在中国冰坛创造的无数辉煌战绩和北京冬奥会上的金牌时刻，令家乡激动万分。

张丽君，1996 年出生于伊春市。2013 年进入伊春市冰壶队，2015 年输送至黑龙江冰上训练中心冰壶训练队，同年入选国家冰壶青年队，2019 年参加亚太冰壶锦标赛获得冠军，是北京冬奥会女子冰壶比赛选手。

邹强，1991 年出生于伊春市，国家冰壶队助理教练员兼运动员。他多次获得亚太冰壶锦标赛、亚洲冬季运动会、世界杯总决赛的冠亚军，是北京冬奥会男子冰壶比赛选手。

伊春培养了众多的体育英才，北京冬奥会运动员代表宣誓者王强，也是其中之一。不仅是运动员，就连出自伊春人之手的吉祥物也充满着家乡的意蕴。

如果说，北京冬奥会的吉祥物"冰墩墩"异常火爆，那么，北京冬残奥会的吉祥物"雪容融"也让人爱不释手。而"雪容融"的灵感创意者姜宇帆就是伊春人。"雪容融"的创意来源于家乡的红灯笼。在家乡的温暖回忆中，"雪容融"诞生了，从而成为那个冬天最受欢迎的吉祥物之一。

伊春，红松的故乡，那高大挺拔的红松，正是伊春精神的代表，无论雨雪风霜，都会奋力生长，并且，时间正在见证，梦的前方，正繁荣一片。

雪在歌唱

这飘落的雪、寂静的雪、认真的雪，一旦被那一张张滑雪板所唤醒，就会热烈地歌唱起来，唱一首大雁飞过，唱一曲雪地恋歌。

越野滑雪，是毅力与耐力的叠加，是风一般地穿过森林山丘，是漫长的跨越和汗水热腾腾的抵达。

鸡西市的体育项目，虽然繁花似锦，但越野滑雪最为引人注目。这座城市，有着深厚的冰雪运动积淀和冰雪文化根基，尤其是滑雪，独树一帜。

2006年1月，在全省第十一届运动会越野滑雪比赛中，鸡西选手董文强获得了成年男子15公里传统项目比赛冠军，而在最后一天8枚金牌的争夺战中，鸡西一天独摘4金。本次运动会，鸡西市代表队以10金4银7铜的优异成绩高居奖牌榜首位。

一战成名的鸡西，在这个项目中看到了希望也看到了力量，2010年，鸡西滑雪队建队。

2010年1月，在全省第十二届运动会冬季滑雪项目比赛中，随着鸡西运动员徐彦庆夺得传统5公里第一名，鸡西代表队士气高涨，紧接着董文强、姜圣红等连连摘金。本次大赛，鸡西共获15金10银7铜，高居金牌、奖牌榜榜首，实现历史性突破。而这支队伍，绝大部分来自鸡西虎林市滑雪队。时至今日，虎林培养的优秀滑雪运动员有上百名，已输送到国家队、八一队、省体工队和哈尔滨专业队。

就越野滑雪这个项目来说：鸡西，金鸡唱晓；虎林，如虎添翼。

2011年，全省越野滑雪比赛在亚布力雪场举行。鸡西滑雪代表队参加了8个项目的角逐。经过激烈的竞争，队员池春雪、何志林、潘胜权夺得了6个项目的金牌。除两个项目外，一举包揽了所有的金牌。

在此后的各种大赛中，鸡西代表团一路风光，一路辉煌。

鸡西不仅越野滑雪风生水起，其他冰上项目也硕果累累。2011年，在全省速滑锦标赛中，鸡西市运动员王成林、施文、杨慧慧、王旭共夺得2金2银2铜。女子组、男子组获集体滑第一名和第三名。

2023年4月，在黑龙江省第十五届运动会上，鸡西喜讯频传，各个项目的金银铜牌均再一次突破历史。其中，冰上项目取得了10金2银7铜的骄人成绩，雪上比赛也取得团体总分、奖牌总数第二，金牌总数第三的好成绩。为此，市委市政府专门发贺电以示祝贺。贺电中说："在竞争激烈的比赛中，我市体育健儿顽强拼搏、攻坚克难、奋勇争先，继1986年获得省运会冠军，37年后重夺速度滑冰比赛金牌，实现了新突破，创造了新历史，为鸡西赢得了宝贵的荣誉。充分展示了高超的体育竞技水平，展现了新时代鸡西人奋发向上、勇攀高峰的精神风貌。"

鸡西的滑雪健将，不仅在省内大赛上群芳争艳，更是在全国、亚洲、国际大赛上灿然绽放。

我国越野滑雪名将满丹丹，从小就生长在虎林市东方红林区。2000 年进入体校，经过两年培训后直接升入省滑雪队。先后参加了 2006 年意大利都灵、2010 年加拿大温哥华和 2014 年俄罗斯索契 3 届冬季奥运会和二十多次国际比赛，3 次获得国际雪联越野滑雪中国巡回赛女子组冠军，并在全国各类比赛中获得冠军二十多次。

从 2012 年鸡西小将池春雪在国际雪联瓦萨越野滑雪比赛获得 50 公里第二名的那一战开始，她便开始驰骋属于她的春天大雪原了。这之后，她分别在全国各种比赛和亚冬会中，屡次夺得冠亚军，并在第二届冬季青奥会上，以一枚越野滑雪银牌结束了我国在这个分项上无"奥运"级别奖牌的历史。2018 年 2 月，她赴平昌冬奥会参赛，是中国代表团唯一的一位参加越野滑雪的女运动员。此战，她摘得越野滑雪女子 5 公里自由式比赛银牌。2021 年 2 月，在 2020—2021 赛季全国越野滑雪冠军赛中，她又在冠军赛女子项目中，狂揽 10 枚金牌，是鸡西继满丹丹之后又一颗滑雪新星。

2021 年 3 月 15 日，2020—2021 赛季全国冬季两项冠军赛在内蒙古乌兰察布落幕，伊春籍运动员张春雨一人独得 1 金、3 铜。张春雨于 2009 年进行越野滑雪训练，师从刘江、孙德千教练。从 2018 年起，他多次在全国各类滑雪项目中斩获第一名。

除此之外，鸡西还培养出姜春丽、梁洪玉、唐金乐等体育名将，他们在各种大赛中，均有不凡的表现。

在盘点鸡西冰雪运动发展的过程中，有一个名字时时闪亮于我的眼前，这个人就是赖晓林。

他是众多滑雪运动员的启蒙者，更是鸡西体育的大功臣。他曾是黑龙江省滑雪队队员，1987 年退役后回到鸡西，开始了越野滑雪执教生涯。

从组建滑雪队的一无所有，到软磨硬泡用真情打动家长同意把孩子交给他练滑雪的艰苦历程；从给小队员又当爹又当妈的心力交瘁，到在深山老林里一练就是小半年的苦寒之旅；从冒着凛冽的西北风和暴雪中的极寒训练，到甘为人梯的大爱情怀……赖晓林唯一的方向就是让孩子们在雪上飞起来、让伊春的滑雪事业飞起来。

如今，在他的培养下，已先后向上级训练队输送49名运动员，其中4人进入国家队、12人担任教练员。他启蒙、培养的运动员获得奖牌38枚，其中亚运会金牌1枚、全国冬季运动会金牌6枚、全国冠军赛金牌22枚。

在鸡西，那一场场纷纷扬扬的大雪，除了为滑雪健儿铺展冲向运动高峰的雪道之外，还会伴着风儿唱着一首永恒的歌，歌中是这里可爱的人们。

冰雪界江边

黑河，北疆重镇，左倚黑龙江，右环兴安岭，与俄罗斯阿穆尔州府布拉戈维申斯克隔江相望。

一条界江黑龙江，一城冰雪卷热浪。每当冬季，这里举办的"冰雪体育之冬""全民冰雪活动日""中俄界江黑龙江国际冰球友谊赛""冬泳文化节"等系列活动都会搅动这一城冰雪、沸腾这一地冰雪。

正是这深厚冰雪活动的积淀，才使这里的冰雪体育事业蓬勃发展。特别是"一城一品"中，把"冬季两项"确定为黑河的特色品牌，更推动了这一项目的突飞猛进。

冬季两项，在我国尚处"初级阶段"，而黑河培养的小将朱朕宇却不畏强手，在这个项目中展现了中国风采。1999年出生的朱朕宇，2009年进入黑河市体校接受滑雪训练，2012年成为解放军冬季两项正式运动员，2013年成为国家级运动健将。

2019年入选国家冬季两项集训队，多次参加全国比赛和世界比赛。他曾获得全国青年越野滑雪锦标赛2枚金牌、第二届冬季青年奥运会冬季两项混合团体金牌、全国冬季两项锦标赛个人2枚金牌，2021—2022赛季，他随国家队征战7站世界杯。在2022年北京冬奥会上，他与队友奋力拼搏，取得了第十六名的好成绩。此一战，虽然未能完成超越，但相比连续多届冬奥会无缘男子接力比赛的情况，这一次在与强队较量下能够取得如此成绩，已是难得。

目前，这一项目在黑河有了长足的进步，王江林、李海杰等许多冬季两项运动员均在全省、全国大赛上取得了良好的成绩，展现出深厚的潜力。

除了冬季两项，黑河其他冰雪项目也基础坚实。徐富成功入选2022年北京冬奥会国家速度滑冰队的喜悦，曲春雨在2022年北京冬奥会勇夺短道速滑2000米接力冠军的荣耀，所有这一切，都见证着黑河冰雪体育的发展进步。

纵览黑河冰雪体育发展进程，笔者深深地被它深厚的历史所折服。

何处更好看？冰雪界江边！

——以速滑的速度开展速滑。黑河专署体委于1953年成立后，速滑运动就快速开展起来。1954年举办了春节滑冰比赛大会，1957年举行了全区冰上运动会，把速滑项目推向了一个新阶段。地区代表队首次参加全省冰上运动会，就取得8个前3名的好成绩。运动员蒋淑兰、黄培分别获得少年女子组、少年男子组第一名。

随着1958年地区速滑队的成立，运动员的技术水平大幅度提高。在 1959 年 3 月举行的全国速滑锦标赛上，运动员张玉珍一人连获 4 个第三名，使黑河在全国赛事中首次实现零的突破；在 1966 年 1 月举行的全国速滑锦标赛上，女运动员徐志江荣获少年女子组 2 个第一名、1 个第二名、1 个第三名的好成绩；在 1990 年 3 月举行的全国速滑冠军赛上，运动员宋臣连破 3 项全国纪录，黑河代表队共获得 7 金 1 银 1 铜，名列金牌总数第一名。

——以冰球的闪电打破沉寂。早在 1954 年举行的滑冰比赛大会上，冰球第一次作为比赛项目被写进黑河冰雪运动竞技历史。受前来黑河进行早期冰上训练的外地运动员的影响和启发，黑河诞生了第一支冰球队——地区冰球队，在 1955 年冬参加全省冰上运动会，一举夺得了亚军，为黑河冰球运动历史写下了精彩的一页。

1959 年 1 月，爱辉县少年冰球队代表地区参加国家级比赛，勇夺第二名。进入 60 年代，群众性冰球运动在黑河进一步普及。在 1976 年 3 月举办的全区少年冰球比赛中，参加比赛的运动员达 200 多名，年龄最小的运动员只有 7 岁。

——以滑雪的耐力淬炼勇气。1959 年黑河举办的首届全区滑雪运动会，开创了当地滑雪运动先河。而 1976 年举办的全区少年滑雪比赛，则充分表明黑河滑雪运动的低龄走向和蓬勃发展。进入 90 年代，地区重点业余体校逐渐开展越野滑雪训练，学员们很快在大赛中显示出这一训练的成果。在 1992 年举办的全省少年滑雪比赛中，受训学员分别夺得男子 5 公里、女子 3 公里越野滑雪 2 个第一名，有 12 人进入参赛项目的前 6 名。

黑河市体育运动技术学校优秀学生、越野滑雪运动员田野，是 1999 年输送到解放军八一体工大队的，他不仅在全国比赛中多次夺冠，还先后多次参加国际比赛。在第六届亚冬会冬季两项集体项目中荣获冠军。

——以边陲的风采凸显情怀。20世纪50年代至70年代，因为我国没有室内冰场。黑河每年都会热情地接待全国各地前来进行早期上冰训练的运动队。仅1961年就接待了29个队的400余人。比黑龙江结冰更早的小黑河村月牙泡一度成为名扬全国的早期冰上训练的理想冰场。不仅如此，这座城市还承办了全国速度滑冰锦标赛、全国少年速度滑冰锦标赛。

这期间，黑河爱辉的少年冰球队队员孙加庆，被选入国家队，后来担任了队长；黑河速滑运动员宋臣、张青、董权代表我国参加8次国际比赛，在比赛中破亚洲冬运会纪录1次，破全国纪录4次。

黑河，被先后命名为国家冬季运动后备人才培训基地，黑龙江省速度滑冰、越野滑雪体育后备人才培训基地。

进入21世纪，黑河体育更是硕果累累。特别是在2022年北京冬奥会上，这座城市除曲春雨、徐富、朱朕宇3名运动员出征之外，还有张博、王丽君、徐洋等多位体育工作者和志愿者为冬奥会贡献着黑河的力量。

冰雪界江边，一幅如火如荼的冰雪体育图画，正在热气腾腾地展开……

雪落山岗

雪，飘落在山岗，大地一片宁静，高高低低的树木，寂然而立，仿佛在等待着什么，是等待一阵风的吹过，还是等待雪地林海中那些"高山滑雪"者的到来……

这里，没有高山，却有高山滑雪。

这里，岗上无鹤，却名曰鹤岗。

这两件奇特的事儿，都发生在黑龙江省东北地区的一个煤城。

鹤岗，虽地处偏远，但历史悠久，特别是它丰富的雪资源，为这座城市带来了许多荣耀，而它最重要的冰雪运动符号，就是高山滑雪这个项目。

那些树木，依旧静静地伫立着，它们褪去了一身繁华，干净利落地站在那里，显得十分精干。渐渐地，远方有声音响起，一定是高山滑雪的运动员要从这里飞驰而过，此刻，它们只用朴素而真诚的敬意，向这些不顾天寒地冻"越是艰险越向前"的雪舞者，庄重地行着注目礼。

2022年2月4日晚，北京鸟巢，惊艳世界的北京冬奥会开幕式正在隆重举行。此时，有一个声音响遍全场："我以全体运动员的名义，我们承诺尊重且遵守规则，以公平、包容、平等的精神参加本届奥林匹克运动会。我们团结一心，承诺在体育运动中绝不使用兴奋剂、绝不作弊、禁止任何形式的歧视。为了我队的荣誉，为了尊重奥林匹克基本原则，为了让世界因体育更美好，我们践行此誓言！"

这个透彻、干脆而响亮的声音，瞬间引起了全场的掌声风暴。而这位代表运动员宣誓的就是四次参加冬奥会的中国单板滑雪女运动员、单板滑雪U型池比赛中国所有奖牌的突破者、鹤岗的刘佳宇。

在这盛大的世界顶级赛事上，在这万众欢腾的开幕式上，能够代表运动员进行宣誓，这是刘佳宇的骄傲，是高山滑雪运动员的骄傲，更是家乡人的骄傲。

刘佳宇，1992年出生于鹤岗。2005年，13岁的她就获得北京U型场地单板雪上技巧国际邀请赛暨全国冠军赛首站比赛第一个全国冠军；2006—2007赛季，她力压群芳首次登上世界杯领奖台；2007—2008赛季她获得两站世界杯冠军，成为第一位登顶的中国选手；2008—2009赛季，刘佳宇更是精彩绽放，连续夺得世界杯金牌并在世锦赛上成为中国第一个单板滑雪项目的世锦赛冠军；2010年，温哥华冬季奥运会获得第四名；2014年，索契冬季奥运会排名第九；2018年，平昌冬季奥运会上获得亚军，实现了中国代表团U型场地单板雪上技巧项目奖牌零的突破。

此次，刘佳宇再次站在冬奥赛场的舞台，在决赛中顶住压力展示出中国老将风采，为中国代表团收获第八名的荣誉。虽然此次刘佳宇与奖牌擦肩而过，但作为这个项目的第一个世界杯奖牌获得者、第一个世界杯冠军、第一个世锦赛冠军、第一个冬奥奖牌获得者，她在中国乃至世界单板滑雪运动中的地位无可替代。

本届冬奥会，有7名鹤岗人参加。刘佳宇、倪悦名以正式比赛运动员的身份参加，王金、高群、刘成伟、宋宝亮、张晓松5人分别以替补队员、试滑员和解说员的身份进入北京冬奥赛场。

3名鹤岗队员代表中国队征战"雪飞燕"，其他人以不同身份参加冬奥会，这本身就创造了鹤岗参加冬奥会人数的纪录，更代表着鹤岗已走在了中国高山滑雪运动的前列。

早在2018年第二十三届平昌冬奥会中，就有鹤岗籍选手刘佳宇、李爽、王金和孔祥芮参加。刘佳宇获得单板滑雪女子U型场地决赛亚军，实现了我国在这个项目中奥运奖牌零的突破。除参加冬奥会之外，鹤岗培养的运动人才有5人6次参加世界锦标赛、世界杯，9人参加大冬会，6人参加亚冬会，4人参加世青赛。共夺得冬奥会银牌1枚、世界比赛金牌3枚、全国比赛金牌29枚、全省比赛金牌123枚。其中，在第十三届全国冬运会中，鹤岗共获得金牌2枚、银牌6枚、铜牌7枚。鹤岗的高山滑雪、单板U型池项目，一直是处于全省、全国领先地位。累计向省级以上运动队、体育院校输送优秀运动员百余名，输送了刘佳宇、李爽、张晓松、倪悦名、李华伟等一大批优秀运动员。

一个没有高山的煤城，一个没有高山滑雪场地的鹤岗，如何成了高山滑雪优秀运动员的摇篮？

这要从这座城市滑雪运动的功勋人物李镇雄说起。李镇雄15岁就成为省滑雪队主力队员，20岁成为高山滑雪教练。1987年，他到日本学习，取得了国际雪联颁发的教练资格证书。回国后，他带领20名小队员开始训练，一年后，队员尹立刚获得了全国比赛第五名的好成绩，这更坚定了他的信心。在长期的摸索中，他总结出一套适合中国青少年的独特训练方法，被称为"李式训练法"。

1993年鹤岗市高山滑雪队成立，李镇雄担任教练。1995年，他培养出了第一位省高山滑雪冠军刘培华。2001年，他的儿子李云峰加入滑雪队，两年后被省滑雪队选中，先后获得全国冠军、亚洲第三的好成绩。2010年，李云峰意外受伤，退役加盟鹤岗市高山滑雪队执教。

征战亲兄弟，上阵父子兵，在父子二人的精心打造下，"李家军"的名声越来越响。仅2018年省运会鹤岗获得的67枚金牌中，就有41枚金牌来自雪上；在2022年第十五届省运会高山滑雪比赛中，鹤岗市获得23金，占金牌总数的70%；在2022—2023赛季全国高山滑雪锦标赛中，鹤岗籍运动员倪悦名和张晓松一举夺得5枚金牌，占比赛金牌总数50%。

鹤岗滑雪队自建队以来，队员们共获得世界级金牌12枚，国家级、省级金牌200余枚，并向国家和省输送了董金芝、夏丽娜、刘培华、任立刚、李光旭、王健威、刘佳宇、李爽、张晓松、高群、倪悦名、朱天慧等30多名优秀运动员。

当翻开鹤岗冰雪运动的历史册页的时候，还有一位闪闪发光的名字走入我的视野，他就是"世界冰坛上的第一抹中国红"的王金玉。这位1940年出生于鹤岗的速度滑冰老前辈，在世界赛场上，是第一位进入"大全能"世界前 10 名的中国运动员。曾在国际大赛上屡创佳绩并在第五十七届世界速滑锦标赛中，打破全能世界纪录。退役后，他一直担任滑冰教练，把毕生精力全部献给了冰雪体育事业。

冰雪运动为鹤岗带来了荣耀，鹤岗更为冰雪运动创造了奇迹。

此刻，我仿佛突然看到，岗上无鹤的鹤岗，有一群"雪上白鹤"，成群结队地起飞的那一种壮观……

燃烧的冰雪

最东的东方，最北的北方，一到冬天，随处可见的是冰雪的意象。那最柔软的雪、最坚固的冰、最硬实的脚，联合出演了一曲冰雪体育的交响。

在黑龙江，齐齐哈尔、鸡西、伊春、黑河等多个城市独创的"一城一品"，无不代表着各自特殊的冰雪符号，而其他城市，大庆、佳木斯、绥化、大兴安岭等对冰雪体育竞技的追求从未止步，对大众体育的引领从未停歇。

龙江大地，冰封奇观，一旦遇到激荡热情的肆意撩拨，便会看到那浩渺苍穹下无边无际燃烧的冰雪。

东极之冬

佳木斯抚远，是我国最早迎接太阳的地方，素有"华夏东极"的美誉。

"我把太阳迎进祖国，太阳把光热洒给万里山河……"正是这首《我把太阳迎进祖国》的歌曲，唱出了抚远的自豪、佳木斯的自豪、黑龙江的自豪。

佳木斯，传承着黑土文化的悠远神韵，展现着青山碧水的旖旎风光。在最早的日出中，有了最早的烟火，而那些最早醒来的人们，也最早走进了红尘闹市和清新街巷，新的一天，从这里开始。

对于一些远离故土的人，家乡是用来回望的。

出生于这里的"冰上女王"杨扬一定在某个时辰，遥望着这片神奇的土地，心中生出丝丝缕缕的思念；同样出生于这里的奥运冠军武大靖一定在某个季节，念着故乡，想着曾经的过往。

每到冬天，欢腾的人群一定会用冰雪，把这里从不单调的日子搅动得热烈滚烫。

雪上驰骋、冰上起舞，北京冬奥涌起的冰雪热潮在冬天的佳木斯再次引爆冰雪狂欢。

与风为伴，与雪为伍，在白雪皑皑中竞技、追逐中，速度与激情被一一点燃——东北部地区唯一高等级雪场敖其湾滑雪场开门迎客，成为热点打卡地；"华夏东极"冰上马拉松赛鸣枪开跑，迎接新年的第一缕阳光；"东极之冬·三江泼雪节"热闹非凡，体会灵性动感；"森林穿越·冰雪探秘"极具魅力，领略苍茫洁白；中外大学生雪地拔河友谊赛等赛事，挥洒青春活力……运动、激情，无不显示出这座城市的冰雪活力。

这里的冰上体育运动，有着丰厚的历史。从1962年佳木斯速滑运动队建队以来，走出过许多蜚声中外的运动员、教练员。中国短道速滑队主教练李琰接受滑冰专业训练始于这里，奥运冠军杨扬80年代中期在这里接受启蒙训练。世界冠军当中，隋宝库、林孟、武大靖，也是从这里进入的国家队。

李军是武大靖、林孟的启蒙教练，14岁时，进入市体校，19岁进入省队，多次摘得全国冠军。1991年在全国比赛中，他与队友侯春明、张宏波、马佳庆、姜雷合作，为佳木斯拼得5000米接力冠军。成为教练后，李军带领佳木斯队取得了一个又一个不小的成绩，国家队现役队员中有 3 位是佳木斯队的选手，省队达到 16 人。

紫气东来，冰雪如此多娇；东方破晓，风景这边独好。

百湖城上

这是一座被誉为"百湖之城"的城市，这是一座诞生"大庆精神""铁人精神"的城市。

这座城市有着雄浑的气派："石油工人一声吼，地球也要抖三抖！"

这座城市有着豪迈的气概："我为祖国献石油！"

这座城市有着昂扬的气魄："宁可少活二十年，拼命也要拿下大油田！"

这是中国工人阶级的气派，这是大庆石油人的气概，这是铁人王进喜的气魄，这是"大庆精神""铁人精神"闪烁的光芒。

大庆，在竖立起井架的同时，矗立起一座座精神的丰碑，同时，更鼓舞着这里的人们在冰雪的世界里，创造着一个又一个奇迹。

可以想象，坐拥 228 个湖泊的"百湖之城"冬天的情形，那喧嚣的百湖之上，飞舞的身影和一城的欢腾。

大庆有着深厚的体育运动基础，在石油大会战的年代，群众体育和竞技体育就蓬勃开展起来，直到今天，依然繁荣着、发展着。

且不说它为自己赢得了"东方谢菲尔德""体育之城""赛事之城"等崭新的荣誉，也不说这里走出去的竞走冠军王镇、乒乓国手丁宁等一大批竞技体育明星，单单是这里的冰雪运动就足以令人眼花缭乱。

百湖冰雪、百万职工、百场大赛，大庆冬季系列冰雪活动，活力无限；连环湖渔猎文化节冬捕活动，十分壮观；冰上龙舟邀请赛，极其火爆。

如果说大庆体育活动的特点，那就是举办规模大、活动项目多、比赛成绩好。

仅 2018 年，各单位、社会组织和群众自发组织各级各类赛事 3000 余次，参加人数超过 30 万人次。全市的 191 家体育运动协会和专业俱乐部，一年当中开展体育赛事 500 余项，获得省级以上金牌 169 枚、银牌 25 枚、铜牌 431 枚。

全国青少年速度滑冰锦标赛、全国冰壶混合双人冠军赛等众多世界级、国家级的重要赛事在大庆频繁拉开序幕。

大规模、高频率的赛事举办是需要能力的，大庆有这样的实力——全市各类体育场馆多达 1000 余座，大庆市滑冰馆全国规模最大、设备最先进，大庆市体育场能同时容纳 3 万人，大庆市体育馆可容纳 6000 人……

除此以外，大庆的冰雪体育成绩也是有目共睹的。在 2021 年黑龙江省高山滑雪冠军赛中，大庆共摘得 14 金 15 银 13 铜。参赛选手刘莹、刘欣雨、孙铭泽、李海鑫、张帅等一展风采。在黑龙江全民健身运动会中，大庆代表队获单板滑雪金牌。运动员张聪、金鑫、龙祚、李洋洋、王跃蒙和裴雪在比赛中团结协作，获得第一名的好成绩。

每一项赛事冠军的背后，是这座城市高达百万基数参加全民健身活动的群众基础。

大庆冰雪，冰雪大庆，在石油大会战精神的鼓舞下，正进行着冰雪体育的大会战。

多彩的城

2022 年，歌曲《多彩双鸭山》火爆了全城："我的家乡双鸭山 /

多姿多彩多绚烂 / 厚土高天红银黑绿 / 春风点染锦绣画卷……绿水青山双鸭山 / 这是我美丽的家园 / 金山银山双鸭山 / 这是我幸福的家园……"

这是笔者作词、刘峤作曲的一首歌。这首歌曲一经推出，便受到了双鸭山听众的热捧。各县区的机关、厂矿、学校、社区等纷纷传唱。

双鸭山把自己的城市风格确定为"多彩双鸭山"，即红银黑绿。红，是红色血脉传承；银，是银色晶莹冰雪；黑，是黑色矿产资源；绿，是绿色天然湿地。

特别是那银色晶莹冰雪，为这座城市带来了蓬勃的生机。"银色"双鸭山，就是让"冰天雪地"变成"金山银山"。

友谊县冰雪大世界，让这里的寒冬不再有冬寒；尖山区首届冰雪节，唤起了人们冰雪运动激情；宝清县圣洁摇篮山滑雪场，"雪友"们在这里一展雄姿。

"双山·体彩杯"国际冬泳锦标赛、中小学冬季长跑比赛、中学生雪地足球比赛、雪地徒步比赛和滑雪滑冰比赛等各种赛事，此起彼伏。

赫哲冰雪节、雪舞山城、全市青少年冰雪冬令营等，使这里"赏冰乐雪"再现新高潮。

特别是迄今为止国内最大的气膜冰球馆——"双鸭山·深圳南山冰上体育运动中心"的启用，极具里程碑意义。这是深圳、双鸭山联手打造的集冰球、冰壶、花样滑冰、速滑等冰上运动于一体的大型现代化冰上运动中心。目前，黑龙江省速滑训练基地已在这里挂牌。

完善的体育设施、丰富的体育活动，托举起运动员可喜的成绩。

在 2014—2015 全国速度滑冰少年锦标赛上，14 岁的运动员王晨夺得男子1500米金牌、男子1000米银牌、男子500米铜牌。另外，他还获得了男子集体滑项目的金牌和全能项目的银牌。

在黑龙江省第十五届运动会速度滑冰比赛中，双鸭山选手李爽一举夺得1金2银3铜。在短道速滑项目比赛中，运动员白宇和程琳获得了青年组2000米混合团体接力第三名、青年男子组5000米接力第三名的成绩。

特别值得一提的是在双鸭山还有一位被大家口口相传的冰雪人物马延玲。作为北京冬奥会自由式滑雪障碍追逐比赛的国内技术官员，她和同事见证了每一名参加比赛运动员的夺金时刻。

马延玲从小在林海雪原长大。早在20世纪80年代，马延玲在全国滑雪界就已小有名气。曾获得黑龙江省滑雪锦标赛少年组第一名、全国滑雪锦标赛冠军、全国冬运会全能滑降冠军……1991年退役。此次马延玲能够亲临北京冬奥会赛场，是她一生的荣耀。

双鸭山，一座在冰雪中奋进的城市，一座多彩而迷人的城市。

寒地黑土

关于这座城市，许多诗人都写下了十分动人的诗句，每一句诗都有自己的故乡。

诗人春生写道："大雪覆盖／没有边际的油画／道路伸向天边／炊烟和柳树是白色的／草垛和鸡鸣是白色的……"

诗人海珍写道："在哈尔滨和松花江之北／有二百里春风一路扑面／直指遥不可及的乡愁方向……"

诗人川庆写道："黑土之上／一个吉祥的地名／朴素而真切／还有话语／一点也不空洞……"

他们的诗里是他们可爱的家乡、是有着"寒地黑土之都"美誉的绥化。

满语中的绥化，有"吉祥安顺"之意，正是这一个吉祥的地名，托载起这片土地上风调雨顺的生活和"一点也不空洞"的冰雪运动气象。

这里，有"下血本"升级打造的体育场所——市体育场、市滑冰馆、五环广场、森林公园人工湖冰雪活动基地……

这里，有青少年速滑赛、短道速滑锦标赛和一场场精彩的冰壶比赛……仅一个冰雪季，全市就组织冰雪活动 100 余场，参与人数超过 200 万人次。

这里，有冰雪大赛中取得的一个又一个赫赫战绩。仅在黑龙江省第十五届运动会雪上项目比赛中，绥化战队就获得了 12 枚金牌、13 枚银牌、18 枚铜牌，小将徐居文、耿莞瞳、张思阳 / 杨泳超、韩文宝、王慧蒂 / 贾梓麒等运动员，不畏强手，勇夺冠亚军。在全省越野滑雪冠军赛中，绥化小将杜洹一举夺得两个项目的冠军。

这里，不仅有冰雪小将，更有四代冰雪名将。他们，经历过绥化的冰上风云、记录着绥化的冰上华彩。

"元老"周连海，曾和罗致焕在一个速滑队；第二代王爱国，当年是绥化速滑队的主力；第三代王爱军，是王爱国小 10 岁的弟弟，1976 年进入八一队；李建平是绥化冰上运动的顶梁柱，曾在全省比赛中一人独得 3 块金牌；苏海祥是绥化市体校冰上教练，1982 年进入八一队，矫云龙就是他的弟子；小将矫云龙，是中国短道速滑名将，1994 年进入八一队，在各种赛事上夺得金牌 60 块之多。

绥化冰上优秀运动员远不止于此，还有 20 世纪 50 年代的速滑名将郑宏道、80 年代的速滑名将张丽等。

写到这里，笔者想把海珍诗人的"在哈尔滨和松花江之北，有二百里春风一路扑面"这句诗，稍加改动来形容绥化的冰雪运动：在哈尔滨和松花江之北，有二百里冰雪一城春色！

大岭高歌

"高高的兴安岭，一片大森林……"这歌声响彻之处，便是一眼莽莽苍苍了。

笔者在《大鲜卑赋》中这样写道：

> 古之鲜卑山，今日大兴安……层峦叠嶂，邃古初蒙，嘎仙古洞，先祖旧墟，伊勒呼里，石柱擎天！头枕龙江首，手挽贺兰山。踞紫薇之光，射天狼之芒，莽莽苍松八万，滔滔大江浪翻……上溯文明星火，下延百姓炊烟，盖因林海浩瀚，幸有福地无边，鲜卑故里，逐梦正酣。

"岭积千秋雪，花飞六月霜。"这里每年冰冻期达8个月，曾是令人望而却步的高寒禁区，艰苦的环境并没有吓倒兴安人，他们在巍巍高山之巅、浩瀚林莽深处，创造着不朽的人间奇迹，也书写着属于自己的冰雪传奇。

冰雪体育向来是大兴安岭的最爱，滑冰、滑雪、雪地足球、雪地拔河、冬泳、泼水成冰……漫长的冬天，这里的人们把冰雪搅动得热浪滚滚，俨然是"冬天里的一把火"。

这里把"冰雪之乡"作为大兴安岭的名片之一来打造，滑雪和溜冰已成为大兴安岭冬季的重要活动。

一年之中，这里的冰醒得最早，这里的雪飘得最早，这里的冰雪活动开展得最早。

青少年速度滑冰比赛暨中小学生冰雪运动会，已成为这里培养冰雪少年和冰雪先锋的重要体育赛事。

"百万青少年上冰雪""全民冰雪活动日""赏冰乐雪"系列活动，已成为这里重要的冰雪盛事。

万名游客泼水成冰，蔚为壮观；玩转冰雪极寒挑战，如火如荼。

"到大兴安岭去滑雪溜冰"已成新的时尚，满城冰雪，正显现着神奇的魅力；"大兴安岭——中国冬季开始的地方"这一豁亮的品牌，正在全国赫然叫响。

神州最北端，茫茫大兴安，冰雪卷热浪，一幅好画卷！

在黑龙江，冬天无处不飞雪，地上无处不生冰。丰富的冰雪资源，让这个冰雪大省在创造无数冰雪奇迹的同时，更精心打造着"一城一品"，以使冰雪之花盛开得更有特色、更有品质、更有色彩。

东北以东，东北以北，从东极到北极这辽阔的土地上，从初冬到隆冬这漫长的冬季里，黑龙江人把冰雪体育活动发展到极致，这，何尝不是一种大美。

在冰雪之"冬"，有了冰雪之"冻"，再抵达冰雪之"动"，这个过程，或许就是冰雪在东北的意义吧。

第二章　冰雪之暖

春风十万里
——黑龙江的冰雪未来

"春风十万里，十万好消息……"

这首《春风十万里》的歌曲，唱出了大美中国的欣欣向荣，传递着新征程上的喜讯捷报。而对于黑龙江的冰雪事业来说，也是捷报频传。

作为冰雪资源大省、冰雪运动强省，黑龙江省牢记习近平总书记的嘱托，积极落实国家冰雪经济发展重大部署，成立由省领导为总召集人的省级促进冰雪经济发展联席会议机制，组建工作专班研究出台了黑龙江省冰雪经济发展规划和支持冰雪经济发展的政策措施，挂图作战、逐项推进，创出冰雪文旅品牌，构建冰雪产业体系，厚植冰雪人才资源，为我国冰雪经济发展开辟新路径、探索新模式。

2022 年 4 月，黑龙江举行了两个战略《黑龙江省冰雪经济发展规划（2022—2030 年）》和《黑龙江省支持冰雪经济发展若干政策措施》解读新闻发布会。在这个发布会上，一个个振奋人心的消息，回响在龙江大地。

人也兴奋，雪也起舞，冰也闪光。

我想，冰一定是有情感的，不然，何以在冰鞋找它说话时，它能激动得神采飞扬；我想，雪一定是懂音乐的，不然，何以在雪板与之交流时，它能大声地歌唱。

不仅雪在歌唱，风也在歌唱，它把一切的好消息传递到龙江大地的每一个角落，传递给每一片雪花……

"各位嘉宾、记者朋友们：上午好！欢迎参加黑龙江省人民政府新闻办公室举行的新闻发布会。作为冰雪资源大省和冰雪体育强省，近日，我省出台了《黑龙江省冰雪经济发展规划（2022—2030年）》和《黑龙江省支持冰雪经济发展若干政策措施》，这是我省激活'冷资源'，打造'热经济'的行动指南……"

"我们站在'跳出龙江看冰雪，站在世界看龙江'的全球视角，坚持立足龙江实际、对标世界一流，高规格谋划设计，全链条布局产业，提出了建设'冰天雪地也是金山银山'先行区和后冬奥国际化冰雪经济示范区的全新战略构想，努力通过发展冰雪经济、建设冰雪强省……"

伴随着主持人开篇语和参加者的热情解读，一幅美丽的冰雪画卷缓缓铺展，让人们领略了这片土地昨天的热"雪"传奇、今天的冰雪豪迈、明天的最美蓝图。

一

黑龙江省是中国最早开发冰雪、运营冰雪的省份，中国现代冰雪产业肇兴之地，中国冰雪体育强省。几十年来，作为中国冰雪资源、冰雪运动和冰雪旅游第一大省，黑龙江省冰雪事业、冰雪产业的发展有目共睹。第一个国际冰雪节、第一个滑雪旅游度假区、第一个国际滑雪节、第一个固定雪道滑雪场、第一个国际滑雪产业合作论坛、第一个"全民冰雪活动日"、第一个冰雪旅游产业发展指数等都从这里起步，黑龙江省始终走在冰雪经济发展前列。"冰天雪地也是金山银山"实践地建设，成效显著。

与冰雪最早相遇的地方，是北方冬天最活跃的地方。黑龙江省是中国纬度最高的省份，与世界冰雪经济发达地区处于同一纬度带，是每年最早与冰雪相遇的地方，气候条件适合冰雪运动时间长达5—6个月。独特的地理环境决定了丰厚的冰雪资源，而得天独厚的冰雪资源又衍生出独具匠心的冰雪艺术和美不胜收的冰雪风光。为此，黑龙江拥有了"冰雪之冠"的美名。

与冰雪最早相遇的地方，是冰雪运动基础最夯实的地方。在这里，每年浇建群众性冰雪活动场所3000余处，拥有70余处滑雪场，优质滑雪场资源面积占全国13%。创建省级冰雪特色学校524所、全国冰雪运动特色学校250所，位居全国前列。

与冰雪最早相遇的地方，是冰雪运动参与程度最广泛的地方。连续44年的"百万青少年上冰雪"活动，是新中国成立以来历时最长的大型群众冰雪运动。连续6年的"赏冰乐雪"系列活动，是我国参与人次最多的省级冰雪体育系列赛事活动。全省2824所学校开设冰雪体育课程，占学校总数的87%，参加学生人数达162万人，银色冰雪教育深入人心。全省冰雪运动参与率达58%，居全国首位。

与冰雪最早相遇的地方，是冰雪体育战绩最显赫的地方。冰雪教育培训和冰雪运动人才资源领跑全国，全省有13所高校设置与冰雪产业、冰雪运动事业发展契合专业11种、专业布点31个，在校生8818人，不断为全国输送各类冰雪人才。全省冬季项目注册运动员占全国 20% 以上，中国冬奥会上 22 枚金牌中的 13 枚由黑龙江籍运动员夺得。

与冰雪最早相遇的地方，是冰雪文化底蕴最深厚的地方。 黑龙江是中国冰灯艺术的发源地，1963 年举办的"冰灯游园会"开启中国冰灯冰雕艺术之先河；黑龙江是中国雪雕发源地，1989 年"哈尔滨冰雪节首届雪雕比赛"标志着中国雪雕艺术的兴起。而此间进行的国际冰雕雪雕比赛、世界级冰雪节庆、世界最大冰雪主题乐园为世界奉送了丰富多彩的冰雪文化盛宴。

与冰雪最早相遇的地方，是冰雪装备根基最牢固的地方。 以冰刀、索道、雪服生产研发为代表的冰雪装备企业，蓬勃兴起，产品设计生产能力和市场占有率，逐年提升。在冰雪场地装备、冰雪运动器材两个制造体系中，一批领军企业达到国内技术领先，已具备国际化合作的能力。

与冰雪最早相遇的地方，是冰雪旅游势头最强劲的地方。 黑龙江省系中蒙俄经济走廊重要节点、冰上丝绸之路的起点省份，哈尔滨冰雪大世界、哈尔滨雪博会、哈尔滨松花江冰雪嘉年华、哈尔滨伏尔加庄园、亚布力滑雪旅游度假区、齐齐哈尔鹤舞雪原、中国雪乡、伊春冰雪森林、漠河北极村等冰雪旅游品牌影响力日益提升，旅游投资结构不断优化、规模不断扩大，招商项目落地率日趋提高，已成为全国冰雪旅游首选目的地。

二

历史长河，奔流向前，时光也总会默默地记载着时代的变迁、社会的进步、人类的发展，对于冰雪事业前行脚步的关注，也不例外。我们回望昨天，是在历史的涛声中听到奋进的足音，我们展望未来，是在宏伟的蓝图中看到美好的希望。

关于《规划》的高远立意，从其指导思想中，便会有深刻体会：以习近平新时代中国特色社会主义思想为指导，全面贯彻党的十九大和十九届历次全会精神，深入贯彻落实习近平总书记重要讲话重要指示批示精神，以新发展理念为引领，抢抓"三亿人参与冰雪运动"和后冬奥时期冰雪经济快速高质量发展历史机遇，坚持立足龙江，服务全国，连通世界，整合优势冰雪资源，聚焦冰雪经济，促进交流合作，深化供给侧结构性改革，拓展"冰天雪地"向"金山银山"转化路径，做强做优冰雪体育、冰雪文化、冰雪装备、冰雪旅游产业，大力推进"冰天雪地也是金山银山"实践地建设，为龙江振兴发展构建新优势、培育新动能、打造新引擎。

《规划》确定了宏伟的目标：进一步完善冰雪经济体系，大力推动冰雪体育、冰雪文化、冰雪装备、冰雪旅游全产业链发展，积极创新产品服务，增强冰雪产业竞争力，统筹协调生态效益、社会效益、经济效益，打造践行"冰天雪地也是金山银山"先行区、后冬奥国际化冰雪经济示范区。到 2025 年，建设一批国家级、省级滑雪旅游度假地，培育形成一批具有国际竞争力的冰雪企业和知名品牌，冰雪产业体系不断完善、产业链基础不断夯实，"冰天雪地"转化为"金山银山"成效明显。冰雪竞赛表演及教育培训总产值达到 50亿元，冰雪文化产业总产值达到 550 亿元，冰雪装备产业总产值达到 200 亿元，冰雪旅游收入突破 1700 亿元，冰雪产业总产值突破3000 亿元。到 2030 年，构建起"冰雪+"多元化产业协同发展格局，核心冰雪产业做强做大，大冰雪产业生态圈更加完善，打造具有国际影响、全国领先的"冰天雪地也是金山银山"龙江实践模式。冰雪体育产业领跑全国，总产值达到 100 亿元；冰雪文化产业规模进一步壮大，总产值达到 1100 亿元；冰雪装备产业竞争力显著增强，冰雪装备产业总产值达到 500 亿元；建成国际冰雪旅游度假胜地，冰雪旅游总收入达到 2000 亿元；冰雪产业总产值突破 4500 亿元。

这一幅图景异常壮阔，激动人心。这是宏观澎湃的书写，也是微观细致的描摹。这是宏大的系统工程，也是"千里之行，始于足下"的又一次出发。

在未来发展的进程中，黑龙江将大力激发冰雪体育的活力、展现冰雪文化的魅力、提升冰雪装备的实力、深挖冰雪旅游的潜力。

冰雪体育产业豪情满怀：积极发展冰雪体育赛事经济。抓住后冬奥会契机，大力拓展冰雪竞赛表演市场。依托滑冰、冰球、冰壶和滑雪等观赏性强的冰雪运动品牌赛事，策划冰球职业联赛，引导培育冰雪运动商业表演项目，打造冰雪赛事目的地，以高水平和群众性冰雪赛事活动为牵动，扩大冰雪赛事体验参与人群。深化拓展冰雪体育休闲运动，扩大冰雪消费人群，建设冰雪体育场馆综合体，推进冬季运动活动中心建设，推进全民上冰雪行动，全力打造冰雪体育运动名城。

支持社会力量组建知名退役运动员领衔的面向社会的冠军俱乐部，组织国际水平系列冰雪商演，把哈尔滨打造成为冰雪体育运动核心区，齐齐哈尔打造成为冰球之都，七台河打造成为冰上运动全国培训基地，鼓励在省内冰雪资源富集城市建设冬季运动活动中心。

冰雪文化产业信心十足：丰富冰雪文化时尚业态，创新冰雪文化产品供给，开展冰雪文化节庆活动，营造冰雪意象氛围，打造冰雪经济平台。

打造中国大众音乐第一平台，依托中国·哈尔滨国际冰雪节等品牌，建设冰雪艺术街区，打造冰雪演艺综合体，把哈尔滨打造成为国际冰雪时尚创意名城。借助哈尔滨国际经济贸易洽谈会打造冰雪经济展区，打造成为世界级冰雪产业博览会。打造"银丝带"国际冰雪经济合作朋友圈。

冰雪装备产业运筹帷幄：打造冰雪装备产品体系，支持冰雪装备企业做强做优，培育冰雪装备产业重点集群。

大力开发冰雪装备产品体系，支持冰雪装备企业做强做优，培育一批冰雪装备骨干企业，积极引入高端冰雪装备制造项目，把哈尔滨打造成智能高新冰雪装备器材研发制造集群，把齐齐哈尔打造成冰雪运动器材研发制造集群。

冰雪旅游产业继往开来：打造亚布力滑雪旅游度假区、哈尔滨冰雪大世界四季冰雪项目、横道林海雪原度假区等冰雪旅游旗舰景区，丰富高品质冰雪旅游产品，培育精品冰雪旅游线路，完善冰雪旅游度假体系，加强冰雪旅游形象宣传营销。

三

与《规划》相得益彰的是《黑龙江省支持冰雪经济发展若干政策措施》的出台，这一措施，围绕发挥比较优势、补齐短板弱项和健全产业链条，提出了 5 个方面的 30 条政策措施。目标导向明，覆盖范围广，支持力度大，政策衔接紧，落实举措实。

在壮大市场主体方面，鼓励世界 500 强企业、"中国旅游集团 20 强"企业和上市企业在黑龙江新设立总部或区域总部，支持新设立的冰雪产业企业、"升规入统"的冰雪产业企业、经济效益较好的冰雪旅游企业、冰雪主题新经济业态企业和"引客入省"旅行社发展。

在推进项目建设方面，降低纳入省百大项目支持范围遴选标准，重点扶持新建冰雪产业项目、改造冰雪旅游设施和冰雪题材剧本创作基地、冰雪影视基地建设。

在打造品牌活动方面，支持纳入国家相关评定命名的冰雪产业企业发展，鼓励各地开展冰雪文化推广、冰雪旅游推介、冰雪体育运动普及和冰雪装备展销等活动。

在开展赛事交流方面，对举办的国际国内知名大型冰雪赛事、冰雪主题论坛和展览展示活动给予补助。

在完善要素支撑方面，围绕人才引用、技术创新、融资服务、税收政策、土地供给等夯实发展基础，优化政务环境。

2023 年 3 月 14 日，《中国体育报》以《从 31 份省级政府工作报告看体育产业未来发展脉络》为题的文章中说：有着丰富冰雪资源的东北三省也把发展冰雪产业作为政府工作重点……黑龙江省政府工作报告提出，培育壮大冰雪产业，持续提升冰雪基础设施服务能力，丰富产品供给，办好哈尔滨国际冰雪节等节庆活动。

这篇报道还引用了《规划》中的黑龙江2025年冰雪经济发展目标，读来令人振奋。

"九万里风鹏正举"，黑龙江冰雪体育、冰雪文化、冰雪装备、冰雪旅游必将以崭新的姿态展现新时代的卓然风采，也必将在实现龙江全面振兴全方位振兴、建设社会主义现代化新龙江的宏阔进程中，贡献冰雪智慧与力量。

2030年的脚步，正向我们走来，我们也正走向遥远而伸手可及的未来。冰雪事业，未来可期，但却需要历尽风霜雪雨。为此，笔者专门创作了一首歌词《未来》：

　　　　虽然我还没有见过你

　　　　但你就是我穿越冰雪的奇迹

　　　　无数次义无反顾地奔赴

　　　　只为与你美丽的相遇

　　　　虽然我尽力地描绘你

　　　　但抵达需要滴汗成冰的经历

　　　　无数次追光而行的启程

　　　　只因那一句未来可期

　　　　……

后记

　　从策划到采访，从采访到写作《冰雪英雄》这本书，对于我们三位作者来说，是一次巨大的考验。了解这些冰雪英雄、冬奥英雄，感受他们的内心世界，体会他们披肝沥胆、坚强拼搏的奋进精神，对于我们是一次精神的涤荡，是一次灵魂的升华。我们的这本"英雄传"不仅仅是赞歌，也不仅仅是为了讴歌，更是为了呈现他们从运动员到世界冠军的艰辛历程，展现他们的内心世界，以此来激励更多的后来人循着他们的足迹努力前行，为祖国争得更多的荣誉。

　　山高人为峰。在采访中，我们更深刻地理解了中华体育精神——"为国争光、无私奉献、科学求实、遵纪守法、团结协作、顽强拼搏。"中华体育精神来之不易，弥足珍贵，要继承创新、发扬光大，靠的是一代一代的中国体育人，靠的是一代一代的运动员顽强拼搏，矢志不渝。罗致焕、杨扬、王濛、任子威……每一个名字都闪闪发光，每一个细节都感人至深，催人奋进。还有孟庆余、李琰等甘当人梯的教练员，他们的无私奉献更是让我们潸然泪下。

　　我们深深地知道："体育承载着国家强盛、民族振兴的梦想。体育强则中国强，国运兴则体育兴。人无精神则不立，国无精神则不强。精神是一个民族赖以长久生存的灵魂，唯有精神上达到一定的高度，这个民族才能在历史的洪流中屹立不倒、奋勇向前。"在写作这本书的过程中，我们反复走进奥运冠军之城，走进世界冠军的内心，这是一次难忘的旅程。在七台河、哈尔滨"冠军双子城"，传递给我们的是一种生生不息、激人奋进的力量；在佳木斯、在牡丹江、在大庆、在双鸭山、在绥化、在鸡西、在大兴安岭……我们走进每一个冰雪城市，震撼我们的是黑龙江人对冰雪运动的炽热情感和挚爱情怀。

中国体育运动不断强大，中国冰雪体育运动队伍不断壮大，一代代中国体育健儿、冰雪体育健儿的奋力拼搏精神对提高民族自信心、增强民族凝聚力、振奋民族精神发挥着重要的作用，中国精神为中华民族伟大复兴提供凝心聚气的强大精神力量。再具体到我们所采访过的冠军之城，给我们巨大的触动，一个城市的梦想不仅仅是有无数的高楼大厦，不仅仅是有无数的超模网红，还应该有艺术大师、文化达人、世界冠军——以他们蓬勃的、永不服输的勇于超越精神，激励一代又一代年轻人勇攀高峰，创造奇迹。

正如我们在采访中所回顾的每一场比赛，都那么激动人心，伴随着一次次国旗升起，国歌奏响，那种作为一名中国人的自豪感油然而生，无数青年在中国体育精神的鼓舞下点燃了自己的中国梦，清醒地知道了自己奋斗的目标，不畏艰难险阻，只因热爱，要将中国体育精神发扬到每个领域，激扬中国人民的民族自信。

采访期间，有的运动员在封闭训练中，有的在伤病治疗中，还有的只想奉献而不善于表达……种种原因，导致还有很多优秀冰雪运动员和教练员的事迹未能收录到我们这本书里。这是一种遗憾，但更是一种期冀，在未来的岁月中，我们将会继续关注他们，走近他们，抒写他们。即便他（她）们没被写进书里，也同样是我们心目中的大英雄。在本书写作过程中，我们得到相关部门和被采访人的支持和许可，也大量参考、借鉴、使用了相关权威官网和相关媒体的资料介绍，所写的这些，都是人们耳熟能详的冰雪英雄事迹，并且已经深深地融化在每一个中国人的心中。在此，我们也向这些材料的提供者表达深深的敬意，抒写英雄的人也同样是英雄。

请允许我们再一次向这些为祖国争得荣誉的冰雪英雄们致敬！

请允许我们再一次向那些无私奉献的教练员们致敬！

请允许我们再一次向那些默默无闻、为训练提供各种保障的无名英雄们致敬！

请允许我们向那些正在接受紧张训练，未来即将成为世界冠军的运动员们致敬！

作 者

2023 年 7 月 17 日

图书在版编目（CIP）数据

冰雪英雄 / 鲁微，艾明波，赵亚东著 . —北京：作家出版
社；哈尔滨：黑龙江人民出版社，2023.11
ISBN 978-7-5212-2521-1

Ⅰ.①冰…　Ⅱ.①鲁…　②艾…　③赵…　Ⅲ.①报告文
学—中国—当代　Ⅳ.① I25

中国国家版本馆 CIP 数据核字（2023）第 178526 号

冰雪英雄

作　　者：鲁　微　艾明波　赵亚东
出版策划：梁　昌　刘潇潇
责任编辑：单文怡　李智新
装帧设计：意匠文化·丁奔亮
出版发行：作家出版社有限公司　黑龙江人民出版社有限公司
社　　址：北京农展馆南里 10 号　　邮　　编：100125
电话传真：86-10-65067186（发行中心及邮购部）
　　　　　86-10-65004079（总编室）
E-mail:zuojia @ zuojia.net.cn
http://www.zuojiachubanshe.com
印　　刷：中煤（北京）印务有限公司
成品尺寸：152×230
字　　数：247 千
印　　张：20.5
版　　次：2023 年 11 月第 1 版
印　　次：2023 年 11 月第 2 次印刷
ISBN 978-7-5212-2521-1
定　　价：79.00 元